KB003957

소설쓰기의 모든 것 1
플롯과 구조

Write Great Fiction: Plot & Structure

소설쓰기의 모든 것

제임스 스콧 벨 지음 | 김진아 옮김

plot &
structure

1
플롯과 구조

차례

새빨간 거짓말을 깨부수다

말도 안 되는 거짓말에 속아 나는 인생의 가장 황금 같은 시간을 10년이나 낭비했다. 이십 대의 난, 소설 쓰기는 배울 수 있는 게 아니라는 말을 듣고 작가가 되려는 꿈을 버렸다. 사람들이 말하길, 작가는 타고나는 거라고 했다. 작가가 될 수 있는 재능은 노력만으로 영원히 가질 수 없는 거라고들 했다.

내가 처음으로 쓴 글을 보면 나에겐 아무런 재능도 없다는 게 확실했다. 그래서 절대 작가가 될 수 없는 운명이라고 생각했다. 고등학교 때의 국어 선생님 말고는 내가 글 쓰는 것을 격려하는 사람조차 없었다. 대학 다닐 때 소설가 레이먼드 카버가 가르치는 소설 쓰기 수업을 들었다. 그가 쓴 글을 꼼꼼히 들여다보고 나서 내가 쓴 글을 살펴봤다.

두 글은 확연히 달랐다.

소설을 쓰는 법은 배울 수 없는 거니까!

난 그 말을 믿기 시작했다. 내게 글쓰기 재능 따윈 없고, 앞으로도 그럴 거라고.

그래서 나는 다른 일을 시작했다. 로스쿨 진학을 준비했고 변호사 사무실에 취직했다. 그렇게 결국 내 꿈과 동떨어진 일을 하게 되었다.

하지만 글을 쓰고 싶은 열망은 사라지지 않았다.

그러다 서른네 살이 되었을 때 소설을 출간한 어느 변호사의 인터뷰를 읽었다. 그가 한 이야기는 변론 취지서 더미에 파묻혀 있던 내게 큰 충격을 주었다. 그는 사고를 당해 거의 죽을 뻔했다가 살아난 뒤 병원에 누워서 자신이 가장 하고 싶은 일 가운데 하나가 작가가 되는 것이라는 생각을 했다. 그래서 그는 출간이 안 되더라도 쓰고 또 써야겠다고 결심했다. 그게 바로 자신이 원하는 일이었으니까.

아, 나도 그처럼 글을 쓰고 싶었다.

하지만 소설 쓰기는 배울 수 있는 게 아니라는 사람들의 말이 여전히 남아 머릿속을 떠돌며 나를 계속 비웃었다. 소설 작법을 공부하기 시작했을 때도 그 말은 여전히 나를 지배했다.

그러다 난생처음 작법서를 사서 읽게 되었다. 로런스 블록이 쓴 『소설 쓰기Writing the Novel』였다. 사이드 필드의 『시나리오란 무엇인가Screenplay』도 읽었다. 로스앤젤레스에 사는 사람이라면 당연히 영화 시나리오를 써야 한다고 생각했기 때문이다.

결국 나는 정말 믿기 어려운 사실을 발견했다. 작가는 타고난다는 건 '새빨간 거짓말'이었다. 사람은 누구나 글 쓰는 법을 '배울' 수 있다. 내가 그 증거다.

그 새빨간 거짓말로 고통스러워할 때 내가 가장 고민한 부분은 '플롯'이었다. 내가 쓴 글에는 플롯이라고 할 게 없었기 때문이다.

단편소설이나 장편소설을 읽을 때마다 작가들이 어떻게 플롯을 만들어내는지 그저 경이로울 따름이었다. 작가들은 이런 훌륭한 재료를 도대체 어디서 가지고 오는 걸까? 새빨간 거짓말에 따르면, 플롯의 재료는 작가들의 머릿속에 원래 들어 있어서 글을 써나가면서 자연스럽게 종이 위로 흘러나온다고 했다.

나도 따라 해봤다. 플롯이 저절로 흘러나오도록 애썼다. 하지만 내가 백지 위에 써놓은 건 끔찍했다. 플롯도 없고, 이야기도 없고, 완전히 엉망이었다!

그런데 글 쓰는 법을 배우기 시작하면서 플롯 짜기에도 배울 수 있는 요소들이 있다는 걸 알게 되었다. 그리고 구조에 대해 깨닫게 되었다. 플롯 요소들을 일정한 순서로 늘어놓으면 더 탄탄한 소설이 만들어진다는 것을 말이다.

아직도 그 사실을 깨달은 날이 생생하다. 갑자기 뭔가 머릿속에서 번쩍했다. 그러더니 모든 조각이 서로 맞아 들어가면서 젤리처럼 물렁물렁했던 것들이 단단하게 모양이 잡히기 시작했다. 그로부터 1년 뒤 나는 영화 시나리오 하나를 계약했고 곧이어 또하나를 계약했다. 그러고 나서 소설을 썼는데 그것도 출판되었다. 이어서 다섯 권의 소설책을 쓰기로 계약을 맺었다. 다섯 권을 다써냈고 역시 모두 출판되었다.

그러다 어느 순간 숨을 깊이 들이쉬고는 뒤를 돌아다봤다. 어떻게든, 어찌어찌해서, 나는 결국 소설 쓰는 법을 배운 셈이었다.

글 쓰는 재능이란 타고나는 것이라는 말은 결국 새빨간 거짓말이라는 게 드러났다. 그 거짓말에 너무 화가 나서, 나는 내가 배운 글쓰기 방법을 다른 사람들에게 가르치기 시작했다. 글쓰기를 시작하는 작가 지망생들에게 영원히 지금의 상태에 머무를 운명이 아니라는 걸 알려주고 싶었다. 당연히 그들도 나처럼 글 쓰는 법을 배울 수 있으니까. 나는 그럴듯한 이론이 아닌, 실전에 쓸 수 있는 작법을 가르쳤다. 내게 실제 도움이 되었고 습작생들이 '당장' 이해하고 써먹을 수 있는 것들을 가르쳤다. 그러고 나니 재미있는 일이 벌어졌다. 몇몇 학생이 책을 내게 된 것이다. 아직도 이 점이 가장 만족스럽다.

나는 이 책을 읽는 이가 실용적인 글쓰기 방법을 익히길 바란다. 이제는 새빨간 거짓말이 아닌 진실과 마주하자. 누구라도 작법을 배울 수 있으며 부지런히 연습만 하면 소설을 잘 쓸 수 있다. 이 책은 가능한 한 이 점에 주목하면서 실전 연습을 강조할 것이다.

플롯 짜는 법을 배우려면

내가 고등학교에 다닐 때 농구 선생님은 아주 엄하게 훈련을 시키는 분이었다. 내 마음대로 할 수 있었다면 슛을 쏘는 것만으로 연습 시간을 보냈을 테지만 선생님은 드리블, 패스, 인터셉트, 리바운드 같은 기본기를 훈련시켰다. 그리고 실수할 때마다 빨리 달리기를 벌로 받아야 했다. 우리는 따분한 훈련을 싫어했지만 시합에 나가게 되자 그 지겨운 연습 덕에 선수로서 더 잘할 수 있게 되었단 사실을 알게 되었다. 그리고 그 선생님이 가르친 농구 팀은 모두 뛰어났다.

소설 작법에 통달하고 싶다면 자기 자신을 엄격하게 훈련해야 한다. 이 책은 플롯을 짜는 데 필요한 요소들을 다룰 것이다. 이를 자신에게 맞게 조금씩 바꾸어 써보자. 그러면 좋은 결과를 낳을 것이다.

동기를 만들자

나는 작가가 되겠다고 결심한 날이 언제인지 정확히 기억한다. 그날 일기에 이렇게 썼기 때문이다. "오늘 소설 쓰기를 진지하게 시작하기로 마음먹었다. 앞으로 계속해나갈 거고, 절대 그만두지 않을 거다. 가능한 한 모든 걸 배워 작가로서 성공할 것이다." 이 일기를 쓴 건 내가 그 새빨간 거짓말에서 막 빠져나왔을 때다. 그러니까 일종의 독립선언문이었다.

한번 따라 해보면 어떨까? 가슴을 뛰게 하는 목표 하나를 써서 인쇄하자. 그 글귀를 매일 바라볼 수 있는 벽에 붙여놓자.

내가 다음에 한 일은 '작가'라는 글씨가 황금색으로 쓰여 있는 검은색 커피 잔을 산 것이다. 나는 매일매일 이 컵을 바라보며 내가 한 결심을 되돌아보곤 했다. 만일 글이 잘 써지지 않을 때가 오면 이 컵을 다시 들여다볼 것이다. 그러면 아마 다시 한번 새로운 열정이 솟을 것이다.

자신만의 눈에 보이는 동기를 만들자. 이를테면 컴퓨터 위에 영감을 주는 글귀나 존경하는 작가의 사진을 붙여놓는 것이다. 우리 집 벽에는 책상 위에 발을 얹고 의자 밑에 개를 앉혀둔 채 원고를 고치는 스티븐 킹의 사진이 붙어 있다. 아니면 미래의 첫 책 표지를 만들어 붙여놓는 것도 좋다. 뒤표지에 실을 서평은 가장 멋진 칭찬으로 채우자.

나는 처음 소설을 쓰기 시작할 무렵 서점의 베스트셀러 코너를 둘러보며 글을 써야겠다는 동기를 여러 번 얻었다. 유명한 작가들의 사진과 전기를 읽으며 나도 할 수 있다는 생각을 하곤 했다. 첫 책의 책날개에 실릴 내 사진도 상상했다. 물론 사진이 잘 나오게 손질을 좀 한 뒤에 말이다.

그러고 나서 가장 중요한 건, 사무실로 돌아와서 글을 쓰기 시작했다는 점이다. 열정을 넘치게 할 작은 동기를 만들고 그렇게 생겨난 열정을 그대로 흘려보내지 말고 바로 종이 위에 옮겨야 한다.

직접 써보자

플롯을 짜는 방법을 배운다고 해서 좋은 작가가 되는 건 아니다. 배운 걸 실제로 써먹으면서 꾸준히 시도해야 한다. 배운 원리들을 종이 위에서 펼쳐보자. 이 책을 읽고 소화할 시간을 충분히 가진 다음 플롯과 구조에 대해 배운 것을 자신의 글에 응용하는 것이다.

나는 글쓰기에 대한 책을 좋아한다. 책장에 작법서가 가득하다. 작법서를 읽을 때면 형광펜으로 줄을 그으면서 읽는다. 다음에는 빨간펜으로 앞서 놓친 부분들에 표시를 하면서 한 번 더 읽는다. 세 번째 읽을 때는 새롭게 떠오른 생각들을 노트에 적는다. 마지막으로 메모를 하고 이를 워드 문서로 저장해놓는다.

이렇게 하면 자료를 더욱 깊이 있게 내 것으로 만들 수 있다. 나는 자료가 나의 일부가 되길 원한다. 다음 소설을 쓸 때 바로 쓸 수 있게 말이다. 그러므로 새로운 기법은 눈여겨보았다가 나중에 직접 써먹자. 나 역시 이런 식으로 배우고 성장했다.

긴장을 풀자

불안감에 사로잡혀서 쓰면 절대로 좋은 글이 나오지 않는다. 잔뜩 긴장한 두뇌는 창의성을 발휘할 수 없다. 글쓰기를 지나치게 군대 훈련처럼 여겨 이를 악물고 열을 올린 채 애쓴다면 역효과만 난다. 이 책에 나오는 지침들은 원재료이자 유용한 기술이 될 것이다. 지침을 읽고 할 일은 직접 쓰는 것이다. 저널리스트 브렌다 유랜드가 말했듯이 "자유롭고 유쾌하게" 써라.

일단 쓰고 그다음에 고치자

누가 이 말을 했는지 모르지만 매우 지혜로운 말이다. 초고를 쓸 때 걱정하고 안달하며 고치느라 지나치게 시간을 쓰지 말자. 이 책은 플롯을 짜고 글을 쓸 때뿐만 아니라 고쳐쓰기(퇴고)할 때도 도움이 될 것이다. 초고를 쓸 때는 그저 원고지에 자신을 쏟아부으면 된다. 레이 브래드버리는 『화성으로 날아간 작가Zen in the Art of Writing』에서 말한다. "세상이 우리를 통과해 불타오르게 하자. 나 자신이라는 프리즘을 통과한, 그 뜨거운 빛을 종이에 비추자."

매일 쓸 분량을 정하자

글을 써야 글 쓰는 법을 배운다. 매일 훈련하듯 쓰는 게 제일 좋은 방법이다.

성공한 작가들은 쓸 분량을 정해놓고 매일 그 목표를 달성한다. 목표량을 시간으로 정하면 문장을 어떻게 쓸지, 문단을 어떻게 구성할지 고민만 하다 시간을 허비하게 된다. 세 시간 동안 책상에 앉아 있겠다고 해서 글을 쓰는 건 아니다. 그러므로 일정 분량을 정해야 한다.

나는 엑셀 파일에 내가 쓴 글의 분량을 기록해둔다. 그날 쓴 단어 수를 적으면 자동으로 매일 그리고 일주일 동안 쓴 양이 계산된다. 나는 이 파일을 매주 점검한다. 정해둔 할당량을 채우지 못했으면 스스로를 꾸짖고는 다시 기록을 시작한다.

다만 이때 자신에게 친절해야 한다. 분량을 채우지 못했어도 잊고 새로 시작해야 한다. 매일 일정 분량 글을 쓰는 습관을 들이는 건 글 쓰는 삶에서 가장 훌륭한 결실을 맺을 훈련이 될 것이다. 자신이 얼마나 생산적일 수 있는지, 또 작법에 대해 얼마나 많이 알게 되었는지 놀랄 것이다.

만약 글을 쓰기 위해 영감이 필요하다고 여긴다면 소설가 피터 더프리스의 충고를 새겨듣길 바란다. "나는 영감이 올 때만 글을 쓴다. 그래서 매일 아침 9시에 영감이 반드시 내게 오게끔 한다."

포기하지 말자

끈기야말로 성공한 작가와 실패한 작가의 중요한 차이다. 여러 해 동안 계속 거절만 당하다가 책을 출간한 작가는 너무도 많다. 그들은 속속들이 철저한 작가였기 때문에 계속 글을 써나갔다. 당신도 마찬가지다. 바로 그렇기 때문에 이 책을 읽고 있는 게 아닌가? 내가 가르친 학생에게서 편지가 왔을 때 답장에 언제나 쓰는 말은 딱 한마디다. "계속 써라."

결국에는, 이 말이 최고의 조언이다.

이제 준비되었는가? 진실을 받아들였는가? 독자들이 밤새 읽을 만큼 뛰어난 플롯의 소설을 쓰고 싶은가? 그렇다면 계속 따라오길 바란다. 나는 방법을 알려주기 위해 최선을 다할 것이다.

1장

플롯:
공식을 따라야
할까?

플롯plot

: 문학 작품에서 형상화를 위한 여러 요소를 유기적으로 배열하거나 서술하는 일

플롯은 생긴다.

어떤 작가들은 소설을 쓰기 전에 머릿속에서 이야기를 전부 만든다. 미리 구상하고 설계한 뒤 이를 다시 수정해서 글을 쓰는 것이다. 그중에는 벽면 가득 메모지를 붙여놓거나 컴퓨터에 모든 장면을 저장한 뒤 글을 쓰기 시작하는 작가도 있다. 반면 어떤 작가들은 매일매일 컴퓨터나 종이를 앞에 두고 자유로운 영혼이 불러주는 대로 이야기를 받아 적는다. 직관적으로 글을 쓰는 것이다. 그 중간에 속하는 작가들도 있다. 매일매일 쓸 분량을 정하고 대략 계획을 세우지만 여전히 즉흥적인 생각이나 자연스러운 연상을 추구하는 것이다.

그 어떤 부류의 작가든 원고를 다 완성하고 난 뒤에는 플롯이 생긴다. 형편없거나 엉성하거나 말도 안 되거나 간혹 빼어날 수도 있다. 어떠하든 간에 플롯은 생긴다. 바로 작가의 눈앞에.

이 시점에서 나올 질문은 한 가지뿐이다. "플롯이 작동하고 있는가?"

여기서 '작동'은 독자와의 교감을 뜻한다. 플롯의 기능은 바로 이 교감이다. 이야기의 힘으로 독자의 마음을 움직이고 감동시키는 것. 플롯은 이를 가능케 하는 강력한 기준선이다.

물론 자신의 소설이 독자들과 교감을 하든 말든 신경 쓰지 않는 작가도 있을 수 있다. 자신이 좋아하는 내용을 원하는 대로 쓴 걸로 만족하며, 글쓰기 자체가 보람이라고 생각할 수 있다. 그래도 어느 독자가 우연히 자신이 쓴 소설을 좋아한다면 멋진 일이다. 그럼에도 이런 작가는 플롯 같은 속물적인 개념에 얽매이고 싶어 하지 않는다.

그래도 상관없다. 독자들과 교감하라고 강요할 사람은 아무도 없다. 하지만 독자가 생기길 원한다면, 자신의 소설이 출간되길 원한다면 플롯이 제 기능을 해야 한다. 편집자와 독자가 책을 펼칠 때 가장 관심을 두는 게 플롯이기 때문이다. 의식적이든 무의식적이든 그들은 아래와 같은 질문을 할 것이다.

- 이 이야기는 무엇을 말하는 거지?
- 어떤 일이 일어나는 거지?
- 왜 계속 읽어야 하지?
- 왜 관심을 가져야 하지?

모두 플롯에 대한 질문이다. 장편소설 작가로 성공하고 싶다면 편집자와 독자가 만족하고, 감탄하고, 놀랄 만한 답을 줘야 한다.

"인물은?"이라고 누군가 되묻고 싶을 수 있다. "매혹적인 인물을 만들어놓고 무슨 일이 벌어지는지 그냥 지켜보면 안 되나요?" 그래도 된다. 단 여기서 '무슨 일이 벌어지는' 게 바로 플롯이다. 훌륭한 인물이 있어도 플롯은 늘어지거나 일관성이 없을 수 있다.

의식의 흐름에 따라 쓴 소설은 어떨까? 온통 언어에 집중하느라 플롯 짜기 같은 틀에 박힌 문제에 얽매일 수 없다면? 물론 이런 글도 소설이라고 할 수 있다. 픽션이 맞다. 나아가 실험소설이라고도 할 수 있다. 더구나 이런 소설은 그 자체로 인상적이기까지 하다. 하지만 과연 '이야기'의 범주에 넣을 순 있을까? 이런 논쟁은 학자들에게 맡기자.

어찌되었건 소설을 출간해 출판 시장에서 성공하고 싶다면 플롯과 씨름해야만 한다. 이 책에 소개하는 과정을 거치면 더 단단해질 것이다. 훗날 작가로서 플롯 짜기를 무시하기로 마음먹는다 해도 플롯에 대한 이해는 분명 도움이 된다. 플롯은 우리를 더 좋은 작가로 만들어줄 것이다.

플롯에 대한 생각들

어떤 작가, 비평가, 지식인은 플롯 짜기를 작법 도구라고 비웃는다. 이들에게 플롯 짜기는 훌륭한 작가라면 절대 하지 않을, 형편없는 일이다.

소설가 진 한프 코렐리츠도 그렇게 생각했다. 그녀는 뉴욕에서 편집 보조로 일하면서 작가가 되려던 시절의 경험을 들려준다. 그녀가 말하길, 그녀와 동료들은 잘난 척하느라 언어를 벼르는 일에만 관심이 있었고 좋은 이야기를 짓는 것 따위는 안중에 없었다.

그러다가 코렐리츠는 법정스릴러소설을 쓰게 되었는데, 그 작업이 너무 마음에 들었다. 그녀의 생각은 바뀌었다. 시사매거진 살롱닷컴Salon.com에 실린 그녀의 에세이 「이야기 사랑Story Love」에서 그 생각을 확인할 수 있다.

소설을 읽을 때 훌륭한 플롯에 빠져들면 매우 특별한 만족감을 느끼는데, 현실 세계에서 해야 할 일 때문에 소설을 계속 읽지 못하게 되면 짜증이 난다. 우리는 흥미롭고 독창적인 이야기를 자유자재로 써대는 작가에게 기꺼이 굴복한다. 물고기를 낚을 때처럼 우리를 안달 나게 하고 화를 내게 하고 흐뭇하게 한 다음, 결국 엄청난 충격을 던져 혼을 쏙 빼는 작가에게 완전히 굴복하고 만다.

코렐리츠는 "빼어난 문장도 좋지만 마음을 사로잡는 이야기가 없다면 (소설은) 언어로 만든 밍밍한 푸딩일 뿐이다"라는 글로 이 에세이를 마무리한다.

밍밍한 푸딩을 골라도 된다. 헌법에 보장된 것처럼 우리에겐 그런 글을 쓸 자유가 있다. 그러나 자신의 소설을 독자들이 읽어주길 바란다면 플롯에 대해 깊게 생각해봐야 한다. 플롯을 비웃든, 아니든.

이야기의 힘

플롯과 구조는 이야기라는 더 큰 틀을 위해 존재한다. 이야기야 말로 소설의 모든 것이다. 소설은 곧 독자를 다른 세계로 빠져들게 하는 이야기다. 이 점에 대해 조금 더 살펴보자.

만약 소설을 읽으면서도 자신의 현실 세계에 머물러 있다면 애초에 책을 집어들 이유가 없다. 독자가 원하는 건 색다른 경험이다. 자신의 일상과는 다른 경험 말이다.

소설은 그러한 경험을 선사한다. 좋은 소설은 독자를 새로운 세상으로 이끈다. 어떠한 논증이나 사실이 아니라 새로운 삶이 책 속에서 펼쳐지고 있다는 환상을 통해서 말이다. 독자는 자신이 아니라 다른 누군가, 즉 인물을 통해 새로운 삶을 산다. 작가 제임스 N. 프레이는 이를 '만들어낸 꿈'이라고 불렀는데 매우 적확한 표현이다. 꿈을 꿀 때 우리는 꿈을 현실로 착각한다.

나는 아직도 뭔가 중요한 일에 늦는 꿈을 꾼다. 학창 시절에는 그 중요한 일이 대개 시험이었다. 최근에는 강연회나 일과 관련된 중요한 약속에 늦는 꿈을 꾼다. 꿈속에서 약속 시간까지는 겨우 2분밖에 남지 않는다. 그런데 약속 장소로부터 나는 몇 킬로미터나 떨어져 있고, 아무리 애써도 거북이걸음으로 움직일 뿐이다. 노력을 하면 할수록 더 심각한 장벽에 부딪힌다.

그럼 무슨 일이 벌어질까? 갈등, 이야기, 경험이 생긴다.

꿈이 심리와 어떤 연관이 있는지는 전문가에게 맡기자. 작가로서 우리는 이야기가 독자들을 어떤 식으로 꿈꾸게 하는지를 알아야 한다. 독자들은 이런 꿈을 원하기 때문이다.

플롯과 구조는 독자를 꿈속으로 이끌고 가서 그곳에 머무르게 한다. 출판 에이전트 도널드 마스는 『잘 팔리는 소설 쓰기Writing the Breakout Novel』에서 베스트셀러 소설을 만드는 힘은 이야기라고 주장한다. 광고나 엄청난 홍보 예산이 아니라 이야기가 근원적인 힘이라는 것이다. 오랜 세월 성공한 작가로 남으려면 꾸준히 팔리는 책이 여러 권 있어야 한다. 어떻게 하면 그런 일이 가능할까? 이야기의 힘이 답이다.

독자들은 왜 어떤 소설에 그토록 열광할까? 서평 때문일까? 서평을 읽는 사람은 거의 없다. 그렇다면 상을 받아서? 대부분의 사람은 상 받은 걸 금세 잊어버린다. 책 표지 때문일까? 좋은 표지를 보면 소비자는 서점에서 책을 한번 들춰 보지만 표지는 어디까지나 포장일 뿐이다. 우아한 인쇄 방식 때문일까? 책등에 찍힌 로고 때문에 책을 구입한 적이 있는가? 엄청난 광고 때문에? 책 광고가 있다는 걸 대중이 알기나 할까? 영향력 있는 출판사 때문에? 아쉽게도 독자들이 열광하는 이유는 아니다. 실상 독자들이 소설에 열광하는 이유는 하나밖에 없다. 훌륭한 이야기다.

플롯과 구조는 훌륭한 이야기를 쓸 수 있도록 도와줄 것이다.

대학에 다닐 때 체스 선수와 맞붙을 수 있을 만큼 실력을 키워주 겠노라 장담하는 사람에게 체스를 배운 적이 있다. 그는 체스의 기본 원리만 잘 배우면 좋은 경기를 펼칠 수 있다고 했다. 이기지 는 못하더라도 어리석게 지지는 않을 거라고 말이다. 그다음에 연구와 연습을 계속하고 약간의 재능을(만약 있다면) 더하면 된 다고 했다.

그의 말이 옳았다. 나는 꽤 탄탄히 체스 실력을 쌓았다. 세계 챔피언인 가리 카스파로프와 대결해서 15수를 넘기지는 못하겠 지만, 적어도 그가 멍청이와 경기한다고 생각하지 않을 정도는 된다. 내가 체스를 잘 두게 된 건 그때 배운 기본 원리 덕이다.

소설의 플롯을 짜는 일도 마찬가지다. 기본적인 원리 몇 가지 를 배우고 익히면 언제나 탄탄한 플롯을 만들 수 있다. 얼마큼 성 취를 이룰지는, 모든 게 그렇듯 순전히 각자의 부단한 노력과 연 습에 달렸다.

나는 플롯 수백 개를 분석한 뒤에 LOCK 체계라는 간단한 원 리를 개발했다. LOCK 체계는 Lead(주인공), Objective(목표), Confrontation(대결), KO(완승)의 머리글자에서 땄다. 각각의 의 미에 대해서는 나중에 상세히 설명하겠다. 지금은 간략히 살펴보 자. 이 책에서 LOCK 체계만 제대로 배워도 작가 생활 내내 도움 이 될 것이다.

주인공

도심 어느 거리에서 "한 푼만 줍쇼"라고 쓴 팻말을 들고 있는 남자를 상상해보자. 흥미로운가? 별로 그렇지 않다. 그런 사람들을 수도 없이 봐왔기에 우리는 이 남자를 보기 위해 잠시 멈춰서지는 않을 것이다.

하지만 이 남자가 턱시도를 입고 "한 푼 주시면 탭댄스를 추겠어요"라고 쓴 팻말을 들고 있다면? 음, 조금은 흥미롭다. 이 남자가 노란색 공책을 쥐고 "한 푼 주시면 소설을 쓰겠어요"라고 쓴 팻말을 들 수도 있다. 나라면 이 남자에게 햄버거를 사주고 그가 뭘 쓰는지 지켜볼 거다.

여기에서 탄탄한 플롯의 출발점은 흥미로운 주인공이라는 점에 주목해야 한다. 소설 내내 눈을 뗄 수 없을 정도로 흥미진진한 인물이 있어야 최고의 플롯이 될 수 있다.

그렇다고 해서 주인공이 완벽한 호감형이어야 한다는 뜻은 아니다. 몇 년 전 나는 동네 도서관에서 책들을 훑어보다 우연히 그 사실을 깨달았다. 시작은 새로 나온 책들을 보다가 시어도어 드라이저의 『미국의 비극The American Tragedy』 문고판을 발견한 것이었다. 나는 이 소설을 읽어본 적이 없고, 이 소설가에 대해 아는 바도 없었으며, 최근 들어 문학계에서 그의 명성이 떨어진다는 것만 막연히 알고 있었다. 다만 이 소설이 내가 제일 좋아하는, 엘리자베스 테일러와 몽고메리 클리프트가 주연한 영화「젊은이의 양지A Place in the Sun」의 원작이란 건 알았다. 그래서 814쪽이나 되는 두꺼운 책을 빌렸는데, 사실 그 책을 전부 읽을 생각은 아니었고 그저 영화와 얼마나 비슷한지만 훑어볼 작정이었다. 그런데 책을 읽다가 완전히 빨려들고 말았다. 아주 황홀한 체험이었다.

초보 작가로서 그 이유가 뭘까 자문해봤다. 이 책의 문체(글투)는 비평가들이 지적한 그대로였다. 장황하며, 엉성하고, 때때로 지나치게 감상적이었다. 156쪽에 "길버트는 오한이 나고 털이 곤두섰다"라는 문장이 있는데 157쪽에 또 나온다. "길버트는 털이 곤두서고 오한이 났다." 도대체 이해할 수 없었다. 사실 「뉴욕 타임스」는 『미국의 비극』을 한때 "세상에서 가장 못 쓴 위대한 책"이라고 했다. 주인공 클라이드 그리피스는 결코 훌륭한 인물이 아니지만 이 소설은 위대한 작품이다. 가난한 전도사의 아들인 클라이드가 임신한 연인이 물에 빠져 죽는 것을 방치할 정도로 타락하기까지의 과정을 그리고 있다.

이 소설의 매력은 무엇일까? 나쁘지만 매혹적인 주인공 클라이드를 먼저 꼽을 수 있다. 이 소설의 작가는 주인공의 머릿속에 들어가 '차 사고'가 일어났을 때의 혼란을 보여준다. 사람들이 차 사고를 보려고 속도를 줄이는 만큼, 우리는 생의 혼돈 속에서 만신창이가 된 인간들의 모습을 볼 수밖에 없다. 이때 솜씨 좋은 작가는 "운이 나빴다면 내가 저 꼴이 되었겠지"라고 독자를 안도하게 만든다.

참고로 이 책에서는 교육적 목적을 위해 메인플롯에 주인공한 명이 등장하는 가장 단순한 예시를 보여줄 것이다. 이를 잘 익히면 복잡한 상황, 예를 들어 다중 시점의 소설도 쓸 수 있다. 복합 플롯에 대해서는 이 책의 8장을 참조하자.

목표

팻말을 든 남자에게 돌아가자. 만일 이 남자가 팻말을 내던지고 등에 낙하산을 멘 채 엠파이어 스테이트 빌딩을 기어오르기 시작한다면 어떻게 될까? 관심이 폭발할 것이다. 왜? 그에게 목표가 있기 때문이다. 원하는 게 있고 욕망도 있다.

소설의 추진력은 목표에서 나온다. 목표는 동력을 만들어 주인공이 머뭇거리지 않고 계속 움직이게 만든다. 목표는 대부분 두 가지 형태를 띤다. 무언가를 얻거나 무언가에서 벗어나는 것이다.

- 『톰 고든을 사랑한 소녀The Girl Who Loved Tom Gordon』에서 소녀는 숲속에서 길을 잃고 온 힘을 다해 문명 세계로 돌아가려 한다.
- 「죠스Jaws」에서 브로디는 필사적으로 상어를 잡고 싶다.
- 『로즈 매더Rose Madder』에서 로즈는 정신병자 남편에게서 벗어나고 싶다.
- 『그래서 그들은 바다로 갔다The Firm』에서 맥디르는 마피아에게서 도망치고 싶다.

탄탄한 플롯은 주인공에게 단 하나의 절실한 목표를 세우게 한다. 이 목표는 '소설의 문제'를 만든다. "주인공이 목표를 실현하게 될까?"

독자들이 소설의 문제에 관심을 갖게 하려면 주인공의 행복이 그 목표에 달려 있어야 한다. 주인공이 그 목표를 이루지 못하면(또는 벗어나지 못하면) 설상가상으로 삶에 엄청난 타격을 입어야 한다. 목표를 아주 중요한 것으로 만드는 데에는 몇 가지 비법이 있다.

목표가 생존과 이어져 있다면 언제나 도움이 된다. 서스펜스 소설에서는 대부분 처음부터 주인공의 목숨이 위태롭다. 아니면 다른 인물이 위험에 처할 수도 있다. 『양들의 침묵 The Silence of the Lambs』에서 클래리스 스털링은 연쇄살인범 버펄로 빌이 또 다른 무고한 희생자를 죽이기 전에 그를 제압해야 한다.

하지만 생존과 관련이 없는 목표도 나쁘지 않다. 주인공의 행복에 핵심적인 요소라면 뭐든 괜찮다. 닐 사이먼의 희곡 『별난 커플 The Odd Couple』의 주인공 오스카를 보자. 그는 아주 행복한 게으름뱅이다. 집에서 담배를 피우며 포커 게임을 즐기지만 결코 치우는 법이 없다. 그는 자살 충동에 시달리는 친구 펠릭스를 동정해서 집에 들인다. 그런데 펠릭스는 결벽증 환자다. 결국 오스카는 돌아버릴 지경이 된다. 펠릭스를 내보내지 않으면 게으름뱅이 생활은 끝장이다. 이 희곡의 작가는 게으른 삶이 오스카의 행복에 얼마나 중요한지를 잘 보여줌으로써 독자의 공감을 얻는다.

대결

지금 우리의 휴먼 플라이(마블의 악당 캐릭터 중 하나)가 엠파이어 스테이트 빌딩을 절반쯤 올라가고 있다. 그는 목표가 있는 흥미진진한 인물이므로 작가는 약간의 상상력만 발휘해도 그 목표가 왜 그의 행복에 꼭 필요한지 생각해낼 수가 있다.

독자가 이 이야기에 좀 더 몰입하게 만드는 방법이 있을까? 물론 있다! 뉴욕 경찰이 나서서 그를 저지하는 것이다. 경찰이 65

층에서 그를 붙잡으려 한다. 더욱이 건너편 5번가에서 총을 든 정신병자까지 그를 발견한다. 갑자기 상황이 훨씬 흥미로워진다. 대결 국면으로 들어서기 때문이다.

인물과 외부 세력의 대립은 소설을 더욱 생생하게 한다. 주인공이 아무 시련 없이 목표를 향해 나아간다면 독자들은 은밀한 욕망, 즉 걱정거리를 빼앗기게 된다. 독자들은 소설을 읽는 내내 주인공이 어떻게 될까 긴장하면서 주인공에게 감정이입을 하고 싶어 하는데 말이다.

옛날에 어떤 지혜로운 작가가 말했다. "주인공을 나무 위로 올라가게 하라. 그에게 돌을 던져라. 그래서 그가 내려오게 하라." 돌을 던진다는 것은 주인공이 가는 길에 장애물을 만들라는 의미다. 주인공을 고달프게 하자. 결코 편하게 두면 안 된다.

완승

언젠가 나이 많은 스포츠 기자에게 권투가 왜 그리 인기가 있는지 이유를 물었다. 그는 손바닥을 주먹으로 세게 퍽 치더니 감자 자루처럼 팔을 축 늘어뜨렸다. 그는 관중이 KO 장면 때문에 권투를 보는 거라고 했다. 판정승도 좋아하지만 그보다는 어느 한 선수가 링 위에 드러눕는 모습을 더 보고 싶어 한다고 했다. 제일 재미없어 하는 건 무승부다. 무승부는 누구도 만족시키지 못한다.

마찬가지로 대중소설(흥미 위주의 상업소설)의 독자는 완승으로 끝나는 결말을 원한다. 순수소설(예술성을 추구하는 소설)은 모호하게 끝을 맺기도 한다. 그러나 어떤 소설이든 결말에서 KO

의 위력을 보여줘야 한다.

독자들은 소설의 다른 부분이 그저 그래도 결말이 훌륭하면 흡족해한다(물론 독자가 끝까지 읽는다는 가정 아래). 하지만 전체 내용이 아무리 좋아도 결말이 약하면 독자는 실망한다. 따라서 주인공이 목표를 향해 나아가고 적대자와 맞붙게 만들어야 한다.

우리의 휴먼 플라이는 엠파이어 스테이트 빌딩 꼭대기까지 의기양양하게 올라갈 수도 있고, 비극적으로 떨어질 수도 있다. 새로운 삶을 상징하는 창문을 통해 빌딩 속으로 기어들 수도 있다. 결말의 가능성은 무궁무진하다(개인적으로 나는 그가 빌딩 꼭대기에 오르고 그 경험을 소설로 써서 베스트셀러 작가가 되었으면 좋겠다).

플롯의 유형은 얼마나 많을까?

세상에는 수없이 많은 플롯이 존재하지만(플롯의 유형은 12장에 나온다) 모두 LOCK 체계로 요약할 수 있다. 중요한 목표를 가진 주인공이 적대자와 대결하며 소설을 끝까지 이끈다.

LOCK 체계로 인기 있는 플롯들을 분석해보자.

먼저 '사랑' 플롯이다. 이 플롯은 간단하다. 소년이 소녀를 원한다. 소녀는 소년을 거부한다. 소년은 사랑을 얻기 위해 싸운다. 꽃을 사주고, 노래를 불러주고, 악당들에게서 보호하는 등 온갖 낭만적인 일을 해서 소녀의 저항에 맞선다. 결국 소년은 소녀를 얻거나 얻지 못한다. 이렇게 사랑 이야기가 만들어진다. 이때 적대자를 소년과 소녀의 가족으로 설정할 수도 있다. 그러면 또 다른 사랑 이야기가 탄생한다. 『로미오와 줄리엣Romeo and Juliet』 같은 이야기가 만들어지는 것이다.

'변화' 플롯도 있다. 이 플롯의 초점은 주인공의 내면에서 일어나는 변화에 맞춰져 있다. 주인공은 현실에 안주하고 싶다. 하지만 그의 평화를 위협하는 힘(세력)이 생긴다. 주인공은 이 힘에 저항하지만 결국 굴복하고 변화한다. 찰스 디킨스의 『크리스마스 캐럴A Christmas Carol』이 그 예다.

목표는 내적인 것일 수도 있고 외적인 것일 수도 있다. 또한 대결은 육체적일 수도 있고 심리적일 수도 있다. 그러나 LOCK 체계는 어디에나 적용 가능하다. 순수소설을 쓰든 대중소설을 쓰든 쓸 수 있는 플롯은 무궁무진하다. 매력적인 주인공이 욕망을 이루기 위해 계속 분투하게 만들면 언제나 탄탄한 이야기를 만들 수 있다. 작가이자 글쓰기 교사인 바너비 콘래드가 말했듯 "문제가 있는 주인공, 그것도 아주 심각한 문제가 있는 주인공이 역경에서 빠져나오는 과정을 멋지게 부르는 이름이 바로 플롯"이다.

순수소설의 플롯과 대중소설의 플롯

순수소설과 대중소설의 플롯은 분위기(느낌)와 중점을 두는 데에서 차이가 있다. 순수소설의 플롯은 좀 더 천천히 흐르며 대개 주인공의 행동보다는 내면에 초점을 맞춘다. 반면 대중소설의 플롯은 사건(행동), 즉 외부에서 주인공에게 가해지는 일들에 초점을 맞춘다.

대중소설의 플롯은 아래와 같이 전개된다.

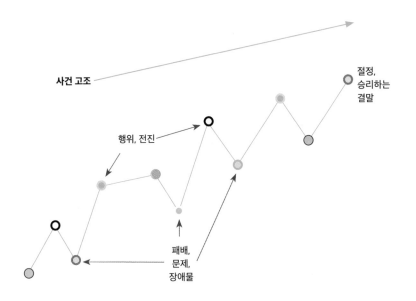

사건 고조

절정,
승리하는
결말

행위, 전진

패배,
문제,
장애물

순수소설의 플롯은 다음과 같이 전개된다.

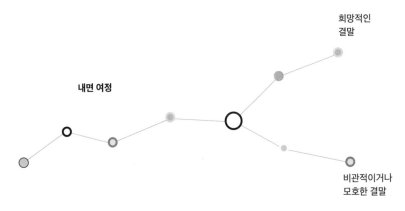

희망적인
결말

내면 여정

비관적이거나
모호한 결말

물론 이러한 도식은 지나치게 단순화한 것이라 반론할 수 있다. 소설 속에 대중적 요소와 문학적 요소가 모두 들어 있을 수도 있다. 그 예로 스콧 스미스의 『심플 플랜A Simple Plan』은 주요 사건이 1인칭 시점 화자의 내면에서 일어나는 일이라는 점에서 순수소설처럼 보인다. 그러나 이 소설은 대중적인 범죄소설처럼 전개된다. 또한 스티븐 킹의 대중소설 플롯은 인물의 성격 묘사에 강점이 있다. 스티븐 킹은 언제나 가상 인물이 아니라 실존 인물에 대해서 말하는 것처럼 쓴다.

순수소설은 애매모호한 이야기를 그릴 때가 아주 많다. 암울하거나 독자를 계속 궁금해하게 만드는 결말을 짓기도 한다. 그 예로 『호밀밭의 파수꾼The Catcher in the Rye』에서 주인공 홀든은 결말 이후에 어떻게 될지 알 수 없다. 이 점이 이 소설의 매력이다.

대중소설에서는 대개 좋은 사람이 나쁜 사람을 이긴다. 흔히 순수소설은 '인물이 이끄는' 소설, 대중소설은 '플롯이 이끄는' 소설로 정의한다. 플롯이 이끈다는 건 사건이 중요하고 인물은 중요하지 않다는 의미다. 인물이 이끈다는 건 사건보다 인물의 내면에 중점을 두고 이야기가 천천히 흐른다는 뜻이다. 그러나 이 같은 구분은 자의적이고 별 도움이 안 된다. '모든' 플롯은 인물이 끌어간다. 독자가 납득할 수 있을 만큼 인물이 어려움을 겪지 않으면 플롯은 존재하지 않는다. 그렇기 때문에 LOCK 체계에서 주인공Lead을 가장 앞에 둔 것이다. 게다가 온갖 사건을 집어넣는다고 해도 인물이 설득력을 잃으면 이야기는 실패하고 만다.

요약하자면 플롯은 인물이 필요하고, 인물은 플롯이 필요하다.

1. 순수소설을 쓸 때

이야기의 전개 속도에 따라 대중적인 요소를 한두 가지 덧붙여보자. 독자들은 물론 작가 자신도 마음에 들 것이다.

2. 대중소설을 쓸 때

인물을 깊이 있게 만들어보자. 독자들을 훨씬 만족시킬 수 있다.

틀에 박힌 글이 되지 않으려면

어떤 작가들은 플롯을 짜다 보면 공식에 따른 진부한 글이 될까 봐 걱정한다. 이들은 중요한 사실을 놓치고 있다. 왜 공식이 만들어질까? 효과가 있기 때문이다!

오믈렛 만드는 법을 보자. 달걀 2개를 깬다. 달걀물을 젓는다. 프라이팬을 달군다. 버터를 바른다. 달걀물을 붓는다. 약간 익힌다. 다른 재료를 넣는다. 계란을 반으로 접는다. 먹는다. 이런 게 바로 공식이다. 물론 변수를 고려해야 한다. 요리사의 숙련도에 따라 오믈렛은 엄청 맛있을 수도, 끔찍하게 맛없을 수도, 그 중간일 수도 있다. 또 어떤 향신료를 넣는가에 따라서도 맛이 달라진다. 오믈렛은 여전히 오믈렛이고 만드는 법도 같지만 아주 다양한 오믈렛이 만들어지는 것이다.

플롯 짜기도 마찬가지다. 도움이 되는 원리들이 있다. 하지만 이것만으로 독창적인 소설을 쓸 수는 없다. 여기에 작가의 향신료, 작가의 기술, 작가의 재능을 덧붙여야 한다. 왜 플롯이 유용한지 알고 나면 자유로워진다. 원리를 익히고 나면 자유자재로 자신의 색깔을 만들 수 있다. 훌륭한 요리사는 비법 양념을 넣어 특별하고 독특한 풍미를 내는 요리를 만든다. 작가에게는 플롯을 색다르게 만들어줄 인물, 배경, 대화라는 양념이 있다.

인물

러요스 에그리는 『창작 기법The Art of Creative Writing』에서 소설의 독창성은 궁극적으로 인물에게서 나온다고 말한다. "살아 있는 듯 생생한 인물은 위대한 글의 마법 공식이다. 불멸의 소설들을 읽고 연구해보니 인간 본성의 심오한 탐구야말로 수백 년 동안 읽힌 고전의 비결이라고 결론 내리지 않을 수 없다."

여기에서 '공식'이라는 말을 눈여겨보자. 정말 그런지 보자. 무엇이 디킨스의 소설을 특별하게 만드는가? 바로 인물이다. 여기에는 『올리버 트위스트The Adventures of Oliver Twist』의 악당 페이긴과 하숙집 주인 미코버, 『위대한 유산 Great Expectations』의 핍과 미스 해비셤, 『데이비드 코퍼필드 David Copperfield』의 유모 페거티와 마부 바키스 등이 있다. 이 인물들은 디킨스 소설의 플롯에서 보석처럼 빛을 발한다. 현대 작가로는 누가 있을까? 스티븐 킹이 있다. 그의 소설을 연구하다 보면 인물의 발전 과정이 플롯만큼이나 독창적이라는 것을 알게 된다. 플롯과 인물이 함께 간다. 그가 쓴 『스탠드The Stand』에 등장하는 수많은 인물을 보자. 자신만의 색깔이 없는 인물이 하나도 없다. 바닐라 향처럼 흔해 빠진 평범한 인물은 플롯에 넣지 말아야 한다. 독특한 풍미를 지니도록 인물에 향신료를 쳐야 한다.

배경

누구도 가본 적 없는 곳으로 독자들을 데려갈 수 있는가? 그럴 수 있다면 플롯은 생생하게 살아난다. 멀리 떨어진 곳일 수도 있지만 꼭 그래야 하는 건 아니다. 새로운 곳이면 된다.

레스토랑에서 연인들 사이에 오가는 대화를 엿들어본 적이 있는가? 둘이서 이야기를 주고받는 모습에서 독창적인 건 사실 웨이터가 가져다주는 음식밖에 없다. 연인들이 나무 위의 집에 있다면 어떨까? 터널 속에서 꼼짝 않는 지하철을 타고 있다면?

배경은 주인공을 둘러싼 삶의 소소한 부분까지 아우른다. 소설가 톰 클랜시는 잭 라이언이라는 인물을 만든 뒤 군사와 첩보라는 복잡한 세계에 집어넣음으로써 테크노스릴러라는 새로운 장르를 만들어냈다. 이런 배경이라면 신선하다고 말할 수 있다.

독자들은 다른 사람의 직업 세계에 대해 시시콜콜한 것까지 알고 싶어 한다. 직업들을 조사하자. 한 가지 직업 세계에 빠져보자. 직접 그 일을 위한 훈련을 받든가 전문가와 인터뷰하자. 어떤 직업을 선택하든 간에 인물에게 낡고 흔한 직업을 갖게 하지 말아야 한다. 더 깊이 들어가서 독창적인 세부 사항들을 찾아내자. 물론 경찰이나 변호사, 트럭 운전사를 주인공으로 삼으면 안 된다는 뜻은 아니다. 그러나 이런 직업을 선택할 때라도 새로운 도전을 하게 만들어야 한다. 이를 찾아내서 소설에 풍미를 더하자.

대화

대화는 플롯에 풍미를 더할 좋은 기회다. 이 기회를 놓치지 말아야 한다. 대화는 독창적인 인물을 창조하고 플롯을 앞으로 나아가게 한다. 만약 대화가 둘 다에 도움이 안 된다면 과감하게 지우자.

인물들은 저마다의 방식으로 말해야 한다. 누구도 똑같은 방식으로 말하면 안 된다. 인물이 쓰는 어투를 보고 어떤 사람인지 파악할 수 있게 하자. 저돌적인 인물이라면 거친 말투를 쓰며 에둘러 말하지 않을 것이다. 대실 해밋의 『몰타의 매The Maltese Falcon』에 나오는 샘 스페이드가 그 예다. 어딘가 수상쩍은 조엘 카이로가 문을 밀치고 들어왔을 때 샘은 이렇게 말한다.

아주 제대로 걸렸어, 카이로. 이리 제 발로 걸어 들어오다니. 어제 저녁 살인 사건으로 경찰에 고발하면 딱 되겠어. 이제 나하고 한판 놀아볼까.

반면 세련된 조엘은 은은한 꽃향기를 풍기는 듯 화려한 말투를 구사한다.

뭔가 조치를 취하기 전에 당신에 대해 아주 자세히 조사를 수행했습니다. 당신은 이익이 될 만한 사업 거래가 있어도 다른 문제들 때문에 그걸 소홀히 하는, 합리성과는 상당히 거리가 있는 사람이라는 판단이 들더군요.

독자들은 두 인물이 쓰는 어투만으로 성격이 확연히 다르다는 것을 알 수 있다. 대화를 플롯에서 쓰는 무기라고 생각하자. 플롯의 핵심은 갈등이다. 플롯은 일종의 전투다. 상대를 이기기 위해 우리의 인물들은 말이라는 무기를 휘두르는 것이다. 이때 인물들은 여러 가지 말투를 무기로 선택할 수 있다. 사람들이 상호 작용할 때 생기는 언어의 무기고에서 폭언, 욕설, 귓속말, 독설, 거짓말 등을 꺼내어 쓸 수 있다.

존 D. 맥도널드의 『사형집행인The Executioners』의 주인공은 변호사 샘 보든이다. 그의 가족은 맥스 케이디라는 범죄자에게 스토킹당하고 있다. 케이디의 첫 번째 행동은 샘의 가족이 기르는 개를 독살한 것이다. 샘은 아내 캐럴에게 모든 사실을 솔직하게 밝힌 적이 없다. 캐럴이 샘에게 따진다.

"네가 에도 아니고 바보도 아니고 너무 화가 나…… 이건 과잉보호야."

캐럴의 공세는 직접적이고 분노에 차 있다. 샘이 대답한다.

"당신한테 말했어야 했는데. 미안해."

샘은 캐럴의 분노를 가라앉히기 위해 사과한다. 하지만 그의 사과는 빈말처럼 들릴 뿐이고 캐럴은 계속 공격한다.

"그래서 이제 케이디가 맘대로 돌아다니면서 우리 개를 독살하고 우리 애들한테까지 접근하고 있어. 누구부터 공격할 것 같아? 큰애, 작은애?"

"여보, 캐럴. 제발 그만해."

"내가 히스테리 부리는 거 같아? 그래, 난 히스테릭한 여자야."

캐럴이 빈정댄다. 샘이 달래려고 애쓰지만 캐럴은 독설과 저주를 내뱉을 뿐이다. 샘은 변호사다운 전술을 구사한다.

"케이디가 그랬다는 증거가 없잖아?"

캐럴이 수건을 싱크대에 내던진다.

"잘 들어. 난 케이디가 그랬단 걸 증명할 수 있어. 내게 증거가 있어. 당신이 받아들일 만한 증거는 아닐 거야. 법적인 증거는 아니니까. 증인도 없어. 법률상으로 의미가 없겠지. 하지만 난 알아."

캐럴은 샘에게 말이 통하지 않자 재빨리 전략을 바꿔 비장의 무기를 꺼낸다.

"당신은 도대체 어떤 사람이야? 이건 우리 가족의 문제야. 우리 개도 가족이었어. 판례를 다 뒤지고 나서 소송 준비를 시작하겠다는 거야?"

캐럴은 샘의 남성성과 직업을 공격한다. 샘이 대답하려 하지만 캐럴은 막아버린다(말 가로막기도 좋은 무기다).

"당신은 모를 거—"
"난 아무것도 몰라. 이 일은 당신이 예전에 한 일 때문에 벌어진
거야."
"어쩔 수 없었어."
"당신이 그러지 말았어야 했다고 말하는 게 아니야. 그자가 당신
을 미워한다고 당신이 말했지. 제정신이 아니라며. 그러니까 그자
를 어떻게 해봐."

캐럴은 즉각적인 행동을 원하지만 샘은 그렇게 할 수 없다. 상
황의 급박감 때문에 말다툼이 오간다.
이렇듯 플롯에서 대화는 무기로 쓰이며 독창적이고 긴박감 있
게 플롯을 앞으로 이끈다.

히치콕의 격언

앨프리드 히치콕은 "훌륭한 이야기는 지루한 부분을 잘라내고
남은 인생이다"라고 말했다.
이 책에서 다루는 내용은 어찌 보면 히치콕의 격언을 따르려는
시도다. 작가로서 이 말을 마음에 새겨놓고 이 말이 이끄는 대로
따르길 바란다.

장면 선택, 즉 '어떤 일이 일어날지 정하는 것' 역시 소설에 풍미를 더한다. 하지만 그다음에 무엇을 쓰는지에 따라 상투적인 장면이 되어버릴 수도 있다. 그래서 어떤 장면을 쓸지 결정하기 전에 상상력을 발휘해서 몇 가지 장면을 미리 생각해두는 게 중요하다. 이거다 싶은 게 떠오를 때까지 틈틈이 장면 목록을 쓰는 것이다. 어떤 장면을 쓰고 있는 중이라고 해도 상관없다. 예를 들어 경찰이 집으로 뛰어들어 악당과 총싸움을 벌이다가 악당이 죽는 장면을 쓰고 있다고 해보자. 잠시 멈추어 생각한다. 경찰이 죽는 건 어떨까? 혹시 집 안에 아무 상관없는 제3자가 있다면? 아니면 개가 있으면 어떨까? 혹시 집 안에 아무도 없다면?

충분히 생각해야 한다. 그리고 신선한 대안을 찾자.

10분 동안 다음 빈칸에 들어갈 내용을 자유롭게 써보자.

- 독자들이 내 소설을 읽고 나서 _____을 느끼기 바란다.
  나에게 소설이란 _____이기 때문이다.

다 썼으면 분석해본다. 자신이 어떠한 플롯으로 소설을 쓰려 하는지 알 수 있을 것이다.
섬세한 소설을 쓰고 싶은가? 플롯 짜는 법을 배운다면 더욱 호소력 있는 작품을 쓸 수 있다.

좋아하는 소설을 LOCK 체계에 맞춰 분석해보자.

- 주인공의 어떤 점에 끌리는가?
- 주인공이 이루려고 하거나 벗어나려고 하는 것은 무엇인가?
- 이야기가 어떻게 '최고조'에 이르는가?
- 주인공의 목표에 주요 장애물은 무엇인가?
- 결말에 대해 어떻게 느끼는가? 결말이 왜 효과가 있는가?

지금 구상하고 있는 소설의 플롯을 LOCK 체계에 따라 간략히 짜보자.

- 주인공은 _____.
- 그의 목표는 _____.
- 그는 _____를 적대하는데 _____이기 때문이다.
- _____다면 결말은 완승이다.

빈칸을 다 채웠다면 일단 소설의 뼈대는 마련한 셈이다.

지금까지 읽은 소설들에서 마음에 드는 '향신료'를 모아 분석하자. 구체적으로 아래와 같다. 왜 마음에 들었을까? 작가가 어떤 기술을 사용했을까?

- 독특한 배경
- 다채로운 인물
- 흥미로운 대화
- 충격적인 장면

2장 ——————————— **구조:**
플롯을 엮는 힘

"그걸 만들면, 그들이 올 거야."

_영화 '꿈의 구장,

구조를 짜면, 독자들은 소설을 읽을 것이다.

　나의 아들은 네 살이 되던 해에 소설을 썼다. 네 쪽짜리였는데, 한 쪽에 한 문장씩 들어 있었다. 헤밍웨이 스타일의 간결한 소설이었다. 크레용 삽화를 뺀 소설의 전문은 이랬다. "로빈 후드가 말을 타고 갔다. 악당이 다가왔다. 그들은 싸웠다. 로빈 후드가 이겼다." 당시 아들은 철자나 문법은 몰랐지만 완벽한 구조를 이룬 소설 한 편을 썼다. 어쨌든 플롯 구성의 핵심을 집어낸 것이다. 아마도 아빠가 밤에 들려준 이야기나 TV에서 본 영화에서 배웠을 것이다.

　이 간단한 예시문은 소설의 구조가 어떤 일을 하는지 명확히 보여준다. 즉 구성을 한다는 건 이야기를 잘 결합해 독자들이 이해하기 쉽게 만드는 일이다. 이야기를 질서정연하게 배열하는 것이다.

　플롯은 '요소', 즉 좋은 이야기를 더 좋게 만들기 위해 들어가는 재료들을 다룬다. 구성은 이 요소들을 어디에 배치할지를 '결정'하는 작업이다. 어떤 소설이 재미가 없다면 구조에 문제가 있을 가능성이 크다. 훌륭한 인물, 활기 넘치는 대화, 신선한 배경이 있어도 이야기가 제대로 전개되지 않으면 재미가 없다.

물론 자신의 스타일이나 소설에 대해 옳다 그르다 하는 평가를 원치 않을 수도 있다. 작가에게는 그럴 권리가 있다. 하지만 독자와 교감을 원한다면 우리는 구조에 대해 알아야 한다.

3막 구조는 여전히 효과적이다

어째서 3막 구조를 알아야 할까? 그건 3막 구조가 효과적이기 때문이다. 아리스토텔레스가 드라마의 구성을 3막으로 정의한 이후로 쭉 그래왔다.

왜 3막 구조가 효과적일까? 아마도 우리가 인생을 사는 방식과 똑같기 때문일 것이다. 3박자 리듬은 우리의 삶에 깊이 내재되어 있다. 우리는 태어나고, 살다가, 죽는다. 3막 구조다. 어린 시절은 상대적으로 짧고 인생의 시작을 알린다. 중간의 긴 시절은 인생의 대부분을 차지한다. 그리고 모든 것을 덮어야 하는 마지막 시절이 있다. 하루의 삶도 마찬가지다. 아침에 일어나서 일하러 갈 준비를 한다. 일을 하거나 다른 것들을 한다. 일과를 끝내고 잠자리에 든다. 이렇게 매일 우리는 3막의 삶을 살고 있다. 또한 소소한 일상에서도 3막 구조를 발견할 수 있다. 어떤 문제에 부딪혔다고 치자. 우리는 문제에 대응한다. 이것이 1막이다. 다음에는 그 문제를 어떻게 해결할지 고민하며 많은 시간을 보내는데 이 부분이 2막이다. 고민 끝에 우리는 결국 통찰력과 해답을 얻는다. 3막에서 문제가 해결되는 것이다.

삼각형은 근본적으로 견실하다. 건축가 리처드 풀러가 말했듯, 삼각형은 자연에서 가장 견고한 평면 도형이다(그가 설계한 지오데식 돔은 삼각형 면을 이리저리 이어 붙여 동그란 공처럼 만든 것이다). 모든 우스운 농담 또한 마찬가지로 설정, 본론, 뜻밖의 결말이라는 3단계 구조를 이룬다. 아일랜드인과 프랑스인이 술집에 들어가는 걸로는 이야기가 성립되지 않는다. 영국인이 있어야 기본이 갖추어진다.

소설에서는 1막에서 무언가가 제시되어야 이야기 속으로 들어갈 수 있다. 그러고 나서 2막에서 문제가 생기고 주인공이 그 문제와 씨름하는 과정에 많은 부분이 할애된다. 하지만 3막에서 문제가 해결되면서 끝이 난다. 최근 많은 소설 쓰기 강좌와 작법서에서 3막 구조가 효력을 다했다고(아니면 쓸모없다고) 한다. 이 말을 믿으면 안 된다. 3막 구조는 여전히 효과적이다. 3막 구조를 무시하면 독자들에게 외면받기 쉽다. 예술성 등을 이유로 거부하겠다면 어쩔 수 없다. 그러나 적어도 3막 구조가 왜 유용한지는 이해하고 있어야 한다. 독자들을 이야기 속으로 빠져들게 하는 장점 말이다.

3막 구조는 시작, 중간, 결말로 간단히 압축할 수 있다. 누군가는 이 구조를 시작, 혼란, 결말이라고 하는데 나는 이 정의가 마음에 쏙 든다. 이제 3막 구조를 어떤 내용으로 채워야 할지 사례를 통해 살펴보자. 각 막에 대해서는 나중에 자세히 다룰 것이다.

물론 된다. 구조가 어떤 효과가 있는지 충분히 알았다면 예술적 목적에 따라 바꾸어도 좋다. 그러나 튼튼한 구조에서 멀어질수록 독자들은 이야기의 흐름을 따라가기 힘들어 한다. 그래도 역시 괜찮다. 독자들이 난해함을 느끼는 게 나쁜 것만은 아니고 주의력을 자극할 필요도 있기 때문이다. 그러므로 일단 구조에 어떤 힘이 있는지 알고 나서 자유롭게 쓰자. 구조를 어떻게 활용할지는 8장을 참조하자.

1막: 시작

시작 부분에서는 언제나 인물이 '누구'인가에 초점이 맞춰진다(시작에 대해서는 4장에서 자세히 다룬다). 시작의 핵심은 주인공 소개로, 되도록 빨리 독자들이 주인공에게 친밀감을 느끼게 해야 한다.

하퍼 리의 『앵무새 죽이기To Kill a Mockingbird』가 재판 장면으로 시작한다고 가정해보자. 그랬다면 독자들은 주인공인 애티커스 핀치에게 친밀감을 느끼기 힘들었을 것이다. 유능하고 세심한 변호사로는 느껴지겠지만 말이다. 이 소설의 시작에서 핀치는 아버지, 시민, 이웃, 변호사로서 다양한 면모를 보인다. 독자는 핀치가 법정에 서는 장면에 앞서 딸 스카우트의 눈을 통해 그를 더욱 잘 알게 된다.

시작 부분은 주인공 소개 말고 다른 기능도 해야 하는데 가장 중요한 네 가지는 아래와 같다.

- 이야기가 전개되는 배경을 보여준다. 즉 장소, 시간, 사건의 맥락을 알린다.
- 이야기의 전반적인 분위기를 보여준다. 빠르게 전개되는지, 익살스러운지, 역동적인지, 인물의 변화에 초점을 맞추는지, 속도감이 있는지, 느긋하게 흘러가는지 등을 분명하게 드러내야 한다.
- 계속 읽도록 이끈다. 독자들이 읽고 싶은 이유를 만들어준다.
- 적대자가 등장하거나 대립되는 상황을 보여준다. 누가, 무엇이 주인공을 힘겹게 하는지 명확히 드러낸다.

2막: 중간

중간 부분의 핵심은 주인공이 상대방과 벌이는 대결, 즉 싸움이다. 중간 부분은 서브플롯이 발전하는 단계기도 하다. 서브플롯은 소설을 좀 더 복잡하게 만들어 깊이를 더한다.

다양한 플롯이 씨줄과 날줄처럼 엮이면서 상황의 필연성을 만들어내는 동시에 독자들을 여러 가지 사건으로 놀라게 한다(중간에 대해서는 5장에서 자세히 다룬다).

중간 부분의 기능은 아래와 같다.

- 인물의 관계를 더욱 깊게 만든다.
- 사건에 계속 관심을 기울이게 한다.
- 결말로 이어질 최후의 결전을 준비한다.

3막: 결말

결말 부분에서는 긴 이야기가 마무리된다. 최고의 결말은 다음과 같아야 한다(결말에 대해서는 6장에서 자세히 다룬다).

- 풀어놓은 이야기들이 말끔하게 매듭지어진다. 이때 미처 해결되지 않은 이야기의 가닥이 있는지 살펴봐야 한다. 메인플롯의 흐름을 깨지 않게 정리하든가 아니면 불필요한 가닥들은 일찌감치 잘라낸다. 독자들은 기억력이 좋다는 사실을 잊지 말자.
- 여운이 길게 남아야 한다. 최고의 결말은 아직도 무언가 남은 듯한 느낌을 준다. 이야기에 더 큰 의미를 담을 수 있는 방안을 고민하자.

신화는 어떤 구조일까?

「스타워즈Star Wars」의 시나리오 작가이자 감독인 조지 루커스는 신화 속 영웅들의 공통점을 분석한 조지프 캠벨의 『천의 얼굴을 가진 영웅The Hero with a Thousand Faces』에서 신화의 구조를 따왔다고 밝혔다. 그때부터 원형 신화의 구조에 관한 책과 논문이 쏟아졌다. 원형 신화는 이야기의 요소를 배열하는 데 매우 도움이 된다.

영웅의 모험이라 부르는 신화의 구조는 중요한 사건들을 순차적으로 배열한 것이다. 여러 형식이 있지만 대개 다음과 같은 순서다.

- 영웅의 세계를 소개한다.

- 새로운 모험이나 시련, 사건이 생겨서 영웅의 세계를 뒤흔든다.

- 영웅이 이를 외면한다.

- 영웅이 어둠의 세계에 발을 들인다.

- 스승이 나타나서 영웅을 가르친다.

- 영웅이 어둠의 세력과 여러 번 만난다.

- 영웅에게 내면에 웅크린 악과 마주하는 순간이 찾아온다. 이를 극복해야 앞으로 나아갈 수 있다.

- 싸움에서 신비한 힘이 있는 물건의 도움을 받는다. 예를 들어 아테네가 페르세우스에게 준 방패, 아서왕의 칼 엑스칼리버가 있다.

- 최후의 결전이 벌어진다.

- 영웅이 자신의 세계로 돌아온다.

어째서 이 구조가 효과적일까? 3막 구조와 맞아떨어져서다.

1막
- 영웅의 세계를 소개한다.

- 새로운 모험이나 소동, 사건이 생겨서 영웅의 세계를 뒤흔든다.

- 영웅이 이를 외면한다.

- 영웅이 어둠의 세계에 발을 들인다.

2막
- 스승이 나타나서 영웅을 가르친다.

- 영웅이 어둠의 세력과 여러 번 만난다.
- 영웅에게 내면에 웅크린 악과 마주하는 순간이 찾아온다.
- 싸움에서 신비한 힘을 가진 물건에 도움을 받는다.

3막
- 최후의 결전이 벌어진다.
- 영웅이 자신의 세계로 돌아온다.

시련과 관문이 없으면 구조도 없다

플롯 포인트(이야기의 변화가 생기는 플롯의 전환점), 계기적 사건 등 흔히 쓰는 창작 용어의 개념에 대해 작가들은 매우 혼란스러워한다. 그래서 이 책에서는 이 용어들을 쓰지 않으려 한다. 대신 플롯의 주요 부분에서 어떤 일이 일어나야 하는지 설명하겠다. 여기서 다루는 시련과 관문을 이해하면 소설의 구조를 만드는 게 아주 쉽다.

시련

소설의 도입부에 평범한 삶을 사는 주인공이 나온다. 그의 삶이 출발점이다. 신화 속에서는 영웅의 평범한 세계다. 주인공을 변하게 만드는 세력이 등장하지 않으면 그는 그대로 머물 것이다. 주인공이 변하지 않으면 독자들은 소설이 지루하다고 여긴다. 독자들은 위협이나 도전이 있어야 흥미를 느낀다.

따라서 1막의 앞부분에는 주인공의 현재를 가로막는 요소가 등장해야 한다. 언제나 독자의 관점에서 생각하자. 인물에게 위협이나 도전적인 상황이 생겼다고 느끼게 만들려면 무언가 사건이 일어나야 한다. 앨프리드 히치콕의 격언을 기억하자. 어떤 일이 곧 일어나지 않으면 이야기는 무척 지루해진다.

이때 시련이 꼭 엄청난 위협일 필요는 없다. 주인공의 평화로운 일상을 휘젓는다면 무엇이든 가능하다. 스릴러 소설가 딘 R. 쿤츠는 거의 시련으로 소설을 시작한다. 『12월로 가는 문The Door to December』은 이렇게 시작한다.

로라는 옷을 다 입고 앞문으로 갔다. 그때 로스엔젤레스 경찰국의 차가 집 앞 도로에 멈추는 게 보였다.

이게 시련이다. 작은 사건이지만 불안감을 불러일으키기에 충분하다. 경찰차가 자신의 집 앞에 서는 걸 보고 아무렇지 않을 사람은 없을 테니.

시련 요소는 무궁무진하다. 예를 들어보자.

• 한밤중에 걸려온 전화
• 흥미로운 소식이 담긴 편지
• 주인공을 사무실로 호출하는 상사
• 병원에 입원하게 된 아이
• 사막 한복판에서 고장 난 자동차

- 로또 당첨

- 어떤 사건 또는 살인 목격

- 아내(또는 남편)가 떠나면서 남긴 쪽지

구조적인 면에서 맨 처음 등장하는 시련은 흥미를 불러일으킨다. 앞으로 흥미로운 이야기가 펼쳐질 거라고 암묵적으로 독자에게 약속하는 것이다. 그러나 아직 대결이 펼쳐진 것은 아니므로 메인플롯이 되진 못한다. 적대자와 주인공은 아직 피할 수 없는 싸움으로 얽히지 않았다.

마리오 푸조의 『대부The Godfather』에서 마이클 코를레오네는 아버지인 돈 코를레오네과 다르게 살겠다고 결심한다. 그러나 아버지가 총에 맞아 사경을 헤매자 마이클의 세계가 흔들린다. 그러나 마이클은 아직 대결 상황에 접어들지 않았다. 뉴욕을 떠나서 새로운 삶을 살 수도 있다. 주인공이 첫 번째 관문을 통과하기 전까지는 갈등이 생기지 않으므로 아직 이야기는 제대로 시작한 게 아니다.

영화 「스타워즈」의 도입부에는 사건이 있다. 다스 베이더의 군대가 리아 공주를 추격하고, 공주는 잡히기 직전에 R2-D2와 C-3PO가 탄 비행선을 떠나보낸다. 로봇들은 타투인 행성에 불시착하고 자와족 고물상에게 붙잡힌다. 그리고 주인공 루크 스카이워커가 등장한다. 그는 타투인 행성에서 삼촌과 숙모와 함께 평범하게 살고 있는데 삼촌이 두 로봇을 사들인다. 시작한 지 5분 만에 루크의 세계가 흔들린다. 리아 공주가 오비완 케노비의 도움을 청하는 홀로그램을 보게 된 것이다. 결국 루크는 오비완을 만나고 홀로그램을 본 오비완은 루크에게 공주를 함께 돕자고 한다. 루크는 삼촌을 떠날 수 없다고 밝히면서 '사명을 거부'한다. 여기까지는 루크가 이전의 삶으로 돌아가려 하므로 2막으로 넘어가는 관문이 나타났다고 볼 수 없다. 그러나 제국의 군대가 루크의 집을 부수고 삼촌 부부를 죽이면서 루크는 반란군에 가담할 수밖에 없게 된다. 그는 오비완과 함께 자신의 행성을 떠나 모험을 시작한다.

관문

소설은 시작에서 중간으로(1막 → 2막), 그리고 중간에서 결말로(2막 → 3막) '전개'된다. 이 같은 두 차례의 전개 지점을 플롯 포인트라고 하는데, 여기서 나는 이를 '되돌아갈 수 없는 관문'이라고 할 것이다. 이 표현이 인물을 앞으로 나가게 만든다는 의미와 불가피한 상황이라는 느낌을 더욱 잘 전달하기 때문이다.

우리는 습관의 동물이다. 안전을 추구한다. 소설 속 인물도 마찬가지다. 주인공을 2막으로 몰아갈 요인이 없다면 그는 1막에 머무를 것이다. 그 역시 자신의 일상에 남기를 원한다. 따라서 주인공이 일상을 벗어나 대결 상황으로 가게 만들어야 한다. 다시 말해 관문을 통과하게끔 만들어야 한다. 그렇지 않으면 마냥 집에만 있으려고 들 것이다.

일단 첫 번째 관문을 통과하면 대결이 벌어진다. 싸움을 중간 부분인 2막 내내 이어지게 하다 어떤 시점에서 이 이야기를 끝내야 한다. 그래야 되돌아갈 수 없는 두 번째 관문으로 주인공을 들여보내 완승을 거둘 결말로 나아갈 수 있다.

이 관문 2개가 막을 연결한다. 마치 기차의 차량들을 연결하는 고리 같은 기능을 하는 것이다. 이 고리가 약하거나 없으면 기차는 달릴 수 없다.

¶ 첫 번째 관문 통과하기

시작에서 중간으로, 즉 첫 번째 관문을 통과하기 위해서는 주인공을 중대한 갈등 상황으로 몰아가서 거기에 머물게 할 장면이 필요하다.

스릴러에서 첫 번째 관문은 숨기고 싶은 비밀을 적대자가 우연히 발견했을 때일 수도 있다. 이 경우에는 주인공과 상대방 둘 중 하나가 죽어야 결말이 난다. 정상적인 생활로 돌아오는 건 불가능하다. 존 그리샵의 『그래서 그들은 바다로 갔다』가 그 예다.

직업적 의무가 관문이 될 수 있다. 변호사라면 의뢰받은 사건을 끝까지 책임져야 한다. 경찰도 마찬가지다. 도덕적 의무 역시 관문으로 설정하기에 효과적이다. 부모는 납치당한 아이를 찾아야 할 도덕적 의무를 느낀다.

이 지점에서 다음 질문을 꼭 해봐야 한다. 주인공이 지금의 플롯을 벗어나 예전으로 돌아갈 수 있는가? 만약 돌아갈 수 있다고 한다면 아직 첫 번째 관문을 지나지 않은 것이다.

『대부』의 1장은 관문으로 끝을 맺는다. 마이클은 돈 코를레오네의 적인 슬로조와 비리 경찰관 맥컬스키를 총으로 쏜다. 이제 마이클은 건실한 생활로 돌아갈 수 없다. 그는 이제 대결 상황에 깊이 빠져버렸고 자신의 결정을 물릴 수 없다.

수전 호와치의 『원더 워커The Wonder Worker』에는 카리스마 넘치는 목사 니콜라스 대로가 등장한다. 아내가 두 아들과 자신을 떠나버렸을 때 목사로서 승승장구하던 그의 삶에 충격이 온다. 이에 그는 자신의 인간성을 정면으로 들여다본다. 그는 이 문제를 회피할 수 없다.

'계기적 사건'이라고도 불리는 최초의 시련은 플롯 포인트 또는 문턱 넘기라 부르는 관문과 다르다. 이 차이는 알아두는 게 좋다.

영화 「다이 하드Die Hard」에서 뉴욕 경찰관 존 맥클레인은 별거 중인 아내 홀리, 아이들과 함께 크리스마스를 보내기 위해 로스앤젤레스로 날아온다. 그는 아내가 일하는 고층 빌딩에서 아내를 만난다. 맥클레인이 화장실에서 간단하게 씻고 있는 사이에 테러리스트들이 건물을 점령하고 아내와 회사 직원들을 인질로 삼는다. 물론 맥클레인만 빼고 말이다. 그는 위층으로 도망친다. 이제 영화는 20분 정도 지난다. 이는 분명히 시련이다. 그러나 아직 2막으로 전개되는 단계는 아니다. 어째서? 아직 싸움을 시작하지 않았다. 테러리스트들은 맥클레인이 건물 안에 있다는 사실을 모른다. 맥클레인은 유리창을 열고 나가서 도움을 청할 수도 있다. 아니면 건물 외부에 전화를 걸어 알리는 방법을 생각해낼 수도 있다. 궁리하는 중에 맥클레인은 이 회사의 중역이 살해당하는 장면을 목격한다. 그러자 위층으로 올라가 화재경보기를 울린다. 이게 바로 2막에서 갈등을 유발하는 사건이다. 테러리스트들은 누군가 건물 안을 돌아다니고 있다는 사실을 알게 된다. 이제 맥클레인은 상황에서 물러날 방법이 없다. 그는 이제 첫 번째 관문을 통과하고 많은 갈등에 직면하게 되었다. 이 모든 일이 영화의 4분의 1 지점 전에 일어난다.

> **첫 번째 관문**
>
> 주인공의 일상, 안전하고 휴식할 수 있는 장소. 여기서는 문제가 생길 수 있어도 큰 위협으로 다가오지 않는다. 주인공은 여기에 만족한다. 그가 첫 번째 관문을 통과하기 위해서는 일을 만들어 밖으로 밀어내야 한다. 외계, 미지의 세계, 어두운 숲. 주인공은 이곳에 깊숙이 들어가서 용기를 발휘하고, 새로운 것을 배우고, 새로운 협력자를 얻는다.

¶ 두 번째 관문 통과하기

중간에서 결말로, 즉 되돌아갈 수 없는 두 번째 관문을 통과하려면 최후의 대결로 이끌 사건이 일어나야 한다. 대개 중요한 실마리나 정보, 큰 좌절이나 위기가 이야기를 결말로 이끈다. 이런 사건들은 대개 소설의 후반 4분의 1 정도나 그 이후에 등장한다.

영화 「대부」에서 돈 코를레오네의 죽음은 마피아 조직 간의 휴전을 끝장낸다. 코를레오네 가문의 적들은 훨씬 대담해진다. 결국 마이클은 권력을 확고히 하기 위해 수많은 죽음을 일으킨다.

이러한 관문은 순수소설의 구조에도 적용할 수 있다. 레이프 엥거의 『강 같은 평화Peace Like a River』에는 두 차례의 관문이 완벽하게 배치되어 있다. 첫 번째 관문은 루벤의 형 데이비가 두 소년을 죽인 후 교도소에 수감되었다가 달아났을 때 열린다. 이 사건으로 루벤과 아버지는 소설의 중간에 나오는 일, 즉 데이비를 찾아나서는 행동을 한다. 두 번째 관문은 데이비가 다시 나타났을 때 열린다. 루벤은 데이비의 등장을 알려야 할지 갈등하며 자신과의 마지막 싸움에 직면한다.

구조의 관습을 벗어나 소설을 써도 될까? 물론 된다. 그러나 구조를 무시하면 독자와 교감할 가능성이 줄어든다는 점을 기억하자.

> **두 번째 관문**
>
> 주인공은 몇 가지 대결과 도전 상황에 처한다. 위기, 차질, 발견이 절정으로 나가는 문을 열어주지 않는다면 이런 상황은 계속될 것이다.
>
> 관문을 통과하기 전 주인공은 이야기를 끝낼 마지막 결전이나 선택을 위해 내면적·외면적 힘을 끌어모은다. 문을 통과하지 않고 돌아가는 것은 불가능하다. 이야기는 끝나야 하니까.

구성 요소 배열해서 구조 만들기

영화 「오즈의 마법사The Wizard of Oz」는 구성 요소들이 다음과 같이 배열되어 있다.

1막

시작 부분에서 인물을 소개한다. 캔자스에서 삼촌 부부와 사는 도로시라는 소녀, 강아지 토토, 그리고 얼빠진 몇 명. 도로시는 언젠가는 머나먼 "무지개 너머에 있는 곳"으로 갈 수 있으리라 꿈꾼다.

다음에 시련이 등장한다. 굴치 양이 자전거를 타고 와서는 토토를 자신에게 넘기라고 한다. 이 요구는 법적인 근거가 있기에 헨리 삼촌은 마지못해 토토를 넘긴다. 도로시는 망연자실한다.

토토는 굴치 양의 바구니를 빠져나와 농장으로 돌아온다. 도로시는 다시 토토를 뺏길까 봐 도망치기로 한다. 그녀는 교수님을 만나는데, 그가 마법을 써서 도로시를 집으로 돌아오게 만든다.

도로시와 토토가 돌아왔을 때 마침 엄청난 회오리바람이 불기 시작한다. 도로시는 머리를 심하게 부딪힌 뒤 되돌아갈 수 없는 첫 번째 관문을 넘는다. 회오리바람은 집을 번쩍 들어서 도로시와 토토를 오즈라는 총천연색 나라에 내려놓는다.

2막

중간 부분은 도로시가 집으로 가기 위해 마법사를 만나러 가는 여정을 다룬다. 도로시는 가는 도중 많은 문제에 부딪힌다. 못된 마법사를 만나고, 사과를 던지는 나무를 만나고, 울음소리만 우렁찬 사자를 만난다. 도로시와 세 친구, 즉 네 길동무가 마법사를 만나게 되었을 때 문제가 커진다. 마법사가 도로시를 돕는 대가로 도로시와 친구들에게 마녀의 빗자루를 가져오라고 시키기 때문이다. 그들은 어두운 숲을 통과해서 길을 떠나고 되돌아갈 수 없는 두 번째 관문을 넘어간다. 도로시는 날아다니는 원숭이들에게 잡혀간다.

3막

결말에는 마지막 결전이 벌어진다. 허수아비, 양철인간, 겁쟁이 사자는 도로시를 마녀에게서 구할 방법을 찾아야 한다. 그들은 성 안으로 들어가지만 상황은 더욱 나빠질 뿐이다. 이러다간 모두 마녀와 부하들의 손에 잡혀 죽을 것이다. 하지만 마녀가 얼떨결에 허수아비에 불을 지른다. 도로시는 허수아비한테 물을 끼얹고 마녀 역시 흠뻑 젖게 된다. 그 뒤에 어떻게 되었는지는 잘 알 것이다. 그러나 이야기는 여기서 끝나지 않는다. 마법사와의 만남에서 사건이 꼬이면서 극의 긴장감이 증폭된다. 결국 도로시는 집으로 돌아오고 모두 행복해진다.

눈으로 보는 3막 구조

3막 구조는 연극 대본에서 유래해서 영화 시나리오에서도 폭넓게 쓰이고 있다. 이 공식에서 되돌아갈 수 없는 첫 번째 관문은 영화일 경우 4분의 1 지점에서 나타난다. 즉 2시간짜리 영화라면 시작 후 30분이 지났을 때 나온다.

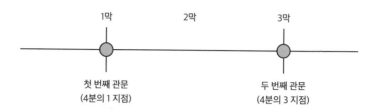

[영화의 3막 구조]

하지만 소설에서는 첫 번째 관문이 조금 더 빨리 나오는 게 좋다. 안 그러면 너무 늘어지게 느껴진다. 내 경험으로는 5분의 1 지점이 적절하다. 조금 더 빨라도 괜찮다. 그리고 3막은 결말에 더 가까울 때 시작해도 좋다. 4분의 3 지점이 좋지만 그보다 조금 늦어도 상관없다.

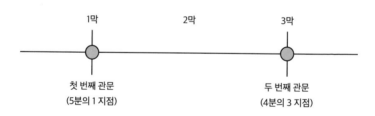

[소설의 3막 구조]

구조와 관문을 완전히 파악하면 단선적인 서술을 하지 않아도 소설이 독자에게 훨씬 쉽게 다가간다. 여기에 멋진 이야기를 덧붙이면 결코 잊지 못할 소설이 될 것이다.

3막 구조를 이해하기 위해서 소설이나 영화를 분석해보자. 특히 아래와 같은 점들에 주목한다.

- 주인공의 일상을 가로막는 요소가 어느 부분에 등장하는가? 어떤 변화가 앞부분에서 일어나는가?(만일 이런 일이 일어나지 않는다면 소설이나 영화가 늘어지는 것처럼 보이는가?)
- 어떤 지점에서 주인공이 갈등을 겪는가? 어떤 지점에서 그가 일상으로 되돌아올 수 없게 되는가?
- 어쩔 수 없이 절정으로 향하게 될 중요한 계기나 위기, 패배가 어느 시점에 등장하는가?
- 소설이나 영화가 지루하게 느껴진다면 어째서인지 생각해보자. LOCK 체계의 요소(주인공, 목표, 대결, 완승)나 3막 구조가 약하지 않은지 보자.

구상 중인 소설의 플롯 요소들을 점검하자. 독자가 이야기에 쉽게 몰입할 수 있는 순서로 배열되어 있는가? 또는 구조를 짜지 않았나? 그렇다면 이유가 무엇인가?

구상 중인 소설의 플롯을 그려보자. 되돌아갈 수 없는 관문이 될 시련이나 사건을 만들어 간략하게 쓰자. 이 플롯을 독창적이고 흥미진진하게 만들자.

3장

**아이디어:
샘솟는
아이디어를
위해**

세상에는 오직 한 가지 유형의 소설만이 있다.
자기 자신의 소설.

_레이 브래드버리, 『화성으로 날아간 작가』

우디 앨런의 영화 「애니 홀Annie Hall」에는 화려한 할리우드 파티에서 시나리오 작가들이 대화를 나누는 장면이 있다. "지금은 그냥 하나의 생각일 뿐이지만, 좀 더 발전시키면 돈이 될 것 같아…… 나중에 기획안으로 만들어야겠지."

모든 풍자가 그렇듯이 이 장면 역시 숨겨진 진실을 보여준다. 플롯이 만들어지기 전에는 막연한 생각만이 있을 뿐이라는 것. 그러다가 어느 순간에 불꽃이 일어나면서 점화된다. 그러나 많은 이야기가 시작과 동시에 꺼져버린다. 모든 아이디어의 가치는 똑같지 않다. 좋은 플롯 하나를 만들려면 수백 개의 아이디어를 내서 그중 가장 좋은 것을 골라 발전시켜야 한다. 이것이 이 장에서 다룰 내용이다.

우선 아이디어를 멋진 소설로 바꾸어줄 사람, 바로 자기 자신을 탐구하는 시간을 가져보자. 자신에게서 플롯을 찾기 시작해야 한다. 윌리엄 사로얀은 누구보다 열정적으로 소설을 쓰는 작가로, 언젠가 다음 소설의 제목을 말해달라는 질문을 받고 이렇게 대답했다. "아직 제목도, 플롯도 없어요. 타자기와 흰 종이가 있고 내가 있으니 소설 한 편이 나올 것입니다." 사로얀의 소설이 신선한 것은 아마도 이 때문일 것이다. 사로얀은 오래된 충고, "네가 잘 아는 것을 써라"에 만족하지 못했다. 그는 일찌감치 독창성의 핵심은 "자신에 대해 써라"라는 것을 간파했다.

작가, 특히 영감을 받아 글을 쓰는 사람은 사로얀의 생각을 따라야 한다. 자신의 영혼과 마음을 깊숙이 들여다보면 무엇을 쓸 것인지 아이디어의 원천을 찾을 수 있다. 게다가 이렇게 쓴 글은 살아 숨 쉬고 독자를 진정으로 감동시킨다.

여기서 짚고 넘어갈 것이 있다. 자기 자신에 대해 쓰라는 말이 자서전을 쓰라는 의미는 아니다. 모든 작가는 내면에 자전소설 한 편씩은 품고 있기 마련이니 자서전은 마음속에만 간직하자. 요즘 출판사들은 자전적 소설을 좋아하지 않는데, 사실 잘 팔릴 가능성이 전혀 없기 때문이다.

출판 시장에서 원하는 건 상투적인 표현, 진부한 인물, 식상한 플롯이 없는 소설이다. 출판 시장을 만족시키면서 또 독창성이 있는 소설을 쓰는 핵심은 바로 자기 자신에 대해 쓰는 것이다.

내면을 들여다보자

작가라면 때때로 자신의 내면을 들여다봐야 한다. 플롯을 발전시키기 전에 다음 질문에 대답해보자. 이런 질문들을 통해 흥미로운 인물로 가득한 독창적인 플롯을 만들 수 있다.

- 내가 세상에서 가장 관심 있는 건 무엇이지?

- 내 부고를 쓴다면?

- 생김새는? 외모에 대한 느낌은? 외모가 내게 미치는 영향은?

- 제일 두려워하는 건?

- 성격의 가장 큰 장점은?

- 성격의 가장 큰 약점은?

- 잘하는 게 뭐고, 잘하고 싶은 건?

- 성공할 수 있다면 어떤 일에서 성공하고 싶을까?

- 현재를 있게 한 어린 시절의 세 가지 사건을 꼽으라면?

- 버리고 싶은 습관은?

- 결코 밝혀지지 않았으면 하는 인생의 비밀은?

- 인생철학은?

이 질문들에 대답하다 보면 자신의 영혼을 들여다볼 수 있다. 또한 이런 관점에서 보면 플롯 아이디어를 더욱 잘 평가할 수도 있다. 지금 구상하고 있는 소설이 자신의 아픈 곳을 건드리는가? 그렇지 않다면 그건 쓸 필요가 없다.

현자들은 "너 자신을 알라"라고 설파했는데 이는 여전히 훌륭한 충고다. 특히 작가에게 좋은 충고다. 진실하고 정직하게 자신을 알고, 열정적으로 글을 쓰고, 중요한 논쟁거리들에 관심을 보인다면 신선하면서도 기쁨을 주는 글을 쓸 수 있다.

아이디어를 쏟아내자

모든 아이디어가 쓸 만한 가치가 있는 것은 아니다. 독자나 편집자가 관심도 갖지 않을 아이디어에 6개월, 1년을 쏟을 필요가 있을까? 우리는 진부한 이야기에 낭비할 시간이 없다.

그러면 어떻게 해야 할까? 훌륭한 아이디어 하나만으로도 소설에 빠져들게 하려면 어떻게 해야 할까? 학교에서는 가만히 앉아 아이디어를 하나 떠올린 다음 쓰라고 가르친다. 하지만 그 반대로 해야 한다. 아이디어를 수백 개 생각해낸 다음에 마음에 안 드는 건 버리고 남은 것을 발전시켜야 한다.

아이디어를 수백 개씩 떠올리는 법은 뒤에서 살펴보기로 하고, 우선 규칙은 아래와 같다.

1. 아이디어를 내는 시간을 정한다. 적어도 일주일에 하루쯤.
2. 마음껏 상상하기 위해 조용한 곳에서 느긋하게 있는다.
3. 어떤 방해도 받지 않는 시간을 최소한 30분 확보한다.
4. 이 책의 실전 연습 한두 개를 해본다. 지시문을 잘 읽는다.
5. 상상력이 흘러가는 대로 두고 생각나는 모든 것을 적는다.
6. 가장 중요한 건 절대 자기검열을 하지 않는 것이다. 편집자 정신을 버리자. 아이디어가 어떤 형태나 방식으로 쏟아져 나오든 놔두자. 아직 어떤 것도 판단하지 않는다.
7. 즐긴다. 큰 소리로 웃어도 된다.
8. 모든 아이디어를 저장한다.

9. 두세 번 이런 과정을 겪은 뒤에 평가 시간을 갖는다. 이 장 맨 뒤에 실린 '아이디어를 확장하는 법'을 참조하자.

10. 원하는 만큼 이 과정을 되풀이한다.

그리고 항상 기억하자. 긴 여행에는 잘 먹어야 한다. 이 연습을 하는 동안은 먹고 싶은 대로 먹는 게 좋다.

아이디어를 떠올리는 스무 가지 방법

독특한 아이디어를 떠올릴 수 있는 빠르고, 간단하고, 재미있는 스무 가지 방법을 소개한다.

하나. '~이라면' 게임을 한다

이 게임은 가장 오래되었으며 작가의 독창성 개발에 큰 도움이 된다. 독창성은 친숙한 요소들을 친숙하지 않은 방식으로 연결하는 것이다. 이 게임은 글쓰기의 어떤 단계에서도 할 수 있지만 아이디어를 찾아내는 단계에서 특히 도움이 된다. '~이라면'이라는 관점으로 사고를 훈련하면 놀라운 일이 일어난다.

예를 들어 재미있는 글을 읽을 때 '만일 ~이라면'이라고 가정하는 것이다. 여러 가지 아이디어가 쏟아져 나올 것이다.

일주일 동안 다음 게임을 해보자.

• 신문을 읽으면서 기사마다 '만일 ~이라면'이라고 가정해본다.

- 드라마나 광고를 볼 때도 마찬가지다.
- 상상의 나래를 마음껏 펼쳐보자.
- 최종 목록에 '만일 ~이라면'이라는 질문을 적어둔다.
- 목록을 치웠다가 며칠 후에 다시 검토한다. 괜찮은 아이디어가 있으면 좀 더 생각을 덧붙인다.

둘. 책 제목을 짓는다

멋진 제목을 짓고 제목에 어울리는 글을 쓴다. 엉뚱한 소리 같다고? 이야깃거리를 찾고 있을 때 그럴듯한 제목은 상상력에 날개를 달아준다.

제목은 시, 명언, 성경 등 다양한 곳에서 찾을 수 있다. 명언집을 훑어보고 재미있는 구절을 적어둔다. 사전에서 마구잡이로 몇 단어를 뽑아서 합쳐본다. 이런 식으로 하면 아이디어가 샘솟을 것이다.

아니면 소설의 첫 문장에서 제목을 뽑는 것도 방법이다. 딘 R. 쿤츠의 『미드나이트Midnight』는 "재니스 캡쇼는 밤에 달리는 걸 좋아했다"라는 문장으로 시작한다. 이 문장으로 어떤 제목을 만들 수 있을까? 아마도 다음과 같을 것이다. 그녀는 밤에 달린다, 밤에 달리는 사람, 어둠 속에 달리는 자, 밤의 달리기. 이 중 하나를 골라 어울리는 소설을 쓰기 시작한다.

셋. 목록을 만든다

레이 브래드버리는 작가 초년 시절에 잠재의식에서 흘러나오는 단어들을 모아 목록을 만들었다. 이 목록이 그의 소설 재료가 되었다.

당장 목록을 만들어보자. 과거의 기억을 더듬어가며 떠오르는 것들을 재빨리 적는다. 나도 한번 해봤는데, 내가 적은 100개도 넘는 목록 중에는 아래와 같은 것들이 있었다.

- 옷(강아지가 새 옷을 죄다 찢어놓자 엄마는 다음 날 강아지를 남에게 줘버렸다. 화가 난 내가 나무 위에 올라가서 안 내려오겠다고 버틴 기억이 있다)
- 언덕(잘못해서 불을 낸 적이 있다)
- 벽난로(그 앞에서 식구들이 모임을 가졌다)
- 시가 연기(아버지는 싸구려 시가를 좋아했다)

이 단어들은 소설의 싹이 될 수 있다. 모두 내 어린 시절의 기억에 반향을 일으키는 단어들이다. 이 단어 중 하나를 가져다가 마음 깊은 곳에서 우러나온 소설들을 쓸 수 있다.

넷. 논쟁거리를 찾는다
화나게 만드는 논쟁거리가 있는가?

스파이소설의 거장 로버드 러들럼은 "독자를 사로잡는 소설은 분노의 감정에서 나온다"라고 말한 적이 있다. 분노는 작가가 이용하기에 좋은 감정이다. 다음과 같은 논쟁거리 목록을 작성하자.

- 낙태

- 환경

- 총기 규제

- 대통령의 정치권력

- 토크쇼

- 운전 중 휴대전화 사용

생태주의 작가 에드워드 애비는 자신의 관심사인 현대 자본주의 문명과 관광업이라는 논쟁거리를 소설에 담아냈다. 애비는 글쓰기를 기술이 아닌 소명으로 여겼고, 바로 이 점 때문에 그의 소설은 많은 독자를 확보했다.

애비는 작가가 도덕적 목소리를 내야 한다고 믿었다. "제도권에서는 진실을 기대할 수 없으므로 작가들에게 진실을 기대해야 합니다."

자신을 화나게 하는 것들을 주제로 삼는 것은 자기 자신에 대해 쓰는 방법 중 하나기도 하다. 즉 명분을 지키기 위해 열정적으로 행동하는 역동성 있는 인물을 창조해서 자신의 도덕관을 구현할 수 있다면, 감정적이면서도 극적인 소설을 쓸 수 있다. 이런 소설을 쓰고 싶은가? 이렇게 하자.

- 생각만 해도 화가 나는 논쟁거리를 찾아낸다. 군사 분쟁처럼 세계적인 문제나 학교 이사회 정책처럼 지역적인 문제여도 상관없다. 어쨌든 사람들을 화나게 만들면 된다.

- 어느 편을 들지 결정한다. 이 논쟁거리에 대한 자신의 입장은 무엇인가? 자신의 입장을 변호할 수 있는 좋은 쟁점을 찾아내자.
- 다음으로 가장 중요한 것은 상대편의 좋은 주장을 찾아내는 것이다. 세상에 완전히 옳거나 그른 사람은 없다. 악당도 자신의 일을 합리화하고 싶은 법이다. 작가로서 우리는 전체 그림을 봐야 한다. 인물들을 양쪽 모두 공정하게 대하자.
- 이제 스스로에게 질문한다. '이 논쟁의 양쪽 입장에 대해 어떤 사람들이 가장 관심을 보일까?' 각각에 대해서 서너 가지 아이디어를 떠올려 보자. 나중에 제일 좋은 것을 선택한다.

이 과정에서 소설은 설교가 아니라는 점을 잊으면 안 된다. 공허한 강연이 아니라 감동적인 이야기를 써야 한다.

다섯. 마음으로 그려본다

상상을 영화로 만들어보자. 먼저 아침 일찍 자리에 앉아서 질문한다. '지금 이 순간 정말로 쓰고 싶은 게 뭘까?' 마음속에 처음 떠오르는 세 가지를 목록으로 만들자. 다양한 논쟁거리(길거리 범죄, 안락사, 변호사, 종교), 인물(위험에 맞서 용기를 보여주는 인물), 상황(소형 비행선을 탄 사람이 이라크 상공 위에서 꼼짝 못 하게 된다면 어떨까?) 중에서 고른다. 아이디어를 흘러넘치게 해주는 것을 하나 골라야 한다.

이제 눈을 감고 영화 상영을 시작한다. 그냥 앉아서 감상하자. 무엇이 보이는가? 재미있는 일이 일어나면 멈추지 않는다. 약간 끼어들어도 좋지만 되도록 영화가 흘러가는 대로 내버려두는 게 좋다. 원하는 만큼 시간을 갖고 지켜본다.

그다음 플롯에 대해서는 잊고 20분가량 글을 쓴다. 영화 속에서 본 것을 최대한 기억나는 대로 쓴다. 인물, 플롯, 주제에 대해서 적는다. 그저 쓴다. 5일 동안 매일 글에 살을 붙여나간다.

그러고 난 후 그동안 쓴 영화 일기를 인쇄한다. 읽어본 후 흥미로운 부분에 형광펜으로 표시한다. 이제 이 아이디어를 좀 더 발전시킨 뒤 새로움이 있는지 본다.

여섯. 귀를 연다

음악은 마음을 사로잡는다. 감동을 주는 음악을 들어보자. 클래식, 영화음악, 록, 재즈 등 마음을 끄는 음악을 선택하자. 음악을 듣는 동안 눈을 감고, 영화와 장면들 그리고 인물이 발전하는 것을 지켜본다. 쓸 거리를 찾았다면(반드시 찾게 될 것이다) 분위기에 어울리는 음악을 틀어놓고 글을 쓴다.

일곱. 인물이 우선이다

아이디어를 얻는 가장 빠르고 좋은 방법은 인물을 통하는 방법이다. 과정은 단순하다. 일단 역동적인 인물을 창조하고 그가 어떻게 과정을 끌고 나가는지 지켜본다.

독창적인 인물을 만들어내는 데에는 다양한 방법이 있다. 몇 가지 예를 소개한다.

- 그림 그리기: 눈을 감고 마음속에 떠오르는 첫 번째 인물을 본다. 이 인물을 묘사한다. 아무 배경에나 그 인물을 집어넣고 변화를 지켜본다. 나중에 이렇게 자문한다. '이 인물은 왜 이런 식으로 행동하는 거지? 어떤 유형의 인물이 생기고 있는 거지?'
- 아는 사람 재창조하기: 알고 있는 사람 중 매혹적인 인물을 뽑는다. 그 인물을 그대로 흉내 내는 대신 재창조한다. 직업을 바꾸거나 성별을 바꾼다. '우리 괴짜 삼촌이 여자라면 어떨까?'
- 부고 읽기: 매일 신문에는 부고가 실린다. 부고란에 실린 사람들의 약력을 가져다 써보자. 내용을 바꿔보자. 흥미로운 내용을 가져다가 인물에 적용한다. 나이와 성별을 바꿔서 어떤 일이 벌어지는지 본다. 그저 지켜본다.
- 가장 끔찍한 일 생각하기: 일단 인물을 만들고 나서 질문한다. '이 인물에게 일어날 수 있는 가장 끔찍한 일이 무엇일까?' 이 질문의 대답이 스릴러의 시발점이 되어 독자가 손에 잡으면 내려놓을 수 없는 소설이 탄생할 수도 있다.

여덟. 가장 좋은 예를 훔친다

셰익스피어가 할 수 있었다면 누구도 할 수 있다. 플롯을 훔치는 것 말이다. 셰익스피어는 독창적인 소설을 거의 쓰지 않았다. 오래된 플롯을 가져다 마법을 써서 새로운 소설로 만들어냈을 뿐이다.

물론 오늘날에는 그렇게 하기가 훨씬 어렵다. 플롯과 인물을 통째로 가져다가 독창적인 소설이라고 우길 수 없다. 그러나 다른 플롯에서 실마리를 가져다가 자신만의 마법으로 엮어낼 수는 있다. 주요 인물과 오래된 관습을 바꾸면(다음에 나오는 '장르를 바꾼다' 참조) 독창적으로 전개하면서도 이야기의 흐름은 그대로 사용할 수 있다.

작가 윌리엄 노블은 『이 플롯을 훔쳐라Steal This Plot』에서 "독창성이야말로 표절의 요체"라고 말한다. 인물과 플롯을 그대로 가져다 쓸 수는 없지만 유형을 활용할 수는 있다.

아홉. 장르를 바꾼다

모든 장르에는 오래된 관습들이 있다. 특정 장르의 서사에는 그만의 일정한 리듬과 흐름이 있다. 이런 예상 가능한 흐름을 뒤집는 것도 좋은 방법이다.

예를 들어 서부극을 가져다가 우주로 배경을 바꿀 수도 있다. 「스타워즈」에는 서부극의 요소가 많다(술집을 배경으로 한 장면처럼). 마찬가지로 SF영화 「아웃랜드Outland」는 목성의 한 위성을 배경으로 하는 서부극이다. 대실 해밋의 『그림자 없는 남자The Thin Man』의 인물들은 로버트 A. 하인라인의 『벽을 뚫고 걸어간 고양이The Cat Who Walks Through Walls』 속의 미래 세계로 옮겨갈 수 있다. 「서부를 향해 달려라The Wild, Wild West」 같은 고전 드라마도 제임스 본드 시리즈를 서부로 옮겨놓은 것뿐이다. 최근 장르 바꾸기는 대중문화의 일부가 되었다.

장르의 리듬, 오랜 관습, 뻔한 예상을 요리하자. 장르를 뒤섞자. 그러면 어디에선가 아이디어가 나올 것이다.

열. 새로운 경향을 예측한다

어떤 소설은 주제만으로도 '뜨거운 화제작'에 오를 수 있다. 시의성이 떨어지기 전에 잘 붙잡으면 성공한 작가가 될 수 있다. 그래서 대중의 마음을 사로잡을 주제가 무엇인지 예측하는 게 중요하다. 어떻게 하면 가능할까?

제일 좋은 정보원은 전문분야의 잡지다. 대중이 당장 또는 오랫동안 관심을 가질 만한 주제를 발견할 수 있다. 시간을 오래 쓸필요도 없다. 서점에 죽치고 앉아 과학잡지, 시사잡지 등을 죽 훑어보는 것도 좋은 방법이다. 이런 잡지들에는 최신 동향이나 기술 정보를 분석한 기사들이 자주 실린다. 재미있는 이야깃거리를 발견하면 이런 질문을 해보자.

- 누가 이런 이야기에 관심을 가질까?
- 내년에도 관심을 계속 받을 수 있을까? 10년 후에는?
- 모든 사회가 이 이야기를 받아들인다면 어떤 일이 일어날까?
- 모든 사회가 이 이야기를 거부한다면 어떤 일이 일어날까?
- 누가 가장 손해를 볼까?

열하나. 신문을 활용한다

신문의 모든 기사를 훑어보자. 독창적인 소설의 실마리를 본능적으로 집어낼 수 있게끔 항상 마음의 준비를 해야 한다. 특히 집중 시간이 짧은 현대인들을 위해 짧은 요약문 형식으로 쓰인 신문은 재빨리 훑어보기에 좋다. 신문 한 장에서 아이디어를 수

십 개를 뽑아낼 수 있다. 기사 하나를 골라서 '만일 ~이라면'이라고 질문을 던져 주제를 확장한다. 나중에 참조할 만한 정보를 담고 있는 기사는 모아둔다.

열둘. 자료를 조사한다

소설가 제임스 미치너는 출판하기 4, 5년 전부터 미리 원고를 쓰기 시작한다. 그는 "무언가 떠오를 때에는" 150권에서 200권 정도 관련된 주제의 책을 읽는다고 한다. 이것저것 훑어보고, 읽어보고, 검토한다. 읽은 것을 모두 머릿속에 정리한 다음에 마침내 쓰기 시작하는 것이다. 조사한 자료들 덕분에 수많은 아이디어를 끄집어낼 수 있다.

오늘날에는 인터넷 덕분에 자료 조사가 훨씬 쉬워졌다. 그러나 고전적인 방식을 무시하면 안 된다. 책도 있고, 전문 지식을 갖춘 사람들과 인터뷰할 수도 있다. 여유가 된다면 현장을 직접 방문해서 분위기를 흠뻑 들이마시자. 풍부한 자료가 널려 있을 것이다. 자신의 분야를 선도하는 인물들을 찾아서 인터뷰하는 것도 좋은 방법이다. 어떤 시대를 직접 겪었거나 특정 장소에서 살아본 평범한 사람들을 만나서 상세한 내용과 정확한 사실을 알아내자.

다음은 조사를 통해서 아이디어를 얻는 방법이다.

- 평소 알고 싶었던 주제에 대한 논픽션 책을 찾는다.
- 우선 그 책을 훑어본다.
- 떠오르는 아이디어를 적는다.

- 책을 꼼꼼하게 읽는다.
- 다시 아이디어를 떠올리고 앞서 적은 아이디어에 살을 붙인다.

이 방법을 따라 하면 열의를 느낄 수 있는 자료를 곧 찾아낼 것이다.

열셋. "내가 정말로 쓰고 싶은 것은"

아침 일찍 이런 연습을 해보자. 아침에는 밤새 꿈속에 스미어 나온 잠재의식이 아직 남아 있다. 잠재의식에 귀를 기울여본다. 커피 한 잔을 들고 종이나 컴퓨터 앞에 앉는다. "내가 정말 쓰고 싶은 것은"이라고 첫 줄을 시작한다. 그러고 나서 10분 동안 쉬지 말고 글을 쓴다. 저절로 일어나는 생각을 좇으며 이 생각을 확장하고 다른 생각도 해보면서 의식의 흐름을 따라간다. 이렇게 하면 아이디어를 얻을 수 있고 '글쓰기 근육을 이완하는' 효과도 있다. 매일 글쓰기 준비 운동으로 활용하면 좋다.

열넷. 집착을 심는다

집착은 인물의 가장 깊은 감정을 끌어낸다. 주인공이 어떤 행동을 하게끔 몰고 가므로 아이디어를 얻기 위한 훌륭한 도약대가 될 수 있다.

사람들은 대개 어떤 것에 집착할까? 자아? 외모? 욕망? 직업? 적대자? 성공?

『레미제라블Les Miserables』에서 자베르 경감은 무엇에 집착하는가? 의무감이다. 그는 의무감 때문에 광신적인 인물이 되고 결국 죽음에 이른다. 허먼 멜빌의 소설 『모비딕Moby Dick』에서 에이해브 선장이 집착하는 것은 무엇인가? 커다란 흰 고래다. 그의 집착이 없다면 『모비딕』이라는 소설도 없다. 오스카 와일드의 『도리안 그레이Dorian Gray』는 젊음에 집착한다. 『몰타의 매』의 인물은 모두 다 검은 새에 미쳐 있다. 『바람과 함께 사라지다Gone with the Wind』에서 레트는 스칼릿에게, 스칼릿은 애슐리에게 집착한다. 이 소설들의 추진력은 모두 집착이다.

일단 주인공을 만든다. 집착을 심는다. 그리고 그가 어떻게 행동하는지 지켜본다.

열다섯. 첫 문장을 쓴다

쿤츠의 『어둠의 소리The Voice of the Night』는 그가 '빈둥대다가' 쓴 다음 한 줄에서 시작되었다.

"뭔가 죽여본 적이 있니?" 로이가 물었다.

쿤츠는 이 문장을 쓰고 나서야 주인공 로이를 열네 살짜리 남자아이로 결정했다. 그다음엔 처음 두 쪽의 대화를 서슴없이 써내려갔다. 첫 문장이 그를 사로잡았기 때문에 가능했던 일이다.

조지프 헬러는 첫 문장을 바탕으로 소설을 쓰는 것으로 유명하다. 아무 생각이 안 나서 절망하고 있던 어느 날 헬러에게 첫 문장이 떠올랐다. "내가 일하는 사무실에는 내가 두려워하는 사람이 넷 있다. 이 네 사람은 각자 다섯 사람을 두려워한다.”
이 두 줄은 헬러의 표현대로라면 “가능성과 선택의 폭을 엄청나
게 넓혀”주었다. 그 결과로 나온 소설이 바로『어떤 일이 일어났
다Something Happened』다.

마찬가지로 이제는 고전이 된 헬러의『캐치-22Catch-22』역시
첫 두 문장에서 시작한다. “첫눈에 반해버렸다. 누군가 처음 목사
님을 보자마자 미친 듯이 그를 사랑하게 되었다.” 나중에 헬러는
‘누군가’를 주인공의 이름인 요사리안으로 바꿨고, ‘목사님’은 교
도소의 목사가 아니라 군대의 목사로 바꿨다. 첫 몇 문장이 소설
하나를 만든 것이다.

첫 문장을 쓰는 건 재미있는 일이다. 한번 써보자. 상상력을
마음껏 펼칠 수 있다.

열여섯. 도입부를 쓴다

손에서 내려놓을 수 없는 소설은 도입부(프롤로그)를 사건으
로 시작하는 경우가 많다. 반드시 주인공이 이 사건에 관여할 필
요는 없다. 흥미진진하고, 비밀스럽고, 긴장감 넘치고, 충격적인
일이 생겨서 독자가 ‘아, 왜 이런 일이 생겼는지 끝까지 읽어봐야
겠는걸’이라고 말하게끔 하면 된다. 손에 땀을 쥐게 만드는 도입
부를 쓰는 건 꽤 쉽다. 그다음 이야기를 이어나가는 데에 오히려
요령이 필요하다. 좋은 도입부로 시작해 아이디어를 얻을 수 있
다면 소설 전체를 이끌 수 있다. 그러니 짧은 도입부 쓰기를 연습
하면 독자를 사로잡는 소설을 쓰는 좋은 훈련이 된다.

열일곱. 마인드맵을 그린다

마인드맵 그리기는 창조적 글쓰기에 매우 좋은 방법이다. 마인드맵이란 떠오르는 단어들을 마음속에 지도로 그리는 작업이다.

이 과정은 세 단계로 나눌 수 있다.

• 1단계: 준비

발전시킬 단어나 개념을 하나 고른다. 이미 염두에 두고 있는 것도 괜찮고 임의로 선택한 것도 좋다. 종이 한가운데에 단어를 쓰고 동그라미를 그린다.

• 2단계: 발사

깊이 생각하지 말고 떠오르는 것들을 적는다. 이 단계에서는 의미가 있는지 없는지 신경 쓸 필요가 없다. 연상이 다른 연상으로 흘러가도록 둔다. 종이를 가득 채운다.

• 3단계: 조준

곧 어떤 유형이 마음속에 나타날 것이다. 이 유형은 앞서 떠올린 연상에 '방향'을 알려준다. 마인드맵에서 새로운 방향성이나 초점을 제시할 것이다. 마음속에서 터져 나오는 것들의 의미를 생각하면 자연스레 아이디어가 생길 것이다.

아래는 내가 만든 '야구' 마인드맵이다.

나는 이 마인드맵을 한참 들여다보다가 내 어린 시절의 꿈이 한가운데를 차지하고 있다는 사실을 알게 되었다. 더운 여름날 밤에 갔던 다저스 스타디움, 어린이 야구단과 빈 스컬리는 내가 앞으로 수십 가지 아이디어를 캐낼 수 있는 광맥이 될 것이다.

열여덟. 통쾌한 결말을 만들어놓는다

「카사블랑카Casablanca」를 단지 수많은 영화 중 하나로 끝나지 않게 한 요소는 과연 무엇일까? 관객들이 감탄사를 내뱉고 여운을 느끼는 이유는 무엇일까? 아마도 결말의 마지막 대사 때문이리라. "루이스, 이것이 멋진 우정의 시작일 것 같군."

통쾌한 결말이다.

소설은 결말 때문에 성공하기도 실패하기도 한다. 결말이 시시하면 그 전까지의 내용이 아무리 흥미진진하다고 해도 독자들은 실망한다. 프랭크 카프라 감독의 영화「존 도우를 찾아서Meet John Doe」가 바로 그렇다. 설정은 훌륭했지만 결말에 이르자 카프라와 작가들은 뭘 어떻게 할지 몰랐다. 가장 그럴듯한 결말은 주인공이 빌딩에서 뛰어내려 자살하는 것이었다. 하지만 그렇게 되면 영화는 우울해질 것이다. 결국 어떤 사람이 달려와서 그를 구해주는 결말이 선택되었는데 별로 설득력이 없어 보였다. 영화 제작자들은 궁지에 몰린 셈이다.

결말은 너무나 중요하므로 미리 통쾌한 결말을 생각해보는 게 어떨까? 다음과 같은 시도를 해보자.

1. 마음속에서 클라이맥스 장면을 그린다.

2. 어울리는 음악을 상상한다.

3. 여러 감정을 폭발시킨다.

4. 갈등을 끌어올릴 새로운 인물들을 등장시킨다.

5. 잊을 수 없는 사건이 일어날 때까지 이 주제를 변주한다.

이제 다음 질문을 한다.

6. 인물들은 누구일까?
7. 어떤 상황이 그들을 여기까지 오게 했을까?
8. 이야기를 출발점까지 어떻게 되짚어갈 수 있을까?

많은 작가가 결말을 미리 생각하는 건 글쓰기에서 가장 쓸모 있는 나침반이라고 여긴다. 통쾌한 결말을 만드는 연습을 하면 적어도 강렬한 인물들을 얻을 수 있다.

열아홉. 직업 속에서 소재를 찾는다

우리의 자아는 직업과 긴밀하게 얽혀 있다. 무슨 일을 하는지 그리고 그 일을 잘하는지에 따라 자아는 달라진다. 또한 직업에 는 그 직업과 밀접한 문화가 있다. 직업 속에서 풍부한 소재를 찾을 수 있다는 뜻이다. 특이한 직업을 바탕으로 하는 아이디어를 짜보자. 책이나 신문, 잡지에서 본 특이한 직업 목록을 만드는 것도 도움이 된다.

내가 아끼는 책 중에 미국 노동부에서 펴낸 『직업 사전Dictionary of Occupational Titles』이 있다. 이 두 권짜리 책에는 직업 수천 개가 상세하게 나온다. 그중에 아래와 같은 직업이 있다.

378.363-010번: 기갑정찰 전문가(군대)
바퀴 있는 자동차나 기갑차량 등을 몰면서 지형, 적의 전투력, 동태 등의 정보를 수집한다. 기갑정찰대의 일원으로 활동한다. 보안을 위해서 암호 장비를 이용해 사령부에 보고한다. 전투정찰 정보부대에 지역정보 보고서를 작성해 제출한다. 장갑차나 기갑차, 차량을 몰면서 적군을 교란하고, 지연시키고, 파괴하는 전술 활동을 수행한다. 적의 공격으로부터 아군을 엄호하거나 아군의 측면을 방어하기 위해 차량에서 포를 발사한다. 야간에는 정확하게 포를 발사할 수 있도록 보조기구를 준비하고 활용한다. 화학무기 탐지 장비, 방사능 또는 방사선 탐지장비를 동원해서 주변 대기에 화학무기가 잔존하는지 여부와 그 종류를 식별한다. 길을 표시하고 교통을 통제하기 위해 출입제한 차량을 운행한다. 타깃에 맞춰 박격포와 대포 발사를 조정하고 발사 시의 유효성을 보고한다.

이 내용을 토대로 다양한 소설을 만들 수 있다. 만약 이 인물이 길을 잃는다면? 타임머신을 타고 1850년대로 간다면? 갑자기 미쳐버린다면?

스물. 절망에 멈추지 않는다

아무것도 안 쓴 백지나 텅 빈 컴퓨터 화면 앞에 앉아 있는데 머릿속이 텅 비어 있다. 아무것도 없다. 할 수 있는 건 다 해봤다. 정말 절망적이다. 하지만 괜찮다. 많은 위대한 작가가 이런 상태를 겪었다. 이들은 해결책을 찾았다. 그저 계속 쓰는 것이다.

E. L. 닥터로는 『래그타임Ragtime』을 쓰기 전에 절망에 빠져 있었다. "나는 필사적으로 뭔가 쓰려고 애를 쓰고 있었다. 뉴로셸에

있는 우리 집 서재의 벽을 마주보고 있었고, 그래서 벽에 대해서 쓰기 시작했다. 작가로서 우리는 이런 절망에 가득한 시간을 보내기 마련이다. 다음에 나는 벽과 연결된 집에 대해 쓰기 시작했다. 그 집은 1906년에 지어졌다. 그래서 그 시대와 당시 브로드뷰 마을은 어떻게 생겼을까 생각하기 시작했다. 전차가 대로를 따라 언덕 아래로 달리고 있었고 사람들은 여름을 시원하게 보내기 위해서 하얀 옷을 입고 있었다. 테디 루즈벨트가 당시 대통령이었다. 한 가지 생각이 다른 생각으로 이어졌고 이렇게 책이 시작되었다. 절망에서 몇몇 이미지를 끌어냈다."

기 드 모파상은 "흰 종이를 검은색으로 물들여라"라고 충고했다. 제임스 서버는 "제대로 쓰려 하지 말고 무조건 써라"라고 했다.

아직도 절망적인가? 종이를 검은색으로 물들이자. 지금 당장!

절대 사용하면 안 되는 방법들

아이디어를 떠올리기 위해 절대 쓰지 말아야 하는 방법들이 있다.

- 술: 술과 창작은 문학계에서 떼려야 뗄 수 없이 얽혀왔다. 수많은 위대한 작가가 악명 높은 술꾼이었다. 그래서 여전히 많은 작가 지망생이 술과 문학 사이에 필연적인 관계가 있다고 잘못 생각하고 있다. 이 둘은 아무런 관계가 없다.
- 스트레스: 고통스럽게 분투하는 작가의 신화는 젊은 작가들이

품고 있는 잘못된 이미지다. 자학은 불안감만 낳을 뿐이다. 스트레스가 쌓이면 절망에 빠져서 글을 대충 끝내거나 생계에 대한 과도한 걱정만 한다. 또한 스트레스는 도전보다 안전을 좇는 결과를 낳을 수 있다. 즉 김빠진 글을 쓰게 만들 수 있다.

- **마약:** 마약은 환상을 주긴 하지만 나쁜 점이 너무 많아 쓸 가치가 없다.

가브리엘 가르시아 마르케스는 말했다. "나는 글쓰기를 일종의 자기희생으로 보거나 경제적, 정서적, 육체적으로 피폐할수록 좋은 글이 나온다는 낭만적인 생각에 반대한다. 작가는 감정적, 육체적으로 좋은 상태를 유지해야 한다."

건강하고 행복하게, 무엇보다도 생산적으로 살아야 한다.

아이디어를 확장하는 법

이제 많은 아이디어를 얻었다. 그렇다면 이제 무엇을 해야 할까? 마음에 드는 아이디어를 골라서 책 표지에 쓸 매혹적인 문구, 책을 잘 요약하는 몇 줄짜리 문구, 그리고 책의 약점을 쓰자.

책 표지에 쓸 문구는 서점에서 독자들이 보고 감탄을 할 만큼 큰 주제를 담아내야 한다. 『미드나이트』의 주제는 마을 전체에 영향을 미치는 바이오테크놀로지의 남용이다. 자신이 지금 쓰고 있는 소설의 가장 큰 주제는 무엇인가?

이제는 소설 내용을 요약하는 몇 줄짜리 문구를 쓸 차례다. 한

두 줄의 흥미로운 문장으로 내용 전체를 전달할 수 있어야 한다. 쿤츠의 소설 『윈터 문Winter Moon』은 이런 식으로 요약되어 있다.

> 로스앤젤레스의 거리가 불타오르는 대재앙의 도시로 변한다. 몬태나의 황량한 시골에서는 신비로운 존재가 숲을 공격한다. 이 사건들이 만나서 통제할 수 없는 상태가 되면 생물도 무생물도 안전하지 않다.

마지막으로 소설의 약점에 대해 열심히 생각해보자. 소설을 실패하게 만들 만한 요인들을 냉정하게 고민하자. 그렇다고 그 아이디어를 버리라는 뜻은 아니다. 물론 버려도 된다. 아이디어의 약점을 생각해보면 훨씬 더 낫게 만들 수 있다.

다음 질문을 던졌을 때 그 대답이 만족스러워야 한다.

1. 이와 비슷한 아이디어가 이전에도 있었나? 분명히 있었을 것이다. 그렇다면 이를 독창적으로 만드는 요소는 무엇일까? 가능한 요소들을 목록으로 적는다. 어떤 작가도 쓴 적이 없는 것을 생각해낼 때까지 머리를 쥐어짠다.

2. 배경이 평범한가? 그렇다면 어떤 배경을 선택해야 할까? 질리지 않는 신선한 배경에는 어떤 것이 있을까?

3. 인물이 진부하지는 않나? 그렇다면 어떻게 더 흥미롭게 바꿀 수 있을까? 어떻게 신선함을 줄 수 있을까? 머리를 굴려보고 긴 목록을 만들 때까지 어떤 생각도 버리지 않는다.

4. 많은 독자의 마음을 사로잡을 만큼 충분히 '큰 주제'를 다루고 있나? 그렇지 않다면 어떻게 더 크게 만들 수 있을까? 어떻게 하면 더 많은 독자를 확보할 수 있을까? 아마도 육체적 죽음 또는 심리적 죽음을 다룬다면 가능성이 커질 것이다.

5. 이 아이디어를 매력적으로 만들기 위해 다른 요소를 덧붙이는 게 좋을까? 모든 각도에서 아이디어를 생각해본다. 좀 더 활기를 불어넣을 반전을 집어넣는다. 반전 목록을 만든다.

과자나 사랑처럼 아이디어도 사람들에게 만족감을 주려면 새로워야 한다. 앞의 질문들을 적용해서 소설을 지루하지 않게 만들자.

피라미드 공식으로 하는 아이디어 평가

편집자나 출판 관계자는 누구나 '신선하고 독창적인' 작품을 원한다고 말한다. 그렇지만 그들은 영업부 직원들이 어찌할 바를 모를 만큼 독창적이진 않기를 바란다. 그러니까 이 두 가지를 다 만족시켜야 한다. 지금부터 소개할 피라미드 공식으로 자신의 아이디어를 평가해보자.

열정

피라미드 공식의 맨 아래 단계는 열정이다. 쓰기로 결정한 플롯을 완성하는 데에는 긴 시간을 들여야 할 것이다. 거기다 소설

[피라미드 공식]

정확성

가능성

열정

을 완성하기까지는 몇 달이나 몇 년이 걸리기도 한다. 그래서 가장 필요한 건 열정이다.

수많은 소설이 어째서 외면을 당할까? 그중 한 가지 이유는 그 소설들이 '판박이'기 때문이다. '저 소설이랑 비슷한 수준으로 쓰면 내 소설도 잘되겠지'라고 생각하고 다른 소설들을 흉내 낸다면 반드시 실패한다.

이런 생각은 크나큰 오산이다. 쓰고 싶어서 미칠 지경인 플롯에 열정적으로 헌신하지 않으면 작가의 문체는 독창적일 수도 강렬할 수도 없다. 기회의 문을 두드리는 수없이 많은 작가 지망생 중의 하나로 끝나고 만다.

열정은 작가의 영혼에서 가장 중요한 부분이며 결국에는 언제나 성공을 안겨준다. 돈을 벌기 위해 글을 쓰는 것이라면 상관없겠지만, 글쓰기를 배우는 단계라면 개성을 키워야 한다. 그래야만 평범함에서 벗어날 수 있다.

브렌다 유랜드가 말하듯, "지성과 사랑을 다해서 작업하자. 당신을 사랑하는 친구에게 이야기하듯이 자유롭고 즐겁게. 적어도 하루에 서너 번쯤은 잘난 체하는 자들, 비웃는 자들, 비평가들, 의심하는 자들을 마음속으로 무시하자." 다른 사람들은 신경 쓰지 말고 열정적으로 작업해야 한다.

가능성

피라미드 공식의 중간 단계에서는 독자에게 다가갈 가능성을 평가해봐야 한다. 잠시 작가로서의 정체성을 잊고 투자가의 역할을 해보자. 이 책을 출판해서 투자한 돈을 회수하고 이윤도 좀 남길 수 있을까?

아주 냉정하게 평가해야 한다. 인생의 몇 달, 몇 년을 바쳐 쓴 소설이 자신의 가족 말고 다른 독자들의 관심을 끌 만한가? 그럴 거라고 생각한다면 투자가로서 스스로에게 그 이유를 설명해보자. 시장조사도 해야 한다. 출판계의 동향에 대해서도 알아야 한다. 어떤 소설이 출판되고 있는지 살펴보자. 곧 출간될 소설에 대한 짧은 서평들을 보자. 출판사에서 이들 소설의 플롯에서 어떤 장점을 보고 출판했을지 생각해보자. 그렇다고 이 소설들의 내용을 베끼면 안 된다. 작가의 성공은 독창적인 문체와 관점에 달려 있다는 사실을 기억하자.

가능성을 평가할 때 엄청나게 많은 독자를 염두에 두어야 하는 건 아니다. 특정 장르의 작가들은 특정 독자층을 대상으로 한다. 특정 장르 내에도 하위 장르가 있다. 예를 들어 '정통' SF소설을 쓰는 작가는 많지 않다. 그들은 SF소설 애독자 중에서도 소수를 대상으로 한다. 그래도 상관없다. 이 작가들은 앞에서 논의했듯이 열정을 갖고 쓰는 거니까. 다시 말해 가능성은 작가의 결정을 돕는 도구에 불과하다. '규칙'이 아니다. 모든 도구가 그렇듯 현명하게 판단해서 사용해야 한다.

정확성

피라미드 공식의 맨 위 단계는 아이디어에 대한 정확성을 평가하는 것이다. 자신의 아이디어에 열정이 있고 독자의 마음을 사로잡을 수 있다는 확신이 선다면 그와 맞지 않는 부분들은 과감하게 쳐내야 한다. 서스펜스 장르를 좋아하는 독자를 생각해 만든 플롯이라면 서스펜스에 집중하자. 이 목표에서 벗어나는 다른 부분은 필요가 없다.

소설 『미드나이트』 연구

서스펜스 창작 시간에 나는 1989년 스릴러소설 『미드나이트』를 교재로 썼다. 이 소설은 「뉴욕 타임스」 베스트셀러 1위에 오를 정도로 엄청난 인기를 끌었고, 기술적으로도 주목할 면이 아주 많다.

이 소설의 작가가 어떻게 아이디어를 얻었는지 우리는 다음과 같이 짐작해볼 수 있다. 이 중 몇몇 항목은 정말로 그가 아이디어를 얻는 데 중요한 기능을 했을 것이다.

- **새로운 경향 예측**: 이 소설의 작가는 신기술 남용을 자주 다룬다. 1989년에 그는 생체 이식용 마이크로 컴퓨터칩에 쓰는 나노테크놀로지를 예측했고 훌륭하게 이 주제를 활용했다.

- **악당**: 이 소설에서 악당인 토마스 섀덕은 매우 특이하고 놀라운 방식으로 나온다. 그는 인간적이면서도 아주 잔혹한 악당이다. 아마도 플롯의 주인공이 될 수도 있었을 것이다. 앨프리드 히치콕은 "서스펜스 장르의 성공은 악당을 얼마나 잘 활용하는가에 달려 있다"라고 했다. 아마도 작가는 섀덕이라는 인물에서 출발해서 그의 음모를 플롯으로 만들었을 것이다.

- **제목**: '미드나이트'라는 제목은 어둡고 사악한 온갖 이미지를 떠오르게 한다. 사실 이 소설은 주로 밤을 배경으로 하는데, 특히 자정이라는 짧은 시간을 이용한다. 자정은 뭔가 사악한 일이 벌어질 것 같은 시간이다. 작가는 제목에서 모든 것을 떠올렸을 것이다.

- **훌륭한 도입부**: 손에서 내려놓을 수 없게 만드는 소설은 대개 비밀스럽거나, 충격적이거나, 매혹적인 도입부로 시작한다. 『미드나이트』의 도입부는 한밤중에 조깅을 하다가 미지의 생명체에게 살해당하는 인물로 시작한다. 살해당한 여자는 다시 등장하지 않는다. 그러나 인물들이 '그녀가 왜 죽었을까?' 하고 궁금해하듯, 독자들도 그 이유가 계속 궁금해진다. 아마도 작가는 이 도입부를 즉흥적으로 만들어냈고 나중에 이를 어떻게 이어갈까 생각했을 수 있다.

- **플롯 훔쳐오기**: 이는 작가가 택했을 법한 가장 그럴듯한 방법이다. 『미드나이트』는 두 가지 고전 플롯, 즉 1950년대 영화 「외계의 침입자 The Invasion of the Body Snatchers」와 허버트 조지 웰스의 소설 『모로

박사의 섬The Island of Dr. Moreau』을 결합한 것으로 보인다. 작가 자신도 소설의 뒷부분에서 이 두 작품을 언급하고 있다. 마치 이 두 작품과의 유사점을 깨달은 독자들에게 윙크를 보내는 것 같다.

뛰어난 이야기꾼이 최초의 아이디어를 생각하는 데 썼을 만한 방법은 이와 같이 많다. 누구나 이렇게 할 수 있다.

앞서 소개한 아이디어를 떠올리는 스무 가지 방법 중에서 두 가지를 고르자. 각 방법에 한 시간씩 들여 아이디어를 떠올려 보자.

제일 마음에 드는 아이디어를 골라서 책 표지에 쓸 매혹적인 문구, 소설을 잘 요약하는 몇 줄짜리 문구, 그리고 약점을 생각해보자.

이제 피라미드 공식으로 아이디어를 평가하자. 이 아이디어를 계속 밀고 나가고 싶을 만큼 열정, 가능성, 정확성이 충분한가?

지금 떠올린 아이디어로 소설을 쓰지 않는다고 해도 이런 과정을 연습하다 보면 다음에 시간을 절약할 수 있다.
아이디어가 마음에 든다면 훌륭한 모양새를 갖출 수 있도록 이 책의 나머지 부분을 잘 활용하자.

한 달에 몇 시간은 아이디어를 얻는 데만 몰두하자. 주변에서 얻을 수 있는 아이디어에 항상 신경을 쓰자. 메모를 하자.

한 달에 한 번은 그동안 모은 아이디어를 검토하고 확장해나간다.

4장

소설의 시작:
강렬한 인상을
심자

우리는 다른 사람을 만나면
7초 안에 마음의 결정을 내리기 시작한다.

_로저 에일스, 『당신이 바로 메시지다』

소설의 시작 부분인 1막에서는 다음 과제들을 해결해야 한다.

- 독자를 사로잡는다.
- 독자와 주인공 사이에 유대감을 형성한다.
- 장소, 시간, 맥락 등 소설의 배경을 제시한다.
- 소설의 전체 분위기를 결정한다. 전개가 빠른지, 익살스러운지, 역동적인지, 인물의 변화에 초점을 맞추는지, 속도감이 있는지, 느긋하게 흘러가는지.
- 독자를 중간 부분으로 넘어가게 만든다. 계속 책을 읽어야 할 이유를 만든다.
- 적대자를 등장시킨다. 누가 또는 무엇이 주인공의 길을 가로막는지 알린다.

이 과제들을 잘 해결하면 플롯의 기초가 튼튼해진다. 독자는 유능한 이야기꾼을 만났다고 느낄 것이다.

시작 부분에서 먼저 해야 할 과제는 독자를 사로잡는 것이다. 이때 우리의 첫 번째 독자는 늘 편집자라는 사실을 기억하자. 이들은 아주 냉혹한 독자다. 어떻게든 거절할 이유를 찾으려 하기 때문이다. 따라서 거절할 이유를 줘선 안 된다.

출판사의 영업부와 디자인부에서 일을 제대로 했을 경우 그다음으로 만나게 될 독자는 서점에 서서 이 소설이 어떤 소설인가 알고 싶어 책장을 들춰보는 사람들이다. 우리가 제대로 치러야 할 싸움이 바로 이 순간이다. 소설을 읽는 것 말고도 할 일이 많은 독자의 마음을 단숨에 사로잡아야 한다.

첫인상은 바꾸기 어렵다. 한번 나쁜 인상을 주면 이를 바로잡기 위해 두 배는 더 힘이 들고 오랜 시간이 걸린다. 만회할 기회를 영영 갖지 못할 수도 있다. 그러므로 삶에서나 소설에서나 좋은 첫인상은 아주 도움이 된다.

지금부터 처음부터 독자를 사로잡을 수 있는 방법들을 소개한다.

첫 문장으로 사로잡기

딘 R. 쿤츠가 쓴 소설들의 첫 문장을 살펴보자.

그의 소설에서는 대개 인물의 이름이 나오고 평범한 생활에 동요가 일어난다.

캐서린 셀러즈는 곧 차가 매끈한 얼음 도로를 따라 미끄러져 더 이상 제어할 수 없게 되리라고 확신했다.

_『악마와 춤을Dance With the Devil』

페니 도슨은 잠에서 깨어 어두운 침실에서 무언가가 몰래 움직이는 소리를 들었다.

_『다크폴Darkfall』

화요일은 따스한 햇살과 희망이 가득 찬, 캘리포니아의 전형적인 화창한 날이었고, 그날 점심에 해리 라이온은 누군가를 총으로 쏘았다.

_『드래곤 티어즈Dragon Tears』

점령군 사령탑에 있는 칠흑빛 벽의 방에서 나올리인 홀란은 통제가 가능한 자신의 두뇌에서 정신을 분리했다.

_『비스트 차일드Beastchild』

위 첫 문장들이 효과적인 이유는 무엇일까? 우선 인물의 이름이 들어가 있다. 이렇게 구체적으로 시작하면 처음부터 현실감이 생긴다. 이름 말고 인칭 대명사로도 시작할 수 있다. "그녀는 뭔가 침실에서 움직이는 소리를 들었다." 이름이 나오는 방식이 좋은 이유는 현실감이 더 커져 몰입감이 높아지고 불신감이 자연스레 사라지기 때문이다.

다음으로 위 첫 문장들은 주인공에게 어떤 일이 일어나고 있거나 곧 일어날 것임을 알리고 있다. 보통의 일이 아니라 불길하거나 위험한 일이다. 즉 주인공의 평범한 생활이 흔들린다.

움직임, 즉 뭔가 일어나거나 일어날 것 같은 느낌을 주자. 시작부터 이런 느낌을 독자에게 안기자. 장황한 묘사로 시작하면 (과거에는 이런 방식도 괜찮았다) 이야기가 멈춰 있다는 느낌을 주기 십상이다. 묘사가 절대 안 된다는 뜻은 아니다. 동적인 느낌을 내기 위해 묘사를 해도 괜찮다.

움직일 수 있는 것은 인물뿐이다. 그러므로 가급적 빨리 인물을 소개하는 게 좋다. 앤 라모트의 『푸른 신발 Blue Shoe』을 살펴보자.

창밖의 세계는 붉게 물들어 있었다. 피스타치오 나무의 잎은 불타는 붉은색과 오렌지색으로 빛나고 있었다. 매티는 이른 아침의 빛을 열심히 쳐다보았다. 그녀는 남편이 자고 있어야 할 침대에 혼자 누워 있었다.

이 글은 묘사로 시작한다. 그러나 세 번째 문장에서 인물을 등장시킨다. 그리고 뭔가 잘못되었다는 느낌을 슬쩍 집어넣는다. 남편이 있어야 할 자리에 없다. 독자들은 여기서 움직임을 감지한다. 매티는 문제가 있는 상황을 겪고 있고 '뭔가 해야만' 할 것 같다.

이런 게 바로 움직임이다. 분명한 사건을 일으키는 대신(물론 사건은 효과가 있지만) 사건이 곧 일어날 것 같다는 느낌을 주면 된다.

일찌감치 주인공을 힘들게 하는 일이 일어나지 않으면 앨프리드 히치콕의 격언을 지킬 수 없다. "훌륭한 이야기는 지루한 부분을 잘라내고 남은 인생이다." 그러니 물을 휘저어라. 화재 폭발처럼 큰 사건을 집어넣지 않아도 된다. 한밤중에 걸려오는 전화나 미심쩍은 뉴스 정도로 충분하다.

마거릿 미첼이 쓴 『바람과 함께 사라지다』의 시작 부분에서는 주인공 스칼릿 오하라가 등장한다.

> 스칼릿 오하라는 미인은 아니었지만, 남자들은 그녀의 매력에 빠지면 이 사실을 거의 눈치 채지 못한다. 탈튼 쌍둥이 형제가 그랬던 것처럼 말이다.

여기에는 스칼릿과 그녀를 둘러싼 세계가 제시된다. 그녀는 자신의 매력으로 남자를 사로잡을 수 있고, 그런 상황을 즐긴다.

> 그녀는 언제나 솔직했다. 자신이 중심이 아닌 대화는 오래 견딜 수 없었다. 그녀는 말할 때 입가에 보조개가 생기도록 미소 지었고 짙은 속눈썹을 나비 날개처럼 깜박였다. 그녀가 마음을 먹으면 사내들은 언제나 매혹당했다.

지금까지 아무 문제도 없다. 스칼릿은 탈튼 쌍둥이 형제를 유혹해 조종하고 있다. 화제가 트웰브 오크스에서 열리는 바비큐 파티로 바뀐다. 쌍둥이 형제는 스칼릿과 왈츠를 추고 싶어 그녀가 승락하면 비밀을 말하겠다고 약속한다. 비밀이란 파티에서 애슐리 윌크스와 멜라니 해밀턴의 약혼이 발표될 예정이라는 것이다.

얼굴색은 변하지 않았지만 스칼릿의 입술은 하얗게 질렸다. 아무런 경고 없이 한 대 얻어맞았는데도 충격 때문에 무슨 일이 있었는지 금방 깨닫지 못하는 사람 같았다.

주인공에게 닥친 시련이다. 몇 장 뒤에 그 이유가 나온다.

애슐리가 멜라니 해밀턴과 결혼하다니!
오, 그럴 리가 없어…… 아니야, 애슐리가 멜라니를 사랑할 리 없어. 아니야, 내가 틀렸을 리 없어. 왜냐면 애슐리는 나를 사랑해!
그녀, 바로 스칼릿이 애슐리가 사랑하는 사람이다. 그녀는 그 사실을 알고 있었다.

이렇듯 스칼릿이 지배하고 있다고 생각했던 세계, 곧 사랑하는 사람과의 결혼은 엉망진창이 되었다.
조나단 하의 걸작 『시빌 액션A Civil Action』의 도입부를 살펴보자. 이 책은 실제 사건을 다룬 논픽션이다. 미국 보스턴 근교 작은 마을의 상수원이 산업 폐기물로 오염되어 몇 명이 죽고 몇 명은 병에 걸린 사고에 두 거대 기업이 연루된 이야기다. 하지만 최고의 픽션처럼 읽히는데 그 이유는 시작 부분 때문이다.

변호사 잰 슐릭만은 7월 중순의 어느 토요일 아침 8시 30분에 전화가 울려서 잠에서 깼다.

이 소설의 첫 문장이다. 이 문장은 주인공을 소개하고 전화 벨소리로 그를 잠에서 깨운다. 늦은 밤이나 이른 아침의 전화 벨소리는 대개 나쁜 소식을 알려준다. 독자들은 전화가 온 이유를 알고 싶어서 계속 읽어나간다. 첫 문장에서 걸려드는 것이다.

1장을 읽다 보면 그 전화가 슐릭만의 채권자에게서 왔고 돈을 갚지 않으면 그의 차가 압류된다는 사실을 알게 된다. 20분 후에 보안관에게서 차를 가지러 오겠다는 전화가 온다. 독자들은 슐릭만이 엄청난 소송에 휘말렸고 경제적으로 파산 지경이라는 것도 알게 된다. 사태가 악화되면 직장, 집, 재산 전부를 잃을지도 모른다. 그리고 배심원들이 이 소송에 대해서 숙고 중이며 그 결과에 따라 슐릭만이 회생할 수도 있고 파산할 수도 있다. 이제 차를 잃은 슐릭만이 법원까지 걸어가서 하루 더 논의를 하는 배심원의 평결을 복도에서 기다리고 있다. 독자들이 보게 되는 마지막 이미지는 혼자 기다리고 있는 그의 모습이다.

이렇게 훌륭하게 도입부를 시작하고 나서 작가는 시간을 되돌려 도입부의 사건이 발생한 출발점으로 돌아간다. 독자들은 살기 위해 분투하는 주인공에게 동정심과 흥미를 느끼고 계속 책을 읽게 된다. 첫 문장부터 주인공과 하나가 된 것이다.

행동으로 사로잡기

그들은 정오 무렵 건초 트럭에서 나를 내던졌다.

제임스 M. 케인의 『포스트맨은 벨을 두 번 울린다The Postman Rings Twice』의 첫 문장이다. 독자는 시작부터 이미 사건 '한가운데' 놓인다.

대화는 직접적인 행동 중 하나다. 대화에 갈등 요소가 있다면 더욱 좋다. 내가 쓴 『최후의 증인Final Witness』의 도입부를 보자.

"몇 살이죠?"

"스물네 살이요."

"3학년이 되나요?"

"네."

"반에서 두 번째인가요?"

"지금은요."

"거짓말을 할 동기가 있다는 게 사실인가요?"

"뭐라구요?"

레이철 이브라는 얼굴이 뜨거워지는 것을 느꼈다. 질문이 마치 뺨을 때리듯 너무나 갑작스러웠다. 그녀는 의자에서 몸을 똑바로 세웠다.

심문 형식의 대화를 읽으며 독자들은 두 인물 사이의 갈등 속으로 곧장 빠져든다.

깊은 감정으로 사로잡기

그레그 아일스의 『조용한 게임The Quiet Game』은 디즈니월드에서 네 살배기 딸을 안고 줄을 서 있는 아버지의 모습으로 시작한다.

애니는 내 팔을 잡아당기더니, 사람들 사이를 가리키며 말했다.
"아빠! 엄마가 저기 있어! 서둘러!"
나는 보지 않았다. 어디냐고 묻지 않았다. 애니의 엄마는 7개월 전에 죽었기 때문이다. 나는 꿈쩍 않고 계속 서 있었다. 뜨거운 눈물이 흘러내리는 것 빼고는 다른 사람들처럼 보였을 것이다.

독자들은 주인공이 느끼는 깊은 감정이 보편적이기에 유대감을 느낀다.

회상으로 사로잡기

스티븐 킹의 『그것It』은 회상을 통해 독자의 주의를 끈다.

설혹 언젠가 끝난다 하더라도, 앞으로 스물여덟 해 동안은 끝나지 않을 공포가 시작되었다는 걸 알 수 있었다. 신문지로 만든 종이배가 비가 내려 물이 불어난 하수도로 흘러가고 있었다.

그의 또 다른 소설 『데드 존The Dead Zone』도 마찬가지다.

새러가 훗날 그날 밤에 대해 기억할 수 있었던 것은, 그가 「운명의 바퀴」라는 퀴즈 프로그램에서 운이 다했다는 것과 마스크에 대한 것, 두 가지였다. 몇 년의 시간이 흐른 뒤에 그 끔찍한 밤에 대해 어쩌다 생각나는 것은 마스크뿐이었다.

이 단락을 읽은 독자들은 놓치면 안 될 이야기가 곧 나오겠구나 하고 기대하게 된다.

태도로 사로잡기

순수소설에서 1인칭 시점 화법을 사용하면 문체와 분위기를 통해 독자의 관심을 끌 수 있다. 제롬 데이비드 샐린저의 『호밀밭의 파수꾼』을 보자.

정말 그 일에 대해 듣고 싶다면, 당신은 아마도 제일 먼저 내가 어디에서 태어났는지, 어린 시절이 얼마나 끔찍했는지, 우리 부모가 나를 낳기 전에 얼마나 바빴는지 등 데이비드 코퍼필드식의 쓸데없는 이야기들이 알고 싶을 것이다. 하지만 당신이 진실을 알고 싶다고 해도 나는 이런 것들을 말할 생각이 없다.

프롤로그로 사로잡기

프롤로그, 즉 서문이나 서시 등을 이용하는 것은 독자의 마음을 사로잡는 데 매우 도움이 된다. 작가는 여러 방식으로 프롤로그를 이용한다. 프롤로그의 주요 기능은 독자가 1장으로 넘어갈 수 있도록 유인하는 것이다.

여기 4장에서 말한 모든 규칙은 프롤로그에도 적용되지만 한 가지 예외가 있다. 프롤로그에는 주인공이 나오지 않아도 된다. 그렇지만 프롤로그 역시 결국에는 메인플롯과 이어져야 한다.

프롤로그에 쓰이는 주요 방식으로는 자극적 사건, 액자식 구성, 그리고 예고 등이 있다.

¶ 사건

서스펜스소설에서 주로 쓰는 방식으로 대개 죽음과 연관된 장면에서 시작한다. 이는 분위기와 인물들의 이해관계를 즉시 형성한다. 메인플롯이 시작되는 건 1장에서부터지만 프롤로그에서 일어나는 일은 전체 이야기에 영향을 미친다.

때로는 주인공이 프롤로그에 등장하기도 한다. 존 러츠와 데이비드 어거스트가 쓴 『파이널 세컨즈Final Seconds』의 프롤로그에는 뉴욕의 공립학교에 설치된 폭탄이 나온다. 주인공 하퍼는 뉴욕 경찰청 폭탄전담팀의 머리가 희끗희끗한 베테랑 형사다. 그는 신참 파트너와 사건 현장에 온다. 하퍼가 폭탄을 해체하면서 긴장감이 고조된다. 마침내 마지막 폭약만 제거하면 되는데 펑 하고 폭탄이 터진다. 하퍼의 손이 날아가 버린다. 1장에서 2년 반 후 하퍼는 당시 사고의 원인을 제공했던 파트너를 만나러 간다. 하퍼는 이제 경찰이 아니다. 이렇듯 흥분과 긴장으로 가득한 프롤로그를 맛본 뒤에 1장으로 넘어가면 독자는 하퍼가 끔찍한 경험을 한 후에 어떻게 살아왔는지 궁금해하기 마련이다.

다른 예는 할런 코벤의 『밀약Tell No One』이다. 화자인 데이비드 벡은 아내 엘리자베스와 함께 추억을 간직한 낭만적인 호숫가로 결혼기념일 여행을 떠난다. 그들은 캄캄한 호수에서 수영하고, 사랑을 나누고, 한가로이 뗏목 위에서 시간을 보낸다. 그러고 나서 엘리자베스가 부두로 올라간다. 벡은 뗏목에서 기다린다. 차문이 쾅 닫히는 소리가 들리고 엘리자베스가 사라진다. 벡은 부두로 헤엄쳐 와서 아내의 이름을 소리쳐 부른다. 아내의 비명이 들린다. 물 밖으로 나오자마자 뭔가에 얻어맞은 벡은 비틀거리며 다시 물에 빠진다. 다시 아내의 비명이 들리지만 그 소리, 모든 소리는 벡이 물속으로 가라앉으면서 사라져버린다.

이 책의 프롤로그는 이렇게 끝난다. 1장은 "8년 후"라는 문구로 시작한다. 프롤로그에는 대개 주인공 이외의 다른 인물이 등장한다. 이들은 메인플롯에 나타날 수도 안 나타날 수도 있다.

『미드나이트』에서는 한밤중에 달리는 것을 좋아하는 재니스 캡쇼가 나온다. 그녀가 어둠 속에서 조깅하는 동안 작가는 그녀에 관한 이야기를 하며 독자가 그녀와 동일시하게 하고 공감을 유도한다. 재니스가 누군가 또는 뭔가가 자신을 따라온다는 느낌을 받으면서 긴장감은 고조되기 시작한다. 그녀의 느낌이 맞았다. 프롤로그의 끝에서 그녀는 미지의 생물체에게 공격을 받고 끔찍하게 죽는다. 이 소설의 1장은 주인공 샘 부커가 살인 현장인 작은 마을에 등장하면서 시작한다.

이때 규칙을 정해야 한다. 만약 주인공을 프롤로그에 등장시키지 않았다면 1장에서는 꼭 등장시켜야 한다. 독자들은 누구를 따라가야 할지 알고 싶어 하기 때문이다.

또한 주의할 점이 있다. 『미드나이트』는 프롤로그를 1장으로, 진짜 프롤로그를 2장이라고 붙였다. 원한다면 그렇게 해도 상관없다. 중요한 것은 몇 장이라는 이름이 아니라 기능이다.

프롤로그에 사건을 넣으려면 아래의 사항들을 기억하자.

- 사건은 프롤로그에 나올 만큼 중요해야 한다.
- 될수록 짧아야 한다.
- 문제로 끝내야 한다. 즉 안 좋은 일이 생기거나 생기려고 하는 상태로 끝낸다.
- 프롤로그를 메인플롯에 언젠가 꼭 연결해야 한다. 아니면 적어도 무슨 일이 생겼는지 설명해야 한다.

¶ 액자식 구성

프롤로그에서는 지나간 일을 회상하며 이야기하는 인물을 보여줄 수도 있다. 왜 이렇게 할까? 이제 막 펼쳐질 이야기가 현재와 미래에 영향을 미칠 것이라는 인과 관계를 깔아놓기 위해서다.

스티븐 킹의 중편 『바디The Body』는 화자가 '오래전' 처음으로 죽은 사람을 보았던 1960년의 일을 회상하면서 시작한다. 그러면서 이 사건은 단지 눈에 보이는 것보다 더 깊은 의미를 지녔다고 한다. "당신의 비밀스러운 마음이 묻혀 있는 곳과 너무 가까이" 있는 것들이라고.

『호밀밭의 파수꾼』도 액자식 구성의 프롤로그가 있는 소설이다. 작가가 프롤로그나 에필로그라고 분명히 써놓지는 않았지만 말이다. 이는 글에서 자연스럽게 나온다. 이 소설의 화자 홀든 콜필드는 이렇게 알려준다.

다만 지난 크리스마스 무렵에, 갑자기 건강이 나빠져 여기로 와서 요양할 수밖에 없게 되기 직전에 겪은 어처구니없는 일에 대해 말하려는 것뿐이다.

도대체 '여기'가 어디인가? 독자는 마지막 장에 가서야 홀든이 정신병원에 있었다는 사실을 알게 된다.

액자식 구성의 프롤로그를 쓸 때는 다음을 기억하자.

- 메인플롯과 이어지는 느낌과 분위기를 만들어야 한다.
- 무미건조하지 않고 재미있게 느껴져야 한다. 흥미로운 목소리는 필수다.
- 앞으로 펼쳐질 사건이 프롤로그의 인물에게 어떤 영향을 미치는지 보여줘야 한다.

¶ 예고

잘 사용되지는 않지만 간혹 예고가 효과적일 때가 있다. 예고란 나중에 일어날 내용을 시작 부분에서 미리 보여주는 것이다. 이런 프롤로그는 앞으로 나올 멋진 사건에 대한 예고편인 셈이다.

왜 이런 프롤로그를 쓰는 걸까? 독자를 사로잡기 위해서다. 프롤로그에서는 다 드러내지 말고 수수께끼를 남겨야 한다. 왜 인물이 이런 시련을 겪을까 궁금하게 만들어야 한다. 그리고 나중에 그 장면이 다시 나올 때에는 끝까지 보여줘서 독자의 궁금증을 풀어준다.

일부 원칙주의자들은 이런 예고가 들어간 프롤로그는 플롯에 아무것도 덧붙이지 않기 때문에 불필요하다고 말한다. 플롯에 들어갈 재료를 일찍 쓰는 것밖에 안 된다고 하는 것이다. 그래도 상관없다. 이 프롤로그가 독자의 관심과 흥미를 불러일으킨다면 그것으로 할 일을 다한 것이다.

프롤로그에 예고를 넣을 때는 이렇게 쓰자.

- 소설 전체에서 가장 긴장감이 고조된 장면을 골라야 한다.
- 똑같은 단어, 문장을 써도 되고 약간 바꾸어도 된다.
- 결말을 보여주면 안 된다. 그래야 계속 읽을 것이다.

인물을 통해 독자와 유대감을 쌓자

나는 소설을 쓸 때 인물이 제일 골치였다. 플롯이나 상황은 잘 만들 수 있었는데, 필연적인 이유 없이 등장하는 듯한 생기를 잃은 인물들이 글을 채우곤 했다. 그러다가 작가이자 글쓰기 교사인 러요스 에그리에게서 생기 넘치는 인물이야말로 위대하고 꾸준히 읽히는 작품의 비결이라는 충고를 듣게 되었다. 그는 자기 자신을 깊이 그리고 속속들이 알면 복잡하면서도 멋지고 흥미로운 인물을 만들 수 있다고 알려주었다.

사실 우리는 어느 정도까지는 인간의 모든 감정을 경험한다. 이러한 우리의 감정들을 활용하면 아주 다양한 인물을 만들어낼 수 있다.

플롯은 인물 없이는 가능하지 않다. 인물이 강렬할수록 더 좋은 플롯이 나온다. 강렬한 인물은 독자를 플롯으로 끌어들인다. 소설과 독자의 이러한 역동적인 관계가 바로 '유대감'이다.

유대감을 높이는 네 가지 동력

매혹적인 주인공을 만들었다는 확신이 든다면 그다음으로 독자와 유대감을 형성할 방법을 고민해야 한다. 동일시, 공감, 호감, 내적 갈등이라는 네 가지 동력을 이해하면 도움이 된다.

¶ 동일시

독자는 주인공을 따라 플롯에 이끌려 들어간다. 그러므로 독자가 자신과 주인공을 동일시하면 할수록 플롯에서 벌어지는 일들이 더 강렬하게 느껴진다. 동일시는 소설 속 이야기가 바로 독자 자신에게 일어나고 있다는 경이로운 느낌을 준다.

간단히 말해 동일시는 주인공이 우리와 같다고 느끼는 것이다. 우리도 그 상황에 놓이게 된다면 비슷하게 행동할 거라는 공감이다. 주인공을 실제 존재하는 사람처럼 느끼는 것이다.

현실 세계의 인간이 가진 특징은 무엇일까? 스스로를 들여다보자. 우리는 성공하려고 애쓰고, 때때로 두려워하며, 완전하지 않다.

『톰 고든을 사랑한 소녀』에서는 엄마와 숲속을 걷고 있는 아홉 살 소녀 트리샤가 나온다. 트리샤가 길을 잃게 되면서 문제가 생긴다. 트리샤는 어째서 길을 잃었을까? 엄마에게 화가 나 곁에서 벗어났다. 너무나 소박하고 인간적인 반응이라서 독자는 쉽사리 트리샤와 동일시할 수 있다. 작가는 이런 식으로 독자를 주인공의 위기에 함께하게 만든다. 트리샤는 완벽하지 않다. 인간이라면 누구나 있는 약점들을 갖고 있다.

여기서 핵심은 '주인공의 행동과 생각이 대부분의 사람과 비슷한가?'에 있다. 이에 부합하면 독자는 주인공에게 살아 있는 인간의 체온을 느낀다.

주인공이 영웅일 때도 마찬가지다(아마도 이 경우가 가장 효과적이다). 영화 인디애나 존스 시리즈를 보자. 영화 제작자들은「레이더스Raiders of the Lost Ark」에서 존스를 아무 어려움 없이 난관을 극복하는 슈퍼맨으로 만들고 싶은 유혹을 느꼈을 수 있다. 그러나 그들은 현명하게도 존스가 뱀 공포증이라는 인간적인 약점을 갖게 했다. 이 점이 존스를 더욱 현실감 있게 만들어 관객에게 가까이 가게 했다.

¶ 공감

동일시와 달리 공감은 독자가 주인공에게 자신의 감정을 쏟아부을 때 커진다. 좋은 플롯의 필수 요건은 독자가 공감할 수 있는 주인공이다.『바람과 함께 사라지다』의 스칼릿처럼 부정적인 모습이 있더라도 공감을 자아내야 한다.

공감을 불러일으킬 수 있는 네 가지 간단한 방법이 있다. 단, 현명하게 써야 한다. 너무 과하면 독자들은 작위적이라고 느낄 수 있다.

1. 위험을 통한 공감

주인공이 끔찍하고 급박한 문제에 빠지면 독자들은 금방 공감을 한다. 『톰 고든을 사랑한 소녀』에서 트리샤는 엄마에게서 떨어져 나와 위험한 숲속에서 길을 잃는다. 이는 긴박한 육체적 위험이다.

위험은 감정적일 수도 있다. 『미드나이트』에서 FBI 수사관 샘 부커는 깊은 절망에 빠져 있다. 십 대 아들은 샘을 미워하고, 샘은 살아갈 이유를 찾느라 안간힘을 쓴다. 그는 감정적으로 불안한 상태다. 이 소설의 깊이는 샘이 계속 살아가야 할 이유를 찾아내는 데서 온다.

2. 역경을 통한 공감

주인공이 자신의 잘못이 아닌데도 불운을 겪는다면 독자의 공감을 얻을 수 있다. 데이비드 발다치는 『과학적이고 예술적인 로또 당첨조작 살인사건The Winner』에서 사랑도 교육도 전혀 못 받고 비위생적인 환경(이빨이 모두 썩은 걸 보면 알 수 있듯이)에서 자란 가난한 남부 여인을 보여준다. 그녀가 현실을 극복하려고 애쓰는 모습에 독자는 그녀를 응원하게 된다.

3. 사회적 약자에 대한 공감

사람들은 어려움을 겪는 주인공을 좋아한다. 존 그리샴은 여러 책에서 이런 약자에 관해 썼다. 그중 최고는 『레인메이커 Rainmaker』로, 법정에서 벌어지는 다윗과 골리앗의 싸움을 다룬다. 신출내기 변호사 루디 베일러가 거대 보험사의 변호사들과 싸울 때 독자들은 그를 응원하게 된다. 실베스터 스탤론이 주연한 영화 「록키Rocky」에서 록키 발보아는 미국 문화의 영원한 상징이 되었다. 이 영화는 무명의 권투선수가 챔피언에 도전하는 이야기와 겹쳐, 힘겹게 분투하는 배우 스탤론 자신의 이야기를 보여주었기에 크게 흥행할 수 있었다.

4. 연약함에 대한 공감

독자는 금방이라도 쓰러질 것 같은 주인공을 보면 안쓰럽게 여긴다. 스티븐 킹은 『로즈 매더』에서 사이코 경찰관과의 불행한 결혼생활에서 마침내 용기를 내어 도망쳐 나온, 가정폭력에 놓인 여성의 이야기를 다룬다. 그녀는 세상에 대해서 아무것도 모르고 그녀의 남편은 귀신같이 사람들을 찾아내므로, 그녀가 집을 나온 순간부터 독자들은 그녀의 처지를 딱하게 여긴다.

¶ 호감

호감 가는 주인공은 당연히 호감 가는 일을 한다. 예를 들어 호감 가는 주인공은 타인에게 친절하거나 재치 있게 대화를 이끈다. 다른 사람들을 격려하고 상냥하다. 이기적이지 않다. 삶에 대한 폭넓은 견해를 지니고 있다. 사람들은 당연히 이런 인물과 어울리고 싶어 한다. 작가 자신이 좋아하는 사람들의 특징을 주인공에게 반영하자.

재치가 있고 너무 진지하지 않은 인물이 독자의 호감을 산다. 너무 자신을 내세우지 않으면서 다른 사람을 배려하는 인물도 마찬가지다. 그레고리 맥도널드가 쓴 『플레치Fletch』에 나오는 어윈 플레처는 재치가 있고 겸손한 인물이다. 로버트 크레이스가 쓴 『몽키스 레인코트The Monkey's Raincoat』의 탐정 엘비스 콜도 마찬가지로 유쾌하다.

그러나 호감을 사기 위해 지나치게 애쓰는 인물은 도리어 호감을 얻기 어렵다. 적당한 수준을 지킨다는 건 어려운 일이지만 그럴 만한 가치가 있다.

독자가 호감을 품기 힘든 주인공이라면 다른 점에서 보완을 해야 한다. 주인공을 강한 인물로 만드는 것도 한 방법이다. 그 예로 『바람과 함께 사라지다』의 스칼릿은 남자들을 쥐락펴락한다. 이야기가 전개되면서 스칼릿은 강인한 성격으로 시련을 극복해 나간다. 『대부』에서 마이클 코를레오네는 괴물이지만 강한 사람이다. 호감 가지 않는 주인공이라면 다른 점에서 매혹적으로 만들어야 한다. 그렇지 않으면 독자들은 관심을 끄고 만다.

¶ 내적 갈등

자신이 하는 일에 확신이 강하고 두려움 없이 돌진하는 인물은 그다지 흥미롭지 않다. 사람들은 대개 그런 식으로 살지 않는다. 우리 모두는 망설이고 의심하면서 살아간다. 따라서 주인공의 망설임을 플롯의 전면에 내세우면 독자들이 더욱 흥미를 느낀다.

『기막히게 좋은 소설을 쓰는 방법 IIHow to Write a Damn Good Novel II』에서 제임스 N. 프레이는 내적 갈등이란 "인물의 내면에서 두 개의 '목소리', 곧 이성과 열정 또는 두 가지의 열정이 싸우는 것"이라고 정의했다.

많은 경우에 주인공은 마음 한구석에 자리한 공포 때문에 아무것도 안 하고 싶어 한다. 내적 갈등은 주인공이 또 다른 목소리, 즉 의무감과 명예, 원칙 등을 위해 망설임을 극복하고 행동할 때 해결된다.

소설 속 세계 보여주기

주인공은 어떤 세계에 살고 있는가? 배경이 중요하지만 그게 다는 아니다. 주인공의 삶은 어떤 모습인가?

데니스 루헤인의 『미스틱 리버Mystic River』는 프롤로그가 끝난 후 1장에서 주인공 지미 마커스의 세계를 그린다.

그날 밤 일을 마친 후, 지미 마커스는 동서인 케빈 새비지와 워렌네 술집에서 맥주 한잔을 마셨다. 둘은 창가에 앉아서 아이들이 길거리에서 하키를 하는 걸 지켜보았다. 아이들 여섯이 어둠 속에서 경기를 하고 있었고, 어둠 때문에 얼굴은 보이지 않았다. 워렌네 술집은 옛 도살장 거리 깊숙이 자리 잡고 있었는데……

독자들은 지미의 삶과 일상에 대해 알게 된다. 그는 노동자 구역(도살장 근처)에 사는 평범한 남자다. 1장의 나머지 부분에서는 지미의 상황이 더 자세히 나온다. 그가 왜 교도소에 갔었는지 그리고 지금은 아내와 세 딸이 있고 가게를 운영한다는 것 등등. 그는 세상에서 어떻게든 성공하려고 애쓰는 사내다.

때로 독자들은 주인공이 선택한 직업을 체험하기도 한다. 로런스 블록의 『800만 가지 죽는 방법Eight Million Ways to Die』처럼 주인공의 직업에 설명이 필요할 때도 있다.

"전에 경찰관이셨죠." 그녀가 말했다.

"몇 년 전이었죠."

"지금은 사설탐정이신가요?"

"꼭 그런 건 아니에요." 그녀의 눈이 커졌다. 눈동자가 아주 선명한 푸른색이었다. 너무나 독특해서 콘택트렌즈를 끼고 있는 건가 생각했다. 어떤 소프트렌즈는 눈동자의 어떤 부분은 색조를 바꾸고 어떤 부분은 진하게 해 기이해 보였다.

"난 면허가 없어요." 나는 설명했다. "경찰 배지를 달지 않기로 결정했을 때 면허도 갖지 않기로 했지요." '서류를 만들거나 기록을 하거나 세금과 연관되는 것도 다 끝냈지……'라고 나는 속으로 덧붙였다. "내가 하는 일은 모두 비공식적으로 이뤄집니다."

"하지만 사설탐정 아닌가요? 그걸로 먹고사는 거잖아요?"

"그래요."

위의 단락은 단지 직업을 있는 그대로 설명하지 않는다. 여기서 작가는 화자가 엄밀하게 관찰한 내용과 '공식적'인 일에 대한 그의 태도까지 보여준다.

분위기 설정하기

스티브 마티니의 『판사The Judge』 1장은 이렇게 시작한다.

"당신에게는 두 가지 선택지가 있습니다." 그가 나에게 말했다. "당신의 의뢰인이 증언을 하든지 안 하든지."

"아니면, 뭐요? 고문이라도 하겠다는 거요?" 내가 말했다.

그는 마치 '원한다면 해주겠다'라는 표정으로 나를 바라봤다.

아마도 아코스타는 다른 시대에 살았더라면 꽤 성공했을 것이다. 강철 족쇄가 벽에 걸려 있는 어둠침침한 동굴이 떠올랐다. 깜박이는 횃불과 기름 냄새가 꽉 차 있는 동굴에서, 털이 숭숭 나고 떡 벌어진 가슴에 검은 두건을 쓴 사람들이 그의 명령을 수행하느라, 즉 죄수들을 고문하느라 바쁜 광경 말이다. '코코넛'같이 딱딱한 이 사람은 시대를 잘못 만났다. 스페인 종교재판 시대에 살았으면 딱이었을 텐데.

15호실 뒤에 있는 그의 사무실에서 우리 둘은 마주 앉아 있었고……

법원을 배경으로 완고하고 불공평한 판사를 마주하고 있는 변호사인 화자의 격한 감정이 느껴진다. 독자는 이 소설이 아주 분명한 목소리를 내는 작품이라는 것을 알 수 있다.

위 단락을 『또 하나의 길가 관광지Another Roadside Attraction』에서 발췌한 단락과 비교해보자.

마이애미 근교의 썩은 연못에 떠다니는 마분지 상자 안에서 마법사의 속옷이 발견되었다. 이 발견이 우리 모두의 운명을 바꿀 정도로 중요한 것이라 할지라도, 보고서를 이 사건에서 시작하지는 않을 것이다.

분위기의 차이를 느낄 수 있는가? 물론 느낄 것이다. 독자는 분위기가 한결같기를 바란다. 그렇다고 해서 진지한 소설에 희극적인 요소가 들어가면 안 된다거나 코믹한 소설에 극적인 요소가 배제되어야 한다는 의미는 아니다. 사실 다양성은 독자의 관심을 붙잡아 두기 때문에 도움이 된다. 그러나 독자가 소설에 대한 전체적인 인상을 갖기 위해서는 분위기에 일관성이 있어야 한다.

첫 쪽에서 독자를 사로잡으려면

잭 빅햄은 『소설 창작에서 가장 흔한 서른여덟 가지 실수The 38 Most Common Fiction Writing Mistakes』에서 "첫 문장부터 이야기 속으로 바로 들어가라"고 충고한다. 그는 첫 쪽에서 이야기 전개를 가로막는 세 가지 요인을 지적한다.

1. 지나친 묘사

도입부에서 묘사가 지나치면 사건도 없고 움직이는 인물도 없다. 장소에 대한 간략한 묘사는 필요하지만 도입부의 사건과 긴밀하게 이어져야 한다. 배경이 핵심이라면 적어도 배경 묘사에 인물을 등장시켜서 이야기가 흘러가게 해야 한다.

2. 기나긴 회상

소설은 앞으로 나아가야 한다. 만약 메인플롯과 관계없이 과거에 일어난 일에 집중하면 정체된 느낌이 든다.

3. 위협이 없음

좋은 소설은 위협에 대한 반응에서 시작해 그 문제를 계속 다룬다. 시련을 도입부에 빨리 넣어야 한다.

중간까지 멈추지 않고 읽게 만들려면

지금까지 다룬 내용은 모두 독자가 2막, 즉 소설의 중간 부분으로 나아가게 하기 위한 요건들이다. 독자가 소설을 계속 읽고 싶어 하는 이유는 무엇일까? 그건 1막에 다음과 같은 요소들이 있기 때문이다.

- 매력적인 주인공
- 주인공과의 유대감
- 주인공의 세계를 뒤흔드는 요소

주인공이 되돌아갈 수 없는 관문을 거쳐 2막으로 들어갈 때쯤엔 적대자가 누구인지 또는 무엇인지 알려야 한다. 그렇다고 적대자의 정체를 완전히 보여줄 필요는 없다. 나중에 정체를 드러내는 비밀에 쌓인 적대자가 있다면 완벽하다. 중요한 점은 적대자의 존재다.

적대자는 주인공만큼 강하거나 더 강해야 한다. 적대자에게도 충분히 공감할 만한 요소를 주면 좋다. 적대자 역시 그 나름대로 자신의 행동을 합리화할 수 있는 명분을 주자. 그렇게 하면 소설이 훨씬 더 탄탄해진다.

상황 설명, 인물 설명은 적절히

정보를 쏟아놓으면 플롯은 눈에 띄게 느슨해진다. 작가가 플롯을 전개하기 전에 독자가 알아야 할 것들을 알려줄 때 이런 일이 생긴다. 내러티브narrative에서 이런 일이 생기는 것도 문제지만, 인물 사이의 대화에서 지나친 정보가 나오는 건 더욱 큰일이다.

예를 들어보자.

존은 동부 출신의 의사였다. 그는 존스홉킨스 의대를 다녔고 매우 뛰어난 학생이었다. 그는 서른 살 때 뉴욕에서 레지던트 과정을 마쳤다. 인턴 시절에는 롱아일랜드의 친척집에서 지냈다. 존은 뉴욕을 좋아했다.

어떤 맥락에서는 이런 설명이 괜찮을 수 있다. 이렇게 알려주는 편이 시간을 낭비하지 않게 하므로 설명이 진짜 짧다면 효과적이다. 그러나 이런 설명이 또 나오는지 검토하고, 좀 더 창의적으로 정보를 전달하는 방식이 있을지 생각해봐야 한다.

나는 시작 부분에 설명을 넣을 경우를 위한 몇 가지 규칙을 세웠다. 이 규칙을 만든 이유는 독자가 이야기를 이해하는 데 필요할 것 같은 정보를 도입부에 쓰는 경향이 내게 있었기 때문이다. 그러나 독자에게 필요한 정보는 사실 그다지 많지 않다. 대개는 그 대목을 잘라버려도 아무 문제가 없으며 흐름에도 전혀 지장이 없다. 이렇게 하니 내 소설은 시작부터 속도감 있게 전개되었다.

쓸데없는 설명으로 시작하지 말자. 다음은 나의 규칙들이다.

• 규칙 1: 행동을 먼저 하고 설명은 나중에 한다

움직이는 인물로 시작한다. 독자들은 인물의 행동을 따라갈 것이고, 그 인물에 대해서 처음부터 모든 걸 알고자 하지는 않을 것이다. 필요한 정보는 나중에 조금씩 흘린다.

• 규칙 2: 빙산의 일각만 설명한다

인물의 과거와 현재를 모두 말하지 않는다. 지금 일어나고 있는 일을 이해하는 데 필요한 만큼, 즉 정보의 10퍼센트만 보여주고 90퍼센트는 수면 아래에 남겨둔다. 나중에 좀 더 많이 보여주면 된다. 적당한 때가 오기 전까지는 설명을 자제한다.

- 규칙 3: 정보를 갈등이 드러나는 장면에 끼워 넣는다

  정보를 드러내는 가장 좋은 방법은 치열한 갈등 장면 속에 끼워 넣는 것이다. 인물의 생각이나 말을 이용해서 핵심 정보를 독자에게 전달할 수 있다.

두 가지 사례를 통해 보는 좋은 시작

『미드나이트』의 1장을 보면 한밤중의 긴장감 넘치는 조깅 장면에 설명이 교묘히 들어가 있다.

- 첫 문장: 움직이는 인물의 이름으로 시작("재니스 캡쇼는 밤에 달리는 것을 좋아했다")
- 그다음 두 문장: 인물의 나이, 외모(건강해 보이는), 그리고 달리기에 대한 약간의 설명
- 그다음 다섯 문장: 장소와 시간 묘사(문라이트만, 9월 21일 일요일 밤), 분위기 설정(어둡고, 차 한 대 없고, 인적이 없음), 배경 설명(조용한 작은 마을)
- 그다음 세 문장: 분위기 상세 설명(재니스는 계속 달린다)
- 그다음 두 문장: 한밤중 조깅에 대한 상황 설명
- 그다음 다섯 문장: 인물 설명(재니스가 밤을 좋아하는 이유)
- 그다음 세 문장: 달리는 행동, 세부 묘사와 분위기
- 그다음 한 문장: 달리는 행동, 그녀의 느낌
- 그다음 일곱 문장: 죽은 남편과의 과거를 묘사하면서 재니스에 대

한 심층 설명

- 그다음 두 문장: 첫 번째 사건의 징조
- 그다음 세 문장: 징조에 대한 재니스의 반응

이 소설의 1장은 이런 식으로 이어진다. 설명을 다루는 훌륭한 방식을 보여준다. 다음 예로 『파이널 세컨즈』의 1장부터 6장이 어떻게 전개되는지 보자.

- **프롤로그**: 뉴욕의 한 공립학교가 폭탄테러 협박을 받는다. 베테랑 형사 하퍼와 신참 파트너가 도착한다. 하퍼가 폭탄을 해체하면서 긴장감이 고조된다. 마침내 폭약만 빼고 다 제거한다. 거의 작업이 끝나가는 순간 펑 소리가 난다. 하퍼의 손이 날아간다.
- **1장**: 2년 반이 지난 후 하퍼는 옛 파트너를 만나러 간다(그 사고는 파트너 때문에 일어난 것이다). 파트너는 테크노스릴러 작가인 로드 벅크너의 경호원으로 일하고 있다. 하퍼는 이제 뉴욕 경찰서에서 근무하지 않는다.
- **2장**: 하퍼는 옛 파트너에게 경찰로 복귀하라고 하지만 설득하지 못한다. 하퍼가 경비가 삼엄한 벅크너의 집을 떠난 직후 엄청난 폭발음이 들린다. 집과 벅크너, 그리고 모든 것이 날아가 버린다.
- **3장**: 하퍼는 파트너의 죽음에 관한 정보를 얻으려고 애쓰지만 옛 상사는 아무런 정보도 주지 않는다. 여기서 긴장감이 고조된다.
- **4장**: 하퍼의 가정생활이 나온다. 그러고 나서 하퍼는 옛 FBI 동료에게서 만나자는 전갈을 받는다.

- 5장: 지금은 술주정뱅이 괴짜지만 애들맨은 프로파일러로서 그 사건에 대한 자신의 가설을 하퍼에게 말한다. 유명인사만 노리는 연쇄폭파범이 있다는 것이다.
- 6장: 외딴 곳에서 끄나풀을 만나는 폭파범이 등장한다. 끄나풀은 부루퉁해 있다. 둘 사이의 거래가 끝나고 끄나풀은 돈을 받는다. 그러나 그 돈에는 네이팜탄과 기폭장치가 설치되어 있다. 그 남자는 불에 타 죽는다.

독자는 이제 소설의 64쪽까지 읽었고, 플롯은 준비가 완료되었다. 앞으로 쫓고 쫓기는 싸움이 시작된다.

베스트셀러 소설의 도입부

몇몇 베스트셀러 소설의 훌륭한 도입부를 살펴보고, 작가들이 어떻게 하는지 알아보자.

우선 쿤츠의 『유일한 생존자Sole Survivor』다.

새벽 두 시 반에 로스앤젤레스에서 조 카펜터는 베개를 끌어안고 어둠 속에서 죽은 아내의 이름을 부르다가 깨어났다. 고뇌에 찬 자신의 목소리에 잠이 깼다. 그는 곧장 깨어나지 못했고 꿈은 마치 떨리는 베일처럼 그에게서 떨어져나갔다. 지진으로 집이 흔들려 서까래에서 먼지가 떨어지듯이.

이 소설은 구체적인 이름과 여운이 있는 첫 문장을 보여준다. 그리고 시적인 묘사가 있어 감정적 효과를 내는 두 문장으로 첫 문장을 부연한다. 이는 스릴러소설 중 가장 훌륭한 첫 문단이라 할 수 있다.

이제 스티븐 킹의 『스탠드』 도입부를 보자.

"샐리."

중얼중얼.

"당장 일어나, 샐리."

조금 더 큰 소리로 나 좀 내버려 두라며 중얼중얼.

그가 그녀를 세게 흔들었다.

"일어나. 일어나야 한다고!"

찰리.

찰리의 목소리. 날 부르고 있어. 얼마나 오래 불렀지?

샐리는 잠에서 헤엄쳐 나왔다.

이 소설은 대화로 시작하는데, 이는 언제나 즉각적인 움직임이 있다는 느낌을 준다. 누군가가 말을 하면 우리는 행동(사건)이 벌어진다고 여긴다. 대화도 일종의 행동이다. 어떤 결과나 반응을 얻기 위한 육체적 행동이다. 대화가 이어지는 동안 찰리는 괴로워할 것이고 잠에서 헤엄쳐 나온 샐리는 문제가 무엇인지 곧 알게 될 것이다.

코믹소설을 쓰고 있다면 독자를 휘어잡을 수 있는 도입부를 써야 한다. 그 방법 중 하나는 문자의 모양과 소리를 이용해서 독특한 인상을 주는 것이다. 그 예로 도널드 E. 웨스트레이크의『신성한 괴물Sacred Monster』의 도입부를 보자.

"오래 걸리지 않을 겁니다."

으으으으으으으으으으으으으으으으으으으으으으으으으으으으
으으으으으으으으으으으으으으으으으으으으으으으으으으으으
으으으으으으으으으으으으으으으으으으으으으으으으으으으으
으으으으으으으으으으으으으으으, 와우.

온몸이 다 아팠다. 뼈까지 쑤셨다. 신의 거대한 주먹이 내장을 쥐어짜고 비틀고 갈아대고 있었다. 도대체 내가 왜 이걸 하고 있지, 이렇게 아픈데?

"몇 가지 질문 좀 해도 될까요?"

이제 순수소설의 훌륭한 도입부를 살펴보자. 허먼 멜빌의『모비딕』보다 더 문학적인 소설이 있을까?

내 이름은 이슈마엘. 몇 해 전에—정확하게 얼마나 오래전인지는 중요하지 않다—돈도 없고 육지에는 재미있는 일도 없어서 배를 타고 나가서 바다나 구경할까 생각했다. 우울한 마음을 몰아내고 피가 제대로 돌게 하려면 그게 좋다. 입가의 표정이 사나워지고 내 영혼에 11월의 비가 축축하게 내릴 때, 장의사 앞에서 나도 모르게 걸음을 멈추고 우연히 만난 모든 장례 행렬의 뒤를 쫓아갈 때, 특히 우울증이 나를 사로잡아서 거리로 뛰쳐나가 남의 모자를 족족 벗겨버리고 싶은 충동이 들 때, 그럴 때에는 가급적 서둘러 바다로 나가야겠다고 생각한다. 이것이 내게는 권총과 총알 대신이다.

1인칭 시점으로 글을 쓸 때 독자를 사로잡는 것은 문체다.『모비딕』은 바로 이 방법으로 쓰였다.

유명한 첫 문장 "내 이름은 이슈마엘"은 성경을 잘 알고 있던 19세기의 미국 독자들에게 더 의미가 깊었을 것이다. 이슈마엘은 아브라함이 하가에게서 낳은 아들이다. 그러므로 사라의 아들 이삭과 달리 그는 하나님께 서약한 백성이 아니었다. 사라는 이슈마엘이 이삭과 유산을 나눠 가질 수 없게 멀리 떠나보낸다. 이슈마엘은 추방되었다.『모비딕』의 도입부는 이러한 맥락을 바로 전달한다.

화자는 계속해서 자신이 바다에 나간 까닭은 자살을 막기 위해서였다고 밝힌다. 이 소설의 문장은 시적이다. "내 영혼에 11월의 비가 축축하게 내릴 때." 그러면서도 감상적으로 빠지지 않도록 하는 유머 감각도 있다. 이슈마엘은 다른 사람들의 모자를 족족 벗겨버리고 싶었다고 말하기도 하는 것이다. 그는 이 세상에 염증을 느낀다. 순수소설을 쓰는 작가들에게는 이 점이 핵심이다. 만약 1인칭 시점으로 소설을 쓴다면 독자의 흥미를 끌 수 있는 문체로 써야 한다.

앞서 장소, 날씨 등의 묘사로 소설을 시작하지 말라고 했다.

이는 절대 깨면 안 되는 규칙이 아니다. 단지 도움이 되는 방법일 뿐이다. 요즘의 독자들은 성미가 급해서 왜 계속 이 소설을 읽어야 하는지 이유를 알고 싶어 한다. 그러므로 묘사로 시작하고 싶다면 다음 세 가지를 따르는 게 좋다. 첫째, 분위기를 정한다. 둘째, 인물을 빨리 등장시킨다. 셋째, 계속 책장을 넘겨야 할 이유를 만든다.

다음은 재닛 피치의 『화이트 올랜더Whilte Oleander』의 도입부다.

산타아나 계절풍이 사막에서부터 뜨겁게 불어오고, 봄에 피어난 풀의 마지막 잎사귀까지 지푸라기처럼 바싹 말라 있다. 올랜더(협죽도)만 살아남아 섬세하고 독성을 품은 꽃을 활짝 피우고 단검 같은 초록색 잎을 내뻗었다.

금방 분위기를 파악할 수 있다. 날씨는 그냥 나오는 게 아니다. 앞으로 나올 이야기의 전조다. 첫 문장은 배경의 황량한 분위기를 보여준다. 그다음 문장은 그 황량함 속에서 홀로 무성하지만 위험한 어떤 것을 보여준다. 소설의 뒷부분을 읽어보면 이 부분이 어떻게 연결되는지 알 수 있다.

이어지는 부분에서 작가는 화자를 통해 주요 인물을 일찌감치 보여준다.

우리—엄마와 나—는 덥고 건조한 밤에는 잠을 잘 수가 없었다. 한밤중에 깨보니 엄마의 침대가 비어 있었다. 나는 지붕에 올라가 엄마의 금발이 상현달 아래서 하얀 불꽃처럼 빛나는 걸 보았다.

"올랜더가 필 계절이야." 엄마가 말했다. "서로를 죽인 연인들이 이제 바람을 탓할 거야."

이 인물에 대해서 좀 더 알고 싶어질 것이다. 이런 말을 하는 사람은 도대체 어떤 사람일까? 독자는 이를 알아내기 위해서 계속 읽는다.

월리스 스테그너는 『큰 바위 사탕 산 The Big Rock Candy Mountain』에서 매우 활동적인 인물을 보여준다.

기차가 넓게 확 트인 시골길을 따라 달려가며 흔들리자, 엘사는 떠나는 슬픔을 떨쳐내고 이제는 자신의 것이 된 자유와 해방을 향해 손을 뻗었다.

이전의 엘사는 왜 자유롭지 않았을까? 새롭게 얻는 자유로 무엇을 할 것인가? 그녀는 어디를 향하는가?

그녀는 손수건을 집어넣고 더러운 유리창에 어깨를 기댄 채, 전봇대 사이에 늘어진 전깃줄이 획획 지나가는 걸 보았다. 나무와 여기저기 흩어진 농장들, 하얀 말, 붉은 헛간, 잘 자란 옥수수 밭이 미끄러지듯 뒤로 사라졌다. 점점 더 멀어질수록 그녀는 더욱 자유로워졌다.

기차는 더웠다. 객차의 열린 창문으로는 바람이 불 때마다 매캐

한 연기가 들어왔다. 늘어진 깃털이 눈앞을 가려서 선로 옆쪽이 뿌옇게 보였다. 앞쪽의 두 남자가 일어서서 외투를 벗고는 흡연실 쪽으로 갔다. 그중 붉은색 줄무늬 멜빵을 멘 남자가 그녀를 뚫어져라 쳐다보았다.

세부묘사(그녀를 쳐다보는 남자)가 덧붙여졌다. 이 여자의 연약함이 드러나면서 미묘한 위험이 감지된다. 이제 독자들은 공감을 느끼기 시작한다.

서머싯 몸은 『인간의 굴레에서Of Human Bondage』를 묘사로 시작하지만 곧장 중요한 변화(시련)로 독자들을 이끈다.

그날은 잿빛이고 흐렸다. 구름은 무겁게 걸려 있었고, 눈이 올 듯 쌀쌀했다. 유모는 아이가 자고 있는 방으로 들어와서 커튼을 걷었다. 그녀는 습관인 듯 무심히 건너편의 회벽을 칠한 집을 쳐다보고는 아이의 침대로 갔다.

"일어나, 필립."

그녀가 아이를 깨웠다.

유모가 필립을 깨우는 이유가 무엇일까? 분위기는 어둡다(잿빛의 무거운 구름과 쌀쌀한 날씨). 독자들은 무슨 일이 일어나고 있는지 알고 싶어진다.

그녀는 이불을 걷고, 아이를 팔에 안아 아래층으로 내려갔다. 아이는 반쯤 눈을 떴다.

"엄마가 보고 싶어 하셔." 그녀가 말했다.

그녀는 아래층 방의 문을 열고 한 여인이 누워 있는 침대로 아이를 데려갔다. 아이의 엄마였다. 여인이 팔을 내밀었다. 아이는 옆에 가서 누웠다. 아이는 왜 깨웠는지 묻지 않았다. 여인은 아이의 눈에 키스를 하고, 작고 여윈 손으로 하얀 잠옷 위로 아이의 따뜻한 몸을 쓰다듬었다. 그러곤 아이를 꼭 끌어안았다.

"졸리니, 아가?" 여인이 말했다.

여인의 목소리는 너무 작아서 멀리서 들리는 듯했다. 아이는 대답하지 않고 싱긋 미소 지었다. 아이는 커다랗고 따뜻한 침대 위에 있어 기분이 아주 좋은 듯했다. 아이는 여인 옆에 바짝 붙어서 될 수 있는 대로 몸을 작게 웅크렸다. 그리고 졸린 듯 여인에게 입을 맞추었다. 얼마 후 아이는 눈을 감고 깊이 잠들었다. 의사가 다가와서 침대 옆에 섰다.

"아직 아이를 데려가지 마세요." 여인이 신음하듯 말했다.

의사는 아무 답도 없이 근엄하게 여인을 내려다보았다. 아이를 오래 데리고 있을 수 없다는 걸 깨닫고 나서 여인은 다시 한번 아이에게 입을 맞췄다. 여인은 아이의 몸을 발까지 쓰다듬어 내려갔다. 아이의 오른발을 잡고 발가락 다섯 개를 하나하나 만져보았다. 그러고는 왼발로 손을 옮겼다. 여인은 흐느꼈다.

엄마가 아이와 떨어지게 된다. 어째서일까? 분위기가 감정적으로 무척 위태롭다. 이 장면을 보며 독자들은 어떤 생각을 할까?

어떤 장르의 소설이라도 독자를 사로잡고, 분위기를 정하고, 동적인 느낌을 주고, 독자와 인물을 교감하게 하고, 사건 속으로 들어갈 수 있다. 그러므로 이제까지 설명한 것과 다른 방식으로 플롯을 시작할 이유가 없다. 이런 요소가 전혀 없이 시작한다면 독자가 계속 읽어주기를 그저 바라는 수밖에 없다. 그러나 천사들도 눈물을 흘릴 만큼 아름다운 문체로 소설을 쓴다 할지라도 그것만으로는 독자의 관심을 오래 잡아둘 수 없다.

　　천사와 독자 둘 다를 만족시킬 수 있지 않을까? 그러려면 처음부터 그들의 마음을 사로잡아야 한다.

지금 쓰고 있는 소설의 첫 번째 장을 살펴보자(쓰고 있는 게 없다면 지금 당장 쓰자). 첫 문단부터 독자를 사로잡기 위해 어떤 기술을 쓰면 좋을까? 앞으로 나아간다는 느낌이 드는가? 그렇지 않다면 이 장에서 배운 기술들을 활용해 다시 쓰자.

소설 속 세계가 어떤가? 그 세계에 대해서 얼마나 잘 알고 있는가? 그 세계를 묘사 말고 어떻게 독자에게 전달할 수 있을까?

어떻게 주인공을 등장시킬까? 주인공이 독자의 기억에 남게 하려면 어떻게 해야 할까? 다음 다섯 가지 항목에 따라 주인공을 살펴보자.

- **동일시**: 주인공은 '보통 사람들'과 어떤 점에서 비슷한가?
- **공감**: 위험(육체적 또는 감정적)이 있나? 역경을 겪거나, 사회적 약자이거나, 연약함이 있나?
- **호감**: 주인공이 재치가 있나? 다른 사람을 배려하는가?
- **내적 갈등**: 주인공의 내면에서 싸움을 벌이는 두 가지 '목소리'가 무엇인가?

주인공의 일상 세계를 흔드는 요소가 무엇인가?

적대자에게도 공감할 만한 요소가 있어야 한다. 쿤츠는 이렇게 말했다.

> "가장 훌륭한 악당은 동정심을 불러일으키고, 때로는 공포뿐만
> 아니라 진정한 공감마저 일으킨다. 프랑켄슈타인이라는 괴물의
> 측은한 면에 대해 생각해보자. 보름달이 되면 변해야 하는 자신
> 의 모습을 혐오하면서도 자신의 세포 속에 깃든 힘에 저항할 수
> 없는 늑대인간을 생각해보자."

적대자의 입장에서 그를 어떻게 합리화할 수 있을까? 그가 이렇게
된 배경은 무엇일까? 적대자의 성격에 유쾌함과 매력을 더할 수 없
을까?

5장 ———————————— 소설의 중간:
긴장감을
놓치면 안 된다

우리 삶에는 2막이 없다.

_F. 스콧 피츠제럴드

F. 스콧 피츠제럴드의 말이 맞을지도 모른다. 그러나 알다시피 소설에는 2막이 있다. 소설의 2막은 중간의 긴 부분이다. 바로 작가가 채워야 할 부분이다.

2막, 즉 중간에는 여러 장면을 만들어야 한다. 긴장감을 높이고 위험을 고조하고 독자들을 걱정하게 만들고, 3막을 향해 달려갈 수밖에 없는 장면들을 써야 한다. 장면 쓰기에 대해서는 7장에서 상세히 다룰 것이다. 여기서는 2막을 쓸 때 중요한 점들만 살펴보기로 하자.

죽음은 가장 강력하다

주인공의 머리 위에서 죽음이 끊임없이 떠도는 이야기는 독자들을 가장 강력히 사로잡는다. 여기서 죽음은 육체적 죽음만을 의미하지 않는다. "어둠 속에서 그가 피아노를 칠 때 나는 조금씩 죽어갔다." 외적이 아닌 내적인 죽음도 가능하다. 액션스릴러 장르에서는 육체적 죽음이 흔히 등장하지만 심리적 죽음이나 직업적 죽음도 있을 수 있다.

심리적 죽음

『호밀밭의 파수꾼』이 오랜 세월 독자들을 끌어들이는 힘은 무엇일까? 아마도 많은 사람이 사춘기의 혼란을 겪었기 때문일 것이다. 회색빛의 사춘기 시절에 사람들은 대개 살아갈 이유를 찾고자 하니까.

이 소설의 주인공 홀든이 살아가야 할 이유를 찾지 못한다면, 그는 내면적으로 죽을 것이다. 그렇게 되면 자살이라는 육체적 죽음이 뒤따를 수도 있다. 욕망의 대상이 가까이 있는데도 손에 넣을 수 없고, 그것이 영원한 상실을 의미한다고 가정해보자. 그럴 경우에 목표가 실현되지 않으면 내적 죽음이 일어날 수 있다.

목표가 주인공의 행복에 절대적으로 중요하다는 건 바로 이런 의미다(1장에 나온 LOCK 체계의 목표를 참조하자). 이 점을 제대로 다룬다면 독자들이 위대한 소설에서 갈구하는 강렬한 경험을 창조할 수 있다.

직업적 죽음

직업은 우리의 삶과 행복에 필수다. 사람들은 대부분 일에서 희망을 찾는다. 인간 존재의 주요 근거가 직무, 임무에 있다면 직업은 소설로 쓰기에 좋은 영역이다. 따라서 이러한 직무, 임무를 잃는 게 직업적 삶의 종말이나 아니면 적어도 엄청난 손실인 상황을 설정해볼 수가 있다. 예를 들어 운이 지지리 없는 변호사가 중요한 사건을 맡아서 회생하는 이야기를 생각해보자. 살인자의 범죄를 막을 기회를 얻은 경찰관은 또 어떨까.

독자가 소설을 계속 읽는 이유는 주인공이 중요한 삶을 잃어버릴까 걱정하기 때문이다.

적대자의 핵심 요소

소설에 어떤 장애물을 집어넣으면 좋을까? 첫 단계는 적대자를 생각해내는 것이다. 나는 '악당'이라는 말보다는 '적대자'라는 말을 좋아한다. 적대자가 반드시 악인일 필요는 없기 때문이다. 적대자는 주인공의 행동을 멈추게 할 타당한 이유만 있으면 된다.

훌륭한 적대자를 창작할 수 있는 세 가지 핵심 요소는 아래와 같다.

- 적대자는 사람이어야 한다(스티븐 킹은 적대자를 사람이 아닌 대상으로 설정했다. 『톰 고든을 사랑한 소녀』에서 트리샤의 적은 숲이다. 그러나 수많은 연습을 거치기 전에는 이런 시도는 하지 말자).
- 영화 「레인메이커The Rainmaker」처럼 적이 로펌 같은 집단이라면 내부의 한 사람을 선택해서 주요 적대자로 만든다.
- 적대자는 주인공보다 강해야 한다. 적대자를 쉽게 상대할 수 있다면 독자가 주인공을 걱정할 이유가 없다.

그리고 이렇게 자문해본다. "나는 왜 적대자를 좋아하는 걸까?" 적대자의 입장이 되어보면 감정이입이 되고 결과적으로 더 좋은 인물을 만들 수 있다.

주인공과 적대자 사이의 필연성

갈등 상황에는 적대자 말고도 한 가지 핵심 요소, 곧 주인공과 적대자를 한데 엮기 위한 강한 결합이 필요하다. 주인공이 적대자와 대결하지 않고도 목표를 이룰 수 있다면 독자는 의심이 들 것이다.

필연성이란 그들이 함께 얽힐 수밖에 없는 강력한 관계나 상황을 말한다. 주인공이 행동하지 않고 쉽게 문제를 해결할 수 있다면, 독자는 주인공이 그렇게 해버리면 될 거라고 생각한다. 주인공이 계속 앞으로 나아갈 강력한 이유가 있어야만 독자도 그의 운명을 함께 걱정한다.

주인공이 끝까지 남아야 할 이유, 그리고 소설 중간 부분의 긴 혼란기에 인물들이 한데 엮일 이유가 있어야 한다. 그러기 위해선 주인공의 행복에 반드시 필요한 목표를 주의 깊게 선택하고 적대자가 주인공을 막아야 할 타당한 이유를 만들어야 한다. 주인공과 적대자가 상황에서 발을 뺄 수 없는 이유를 충분히 생각해내야 한다.

주인공이 패배에 직면해서 상황을 새롭게 분석하고, 목표를 향해 또 다른 행동을 하는 다양한 갈등 장면을 집어넣자. 긴 중간 부분을 계속 긴장감이 고조되는 전투의 연속으로 생각해야 한다. 물론 때로 주인공이 다른 인물들과 연합하기 위해 행동을 잠시 멈출 수도 있지만 대개는 자신의 궁극적인 목표를 향해 싸워나가야 한다.

전진했다가 후퇴하고, 막고 찌르기를 계속하자. 이 점이 소설의 핵심이다. 설득력 있는 필연성을 만드는 데에는 몇 가지 방법이 있다.

- **삶과 죽음**: 적대자에게 주인공을 죽여야 할 이유가 있다면 좋다. 살아남는 것은 모든 사람의 행복에 필수이기 때문이다.
- **직업적 의무**: 독자들은 변호사가 사건에서 마음대로 손을 뗄 수 없다는 사실을 안다. 경찰도 마찬가지다.
- **도덕적 의무**: 아이가 납치당했다면 어머니는 그 사건에서 멀어질 수 없다. 그녀는 아이를 되찾기 위해 무슨 일이라도 할 것이다.
- **집착**: 『로즈 매더』에서 사이코 남편은 아내를 끝까지 추적한다. 아내를 죽이려는 집착이다.
- **물리적 공간**: 스티븐 킹의 『샤이닝The Shining』에서는 남편과 아내, 아이가 겨울이면 눈에 갇히는 산속의 호텔에서 일한다. 그들은 그곳에서 도망갈 수 없다. 「카사블랑카」에서도 마찬가지다. 여행 허가증이 없으면 아무도 카사블랑카를 떠날 수 없다.

주인공과 적대자를 능숙하게 붙여놓은 작품으로는 닐 사이먼의 『별난 커플』을 꼽을 수 있다. 오스카 매디슨은 행복한 게으름뱅이다. 그와 친구들은 독신자 아파트에서 마음껏 지저분하게 산다. 그들은 담배를 피우고, 카드놀이를 하고, 집을 온통 지저분하게 만든다. 반면 오스카의 친구 펠릭스 웅거는 결벽증 환자다. 그가 오스카의 아파트로 이사 오자 긴장감이 감돈다. 두 사람은 같이 잘 지내지 못하고 이 점이 갈등의 진원이다. 여기서 문제는 어째서 오스카가 자신의 아파트에서 펠릭스를 쫓아내지 못하는가에 있다. 펠릭스가 마음에 안 든다면 왜 나가라고 하지 않을까?

이 소설의 작가는 필연성이 중요하다는 것을 알고 처음부터 적절한 상황을 설정해놓았다. 펠릭스는 아내가 그를 버렸기 때문에 자살할 위험이 있다. 그래서 오스카와 친구들은 펠릭스가 혼자 있는 것이 걱정된다. 그래서 펠릭스의 친구 오스카는 도덕적 의무감으로 그를 지켜본다. 물론 이 희곡의 유머는 결국 오스카가 펠릭스를 죽이고 싶어 하는 지경까지 가는 데 있다.

순수소설에서는 관계를 엮는 요소가 저절로 만들어진다. 주인공이 내면의 변화를 겪거나 심리적 상실감을 맛본다. 또는 주인공의 성장을 가로막는 어떤 영향(적대자)에서 벗어나야 한다. 『화이트 올랜더』에서 주인공 애스트리드는 독선적인 어머니에게서 벗어나 자신의 정체성을 찾으려고 내내 분투한다.

또 다른 예를 보자.

- 「죠스」에서 브로디는 마을 주민들을 지켜야 한다는 직업적 의무가 있다.
- 『호밀밭의 파수꾼』에서 홀든은 자신이 사는 세상 속에서 내적으로 죽어가므로 살아갈 이유를 찾아야 한다.
- 『사이코Intensity』에서 차이나 셰퍼드는 살인자의 캠핑카(물리적 공간) 뒤에 갇힌 채 소설 속에서 대부분의 시간을 보낸다. 나중

에 그녀는 감금당한 소녀를 구하려고 애쓴다(도덕적 의무).

- 영화 「도망자The Fugitive」에서 필연성은 법률이다. 리처드 킴블은 아내를 죽이지 않았다. 그럼에도 도망을 다니는 건 자신을 위해 서만이 아니다. 그에게는 아내를 살해한 범인을 찾아야 할 도덕적 의무가 있다. 반대로 샘 제러드는 경찰관으로서 도망자를 잡아야 할 도덕적 의무가 있다. 두 사람 모두 이 상황을 벗어날 수 없다.

갈등을 일으키는 행동과 반응

행동과 반응, 그리고 다시 행동으로 이어지는 과정이야말로 소설의 기본 리듬이다.

한번 생각해보자. 주인공이 무언가를 하지 않는다면 플롯은 구성될 수 없다. 플롯은 인물이 자신의 욕망을 이루기 위해 자신의 앞에 놓인 문제를 풀려고 행동하는 데서 생긴다. 행동이 있으려면 인물이 목표를 정하고 그것을 향해 나아가야 한다. 또한 이행동은 무언가의 방해를 받아야 한다. 안 그러면 이야기가 지루해진다. 따라서 주인공이 극복해야 할 장애물이나 긴박하게 해결해야 할 문제를 집어넣어야 한다.

주인공이 행동하게 만들려면 어떤 이유로든 다른 인물이 주인공을 방해해야 한다. 여기서 갈등이 생길 수 있다.

몇 가지 예를 들어보자. 지금 법정스릴러를 쓰고 있다고 가정해보자. 주인공인 신출내기 변호사가 소송을 맡게 되었다. 이 소송에는 법률 사무소의 가장 중요한 고객과 증권거래 위원회가 연루되어 있다. 신출내기 변호사의 첫 번째 업무는 정보를 모으기 위해 고객의 수석 회계사와 마주 앉는 것이다. 이 장면에서 정보를 얻기 위한 질의응답만 오간다면 생기가 없을 것이다. 당연히 재미도 없다. 같은 이해관계를 가진 인물과 일하게 된다면 이런 일이 일어나기 쉽다. 그렇다면 이 장면에 활기를 더하려면 어떻게 해야 할까? 갈등이나 긴장을 더할 방법을 찾아야 한다.

이때 한 가지 방법은 주위 환경을 통해서 갈등을 만드는 것이다. 사무실의 다른 일들로 계속 방해를 받게 만들면 어떨까. 중요한 정보를 얻기도 전에 회계사가 다른 일로 불려가면서 면담은 끝나고 말 것이다.

그러나 이보다는 인물 간의 갈등이야말로 흥미를 더해주는 확실한 방법이다. 이러면 어떨까? 수석 회계사는 변호사를 신뢰하지만 한편으로는 두렵다. 그래서 질문에 답하기보다는 자신이 어떻게 될 것인지에 대해서만 계속 묻는다. 변호사는 그의 마음을 가라앉히려고 애를 쓴다. 결국 변호사는 필요한 정보를 얻지 못한다. 이 장면에서 자신의 목표를 이루지 못해 좌절함으로써 갈등이 생겨난다. 아니면 변호사가 회계사의 집으로 찾아가게 할 수도 있다. 그가 질문을 시작하자 회계사가 권총을 꺼내 겨눈다. 이거야말로 갈등 상황이 아닌가? 그런데 도대체 왜 그가 권총을 겨누는가? 그 이유를 생각해내야 한다. 그것이 작가의 일이다. 작가는 인물의 행동을 만들어내고 그럴듯한 이유를 부여해야 한다.

이 장면의 말미에서 주인공은 온갖 장애를 극복하고 목표를 달성할 수도 있다. 그러나 중간 부분의 주요 목표는 독자들을 안 달 나게 하는 것임을 잊지 말아야 한다. 인물이 목표를 달성하지 못하게 하는 편이 훨씬 좋은 전략이다. 사실 상황이 악화될수록 독자들은 좋아한다. 자, 이제 우리의 신출내기 변호사가 자신을 겨눈 총을 내려다보고 있다. 회계사는 그에게 또 한 번 나타나면 총을 쏘겠다며 꺼지라고 말한다. 이 장면은 주인공의 정신을 번 쩍 들게 한다. 이제 그는 뭘 해야 할까? 반응을 보여야 한다. 사람들은 이런 식으로 행동한다. 기분 나쁜 상황이 덮치면 거기에 반응을 보인다.

우리는 감정적으로 반응한다. 감정적인 반응은 각자의 심리적인 기질에 따라 다르게 나타난다. 소설 속의 인물도 마찬가지다. 신출내기 변호사는 화를 낼 수도 있고, 당황할 수도, 무서워할 수도, 또 달리 반응할 수도 있다. 그러면 어떤 일이 일어날까? 주인공은 포기하고 집에 가버릴 수도 있다. 아니면 회사를 그만두고 다른 일을 찾을 수도 있다. 하지만 이렇게 되면 이야기는 더 이상 진척이 안 된다. 이 행동이 메인플롯과 관련 있다면 주인공은 여기서 포기할 수 없다. 그러므로 주인공은 좀 더 생각을 한 후에 또 다른 행동을 해야 한다. 생각할 시간은 몇 초면 충분할 수도 있고 더 오랜 시간이 필요할 수도 있다. 그러나 어떤 시점에서는 또 다른 행동을 결정해야 하고, 이런 식으로 계속 반복해야 한다.

행동, 반응, 또 다른 행동. 이야기는 이런 식으로 전개된다. 이 책의 7장에서 장면을 쓰는 방법을 다룬다. 어떻게 장면을 써야 하는지에 관해서 참조하자.

> ### 수동적인 주인공
>
> 거의 행동을 하지 않는 인물이 주인공이라면 어떨까? 경험이 많고 노련하지 않다면 그런 시도를 절대 하지 않는 게 좋다. 앤 타일러는 『바너비 스토리Patchwork Planet』에서 이런 시도를 성공적으로 해냈다. 서른 살의 주인공 바너비는 여러 가지 일이 자신이나 주변에서 벌어지는 동안 그저 둥둥 떠다니는 것처럼 보인다. 여기서 작가는 통찰력을 발휘해 인물과 세부 사항을 그려냈다.

독자가 2막에서 멈추지 않게 하려면

2막에는 다루기 힘들기로 작가들에게 악명이 높은 문제가 있다. 바로 소설의 긴 중간 부분에서 어떻게 독자들의 관심을 놓치지 않을 수 있을지에 대한 문제다.

답은 행동, 반응, 또 다른 행동이다. 따라서 어떤 종류의 행동을 쓸 것인가에 집중하자. 긴장감 길게 끌기와 위험 증폭시키기, 이 두 가지 원리를 늘 염두에 두면 많은 도움이 될 것이다. 이 두 가지 원리를 배우고 나면 플롯을 만들 때 골칫거리를 많이 줄일 수 있다. 그리고 독자들이 궁금해서 책장을 빨리 넘기게 만들 수 있다.

긴장감 길게 끌기

고등학교 때 어느 폭풍우 치는 날 강당에서 영화 「사이코Psycho」

를 본 일이 있다. 강당은 학생들로 꽉 차 있었다. 분위기는 적당히 무르익었다. 우리는 샤워 장면부터 떠나가라 비명을 지르기 시작했다.

이 영화를 처음 본 게 TV를 통해서가 아니라 다행이다. 이 영화는 무삭제판으로 봐야 한다(샤워 장면 이후의 재닛 리의 연기는 말할 나위 없이 훌륭하다). 중간 광고가 없어 서스펜스의 완벽한 효과를 즐길 수 있었다. 실종된 마리온을 찾기 위해 언니 릴라가 그 집을 향해 걸어가기 시작했을 때 우리는 깜짝 놀랐다. 그러고는 일제히 소리를 질렀다. "들어가면 안 돼! 그만! 안 돼!" 나는 온몸에 소름이 쫙 돋았다. 물론 릴라는 우리의 말을 듣지 않았다. 릴라가 집에 들어가고 지하실로 내려가서 베이츠 부인을 볼 때까지 엄청 긴 시간이 흐른 것 같았다. 이 시퀀스 내내 비명이 그치지 않았다. 무슨 일이 일어날지 예상하며 기다리는 건 끔찍했다. 절정에서의 놀라운 반전은 내 몸의 생체 리듬까지 변화시켰다. 나는 일주일 내내 제대로 잠을 잘 수 없었다.

이 영화를 보면 앨프리드 히치콕이 어째서 서스펜스의 대가라고 불리는지 알 수 있다. 히치콕은 어떤 감독보다 긴장감을 잘 유지한다. 그는 전율의 순간을 한순간으로 끝내지 않는다. 그는 그 장면을 최대한 길게 늘린다.

작가도 이렇게 해야 한다. 긴장감을 오래 끄는 것이야말로 독자가 책장을 빨리 넘기고, 잠도 안 자며 소설을 읽고, 책을 사게 만드는 비법이다.

물론 긴장감을 길게 끌려면 그 전에 일단 긴장감을 만들 재료가 있어야 한다. 진흙이 없으면 도자기 그릇을 만들 수 없다. 작가에게 문제는 재료다. 우리는 끊임없이 질문해야 한다. 어떤 문제가 주인공에게 심각한 상처를 줄 수 있을까?

주인공이 잠옷을 찾을 수 없다면 잠옷을 찾는 과정에 여러 가지 장애물(롤러스케이트, 전화, 우편배달부가 벨을 두 번 울리는 등)을 만들어 몇 쪽을 쓸 수 있다. 그러나 잠옷을 찾는 문제로는 독자들의 흥미를 절대 끌 수 없다. 던져놓은 미끼가 대수롭지 않기 때문이다(물론 주인공이 마피아의 돈을 잠옷에 숨겨놓았고 5분 이내에 찾아내야만 한다면 그건 이야기가 다르다).

그러므로 규칙은 단순하다. 긴장할 거리가 있는 장면을 만들자. 일단 장면 속에 주인공을 긴장시킬 문제를 만들었다면 이제는 그 긴장감을 오래 끌 방법을 찾아야 한다.

두 가지 측면에서 긴장감을 끌 수 있다. 육체적으로 또는 감정적으로. 각각의 긴장은 평범한 이야기를 흥미진진한 이야기로 바꿀 수 있는 기회가 된다.

¶ 육체적 긴장감 오래 끌기

육체적 위험이나 불안은 긴장감을 오래 끌기에 좋은 재료다. 방법도 간단하다. 천천히 생각하자. 슬로모션으로 영화를 보듯 상상 속에서 장면을 하나하나 검토하자. 그러고 나서 그 장면에 행동, 생각, 대화, 묘사를 번갈아 넣어본다. 각각의 부분에 시간을 들인다. 충분히 고심한다.

한 남자가 어떤 여자를 폭행하려고 스토킹하는 장면을 생각해보자. 이런 식으로 시작할 수 있다.

[행동] 메리가 한 발짝 물러난다.

[대화] "무서워하지 말아요." 남자가 말했다.

[생각] 도대체 어떻게 들어온 거지? 문은 다 잠겨 있는데.

[행동] 그는 서서 약간 비틀대고 있었고 [묘사] 숨결에서 술 냄새가났다.

[대화] "나가요." 그녀가 말했다.

[행동] 그는 웃었고 그녀를 향해 미끄러지듯 다가왔다.

더 길게 끌고 싶은가? 그렇게 해보자. 행동, 생각, 대화, 묘사가 긴장감을 더 늘릴 수 있다.

[행동] 메리는 뒤로 한 걸음 물러나다가 작은 탁자에 부딪혔다.

[묘사] 화병이 떨어져서 산산조각이 났다.

[대화] "무서워하지 말아요." 남자가 말했다. "당신을 해치고 싶지않아요, 메리. 당신 친구가 되고 싶어요."

[생각] 도대체 어떻게 들어온 거지? 문은 다 잠겨 있는데. 그때 그녀는 조니를 위해서 차고 문을 열어놓은 게 기억이 났다. 바보. 바보. 이런 꼴을 당해도 싸. 언제나 멍청한 짓을 한다니까.

주인공이 혼자 있는 장면을 늘려 긴장감을 더 길게 끌 수 있다. 다시 한번 말하지만 중요한 건 긴장감을 만드는 재료다.

딘 R. 쿤츠가 쓴『천국의 옆집One Door Away from Heaven』의 앞부분에서, 아홉 살 릴라니는 자신이 사는 트레일러로 돌아왔다가 마약에 취한 엄마를 발견한다. 작가는 이 장면에 긴장감 있는 묘사를 덧붙였다. "침묵으로 꽉 찬 집에 사람의 기운을 뺄 것만 같은 기분이 차올랐다. 마치 제방에 금이 가서 무시무시한 홍수에 모든 게 휩쓸려 갈 것 같은 느낌이었다."

여기서 시작해서 일곱 쪽 동안 릴라니는 조금씩 앞으로 나아간다. 이 장면의 마지막에서 비밀이 폭로되기 전까지 긴장감은 서서히 고조된다. 많은 작가가 한 문단으로 쓰고 끝내기 쉬운 장면인데『천국의 옆집』에서는 이 장면이 어마어마한 긴장감을 낳을 때까지 계속 늘어난다.

장면들을 엮어서 전체 소설의 분위기나 느낌에 어울리게 만드는 능력을 쌓아야 한다. 육체적 행동이 따르는 긴장된 장면을 쓰기 전에 다음 질문을 해보자.

- 주인공에게 일어날 수 있는 가장 끔찍한 외적인 사건은 무엇일까? 주인공이 제어할 수 없는 다른 인물이나, 물건, 상황일 가능성이 크다.
- 이 장면에서 주인공이 부딪힐 수 있는 가장 끔찍한 문제는 무엇일까? 이에 대한 답은 이야기를 진전시킬 수 있는 대안이 될 수 있다.

- 이 장면 이전에 위험을 제대로 장치해두었나? 독자들이 걱정을 하려면 우선 뭐가 문제인지 정확히 알아야 한다는 것을 잊지 말자.

¶ 감정적 긴장감 오래 끌기

긴장감을 끌기 위해서 꼭 주인공을 육체적으로 위험에 빠뜨려야 하는 건 아니다. 감정적 문제로 처리할 수도 있다.

주인공이 감정적인 동요를 겪을 때 쉽게 끝내지 말아야 한다. 우리는 의심과 불안에 가득 찬 존재다. 긴장감을 좀 더 몰고 가서 독자들에게 보여주자.

재클린 미처드의 『사랑이 지나간 자리The Deep End of the Ocean』를 보자. 1장에서 베스의 둘째 아들 벤이 혼잡한 호텔에서 사라진다. 다음 40쪽부터는 며칠이 아니라 몇 시간의 일이 나온다. 베스가 충격, 공포, 슬픔, 자책이라는 다양한 감정의 혼란을 겪는 장면이 계속 이어진다. 예를 들어 캔디 블리스 형사가 베스에게 잠시 누우라고 말하는 장면을 보자.

베스는 누워야 할 거라고 생각했다. 목구멍으로 뭔가 치밀어 오르고 위가 뒤틀렸다. 하지만 누우면 그건 벤을 배신하는 거라고 자신의 손을 잡고 있는 캔디 블리스에게 설명하고 싶었다. 블리스 형사는 벤이 누워 있을 거라고 생각할까? 베스가 무언가 먹을 때 벤도 먹을까? 벤이 할 수 없거나 하지 못하는 일은 베스도 하면 안 되었다. 아이가 울고 있을까? 위험하고 공기도 안 통하는 곳에 꼼짝 못 하고 갇혀 있을까? 그녀가 누워서 쉬면 벤은 그녀가 편하게 있는 걸 느끼지 않을까? 벤을 찾아다니는 걸 그만두었다고 생각하지 않을까? 온 정신을 다해서 그녀의 모든 것을 벤에게 구명대처럼 내미는 걸 그만두었다고 여기지 않을까? 엄마가 자신을 실망시켰다며 긴장을 풀고는, 슬퍼하면서 나쁜 놈에게 굽히지 않을까?

이 소설의 작가는 육체적 묘사를 통해 독자들에게 말하기보다는 보여준다. "목구멍으로 뭔가 치밀어 오르고 위가 뒤틀렸다."

베스가 자책하며 생각을 하나하나 펼칠 때 독자들은 그녀의 마음속을 직접 들여다보게 된다. 그리고 나서야 장면 속에 행동이 전개된다. 이런 식으로 장면들이 계속 이어진다.

브렛 롯의 소설 「형제들Brothers」에서 장면은 대화로 이루어진다. 화자는 의자를 옮기기 위해 사막을 가로질러 운전하는 동안 동생을 이해하려고 애쓴다. "우리가 흔들의자를 차에 실은 후부터 팀은 계속 딴생각을 하고 있었다." 팀의 생각이 이 소설의 주제다. 이 주제는 이웃의 죽음에 대해 팀이 갖는 감정을 통해서 서술된다.

독자들은 이 에피소드가 화자에게 미치는 영향을 알기 위해 계속 소설을 읽는다. 그가 진정으로 동생에 대해서 알고 있었나? 동생에 대한 어떤 사실이 드러날까? 작가는 이에 대한 대답을 끝까지 미룸으로써 긴장감을 길게 늘린다.

• 주인공의 내면에서 생길 수 있는 가장 끔찍한 일은 무엇일까? 심리적인 위험이라면 어느 것이나 상관없다. 참고로 주인공이

무엇을 두려워하는지 생각하면 쉽다.

- 주인공이 얻을 수 있는 가장 끔찍한 정보는 무엇인가? 과거의 비밀, 아니면 그녀의 세계를 뒤흔들 수 있는 어떤 사실이 이 장면에서 주인공을 계속 따라다녀야 한다.

- 이 장면에 이르기까지 독자가 느낄 감정의 깊이를 충분히 준비해놓았나? 문제보다 먼저 주인공에게 관심을 갖게 해야 한다.

¶ 크고 작은 긴장감 늘리기

긴장감 늘리기는 끔찍한 시간을 연장하는 일이라고 할 수 있다. 큰 긴장감은 하루 동안 벌어진 인질극을 다룬 제프리 디버의 『소녀의 무덤A Maiden's Grave』에서처럼 끔찍한 상황을 통해 만들 수 있다. 이 소설에서 각 장은 "오전 11:02"처럼 시간을 제목으로 달고 있다. 그리고 나서 각 장에서 극적인 비트beat(장면을 이루는 작은 단위를 뜻한다. 7장에서 자세히 다룬다)를 최대한 늘리고 있다.

작은 긴장감 또한 늘릴 수 있다. 작은 긴장감은 대개 원고를 수정할 때 덧붙인다. 원했던 속도보다 지나치게 빨리 지나갔다고 생각되는 부분들이 있다면 비트를 좀 더 넣으면 된다.

내가 쓴 『어떤 진실A Certain Truth』은 1900년대 초 로스앤젤레스의 변호사 킷 섀넌이 주인공이다. 다음은 킷이 절제의 화신인 캐리 네이션과 식사하는 장면이다.

그들의 웃음소리 사이로 경찰서장 호러스 앨런의 모습이 끼어들었다. 서장은 정복을 입은 경찰관과 함께 테이블 옆에 와서 섰다.

킷은 이들이 인사를 하려고 거기 서 있는 게 아니라는 걸 즉시 알 수 있었다.

"캐슬린 섀넌." 서장의 목소리가 천둥소리처럼 울려 퍼졌다.

"서장님, 안녕하세요."

나는 이 부분을 검토하다가 극적인 목적을 위해서 긴장감을 좀 더 늘려야겠다고 생각했다. 그래서 긴장감의 요소를 덧붙여 다시 썼다.

그들의 웃음소리 사이로 경찰서장 호러스 앨런의 모습이 끼어들었다. 서장은 정복을 입은 경찰관과 함께 테이블 옆에 와서 섰다. 킷은 이들이 인사를 하려고 거기 서 있는 게 아니라는 걸 즉시 알 수 있었다.

"캐슬린 섀넌." 서장의 목소리가 천둥소리처럼 울려 퍼지자 식당에 있는 모든 사람이 대화를 멈추었다.

킷은 식당에 내려앉은 침묵을 느꼈다. 이 순간 점잖은 사람들이 그녀에게 사회적 불명예의 덫을 씌우는 것을 느낄 수 있었다. 기분 좋은 저녁이 아주 무례하게 방해를 받았다. 이런 일을 당하려고 임페리얼 식당에 온 게 아닌데. "서장님, 안녕하세요."

긴장감을 적당히 소설에 집어넣고 싶다면 초고를 쓸 때 긴장감을 될수록 많이 늘려 쓴 뒤 나중에 다시 검토하는 게 좋다.

긴장감을 집어넣는 작업을 할 때는 망설임 없이 시도를 해보

자. 너무 지나치게 늘린 게 아닌지, 또는 독자들을 지치게 하지는 않을지 지레 걱정할 필요는 없다. 언제든지 수정이라는 멋진 작업을 할 기회가 있으니까. 육체적 긴장감, 감정적 긴장감을 여러 장면에 지나치게 많이 집어넣었다면 수정할 때 가차 없이 빼면 된다. 수정할 때 긴장감을 좀 더 고조하는 것보다는 이렇게 하는 편이 훨씬 쉽다.

물론 모든 장면이 길고 긴장감으로 가득할 필요는 없다. 한 소설에서 이런 장면은 몇 개면 충분하고, 이를 도드라지게 하면 된다. 다만 모든 장면이 그저 편안한 것보다는 약간의 긴장감을 담고 있는 게 낫다. 문제가 생길 수 있는 모든 틈새를 살펴보고 어떤 문제가 있는지 깊이 캐보자. 그러다 보면 황금 광맥을 발견할 수도 있다. 독자들은 작가가 이런 노력을 할 때 즐거워한다.

이해관계 만들기

워너브라더스에서 만든 고전 만화영화 「스칼릿 펌퍼니클The Scarlet Pumpernickel」에서 대피 덕은 화면에 등장하지 않는 잭 워너에게 자신의 새 영화 시나리오를 진지하게 읽어준다. 대피 덕이 시나리오를 읽으면 대피 덕, 포키 피그, 실베스터, 엘머 퍼드가 그대로 따라 연기한다. 그러나 대피 덕의 영화에는 결말이 없다는 것이 곧 분명해진다. 워너가 "다음엔 무슨 일이 일어나죠?"라고 물으면 대피 덕은 다음 이야기를 들려주고, 또다시 워너가 같은 질문을 반복한다. 대피는 무슨 말을 해야 할지 몰라서 화제를 슬쩍 돌린다. "음식 값이 하늘을 찌르네요." 그러곤 작은 만두가 접시

위에 있는 장면이 나온다.

가엾은 대피 덕. 열의만 가득해서 낡은 플롯을 그저 덧붙이는 식으로는 흥미로운 이야기를 만들 수 없다는 걸 잊는다. 중요하고 의미 있는 무언가가 있어야 한다. 대피 덕은 이렇게 질문했어야 한다. "누가 관심을 가질까?" 이것이야말로 모든 작가가 되풀이해야 하는 질문이다. 독자가 관심을 가질 만한 요소가 있을까? 주인공이 소설 속 주요 문제를 해결할 수 없다면 무엇을 잃게 될까? 어느 정도 잃어야 독자의 관심을 얻을까?

독자가 관심을 가질 만한 인물이 있고, 그가 해결해야 할 문제가 마련되었다면, 이제 그 문제로 인물이 잃게 될 것을 훨씬 크게 만들어야 한다. 그러면 독자가 소설을 계속 읽게 만들 수 있는 기본을 갖춘 셈이다.

이 시점에서 우리가 고려할 '이해관계'는 세 가지로 나눌 수 있다. 플롯의 이해관계, 인물의 이해관계, 그리고 사회적 이해관계가 그것이다.

¶ 플롯의 이해관계

'플롯이 이끄는 소설'인 대중소설에는 제법 깊은 이해관계가 필요하다. 인물을 외부적으로 위협할 수 있는 무언가가 필요하다. 대개의 경우 주인공에게 육체적, 감정적, 직업적으로 해를 끼치는 사람이 이 위협에 속한다.

서부영화 「셰인Shane」에서 1889년에 와이오밍 개척지를 불하받은 농민들은 대농장주 루크 플레처에게 눈엣가시다. 플레처는 자신의 소들이 풀을 뜯어야 하는 고원에서 농민들이 사라지기를 바란다. 그러나 조 스타렛이 이끄는 개척민들은 그곳에서 계속 살고 싶어 한다.

이 영화에는 처음부터 큰 이해관계가 걸려 있다. 농장주에게는 오랫동안 피와 땀으로 일궈놓은 삶의 양식이 걸려 있다. 반대쪽에게는 새로운 삶의 방식, 즉 땅을 소유하고 그 땅을 일궈서 가족들과 살 기회가 걸려 있다. 양쪽 다 자신들의 가치를 지키기 위해서 싸워야 한다. 싸움에서 지면 어떤 쪽이든 많은 이가 충격을 받을 것이다. 스타렛이 셰인이라는 수수께끼 같은 사나이를 고용하면서 두 무리 사이에는 사소한 시비가 여러 차례 벌어진다. 긴장감이 서서히 고조되다가 마침내 셰인과 플레처의 고용인 사이에 싸움이 벌어진다. 스타렛이 끼어들어 도와주고, 싸움은 승리로 끝난다.

이 영화의 화자이자 스타렛의 아들 밥은 이 싸움으로 플레처가 끝장났다고 생각한다. 그러나 스타렛은 아들에게 이렇게 설명한다.

플레처는 지금 물러서기에는 너무 멀리 왔단다. 그자에게 기회는 지금이거나 아니면 영원히 없거나 둘 중 하나야. 지금 우리를 내쫓는다면 그자는 꽤 오래 버틸 거다. 하지만 그 반대라면, 그자가 이 골짜기를 영원히 떠나는 건 시간문제야.

셰인은 덧붙인다. "플레처는 허풍을 떨고, 거칠게 굴면서, 이 싸움을 완승이냐 완패냐로 몰고 가고 있단다." 아니나 다를까 얼마 지나지 않아 윌슨이라는 총잡이가 45구경 권총 두 자루를 허리에 매단 권총집에 꽂은 채" 마을에 나타난다.

이제 이들의 이해관계는 최고로 깊어진다. 이 갈등은 누군가가 죽어야만 끝날 상황이다. 주인공보다 훨씬 강한 적대자가 대립을 이루면 이들의 이해관계는 훨씬 깊어지기 마련이다.

소설가이자 변호사인 제임스 그리판도가 쓴 『사면The Pardon』의 도입부를 보면 변호사 잭 스위텍이 살인 용의자에게 협박을 당하는 부분이 나온다. 그가 잭의 옛 고객 한 명을 죽이고 잭을 유력한 용의자로 몰아가면서 이들의 이해관계는 더욱 깊어진다. 이제 잭은 한 사람만 상대하면 되는 게 아니다. 경찰과 검찰 역시 그를 뒤쫓고 있으니까.

죽음이라는 위협에는 당연히 가장 깊은 이해관계가 얽힌다. 그러나 죽음에는 직업적 죽음도 있다. (이길 가망이 없는) 마지막 사건만 남긴 변호사, 마지막으로 회생할 기회가 주어진 불명예 경찰이야말로 승리하지 못하면 자신의 세계를 영원히 떠나야 하는 사람들이다.

플롯을 짜는 도중이든, 개요를 다 정한 뒤든, 이제 막 개요를 떠올린 상황이든 다음과 같은 사항들을 생각해보자.

- 주인공이 육체적 위협을 당하고 있나? 이해관계를 얼마나 심화시키면 좋을까?
- 주인공에게 새로운 적대 세력이 어떤 식으로 생길 수 있을까?

상황을 악화시킬 수 있는 다른 인물을 어떻게 등장시키면 좋을까? 이 외부 세력이 어떤 식으로 작전을 벌일까? 그들은 어떤 전략을 구사할까?

• 직업적 의무가 여기서 이해관계가 될 수 있을까? 주인공의 업무에서 생길 수 있는 최악의 일은 무엇일까?

¶ 인물의 이해관계

인물의 내면에서 일어나는 일은 외부에서 일어나는 일만큼 중요하다. 순수소설에서 긴장감은 대개 내면에서 생긴다. 그러나 내면의 문제도 역시 문제다. 독자가 관심을 가질 만큼 큰 문제로는 어떤 것이 있을까?

『호밀밭의 파수꾼』에서 주인공 홀든 콜필드의 위험은 육체적인 것이 아니라 심리적인 것이다. 그는 "위선자"로 가득하다고 생각하는 이 세상에서 살아갈 이유를 찾아야 한다. 그는 어느 날 밤 자신이 다니던 사립고등학교를 떠나서 뉴욕 시내에서 헤매는데, 이는 분명 의미를 찾기 위한 여행이다. 심리적인 위험은 이야기가 전개되면서 점점 더 커진다. 우리는 그의 내면 여행이 얼마나 위험해질 수 있는지 점점 더 격해지는 언어를 통해서 느낄 수 있다. "신에게 맹세하는데 나는 맹세코 미친 사람이다." 소설이 끝날 무렵에는 진짜 미친 사람이 되어 있을지도 모른다.

주인공의 내면은 대중소설을 쓰는 작가에게 소설의 깊이를 더할 수 있는 재료다. 즉 주인공 내면의 이해관계를 심화할 수 있다. 이는 대개 선택의 문제로 등장한다. 즉 선택의 딜레마 속에서 인물의 이해관계를 복잡하게 만들 수 있다.

『사면』은 주요 서브플롯에서 인물들의 이해관계를 심화한다. 잭과 사이가 나쁜 아버지는 주지사다. 잭이 일급 살인죄로 기소될 상황이 되자 아버지는 법과 질서를 수호해야 하는 주지사로서 정치 생명을 걸고 아들을 사면할지 말지를 결정해야 한다. 이는 아주 깊은 개인적 고뇌다.

데버라 레이니의 『남쪽 하늘 아래Beneath a Southern Sky』에서 주인공 다리아는 행복하게 재혼해 아기를 갖는다. 그러다 어느 날 죽은 줄 알았던 전남편이 콜롬비아의 정글에 살아 있다는 소식을 듣는다. 이제 그녀는 두 남자와 결혼한 상황에 놓인다. 두 남자는 각각 두 딸의 아버지다. 그녀의 임신은 관련된 모든 사람의 감정적인 이해관계를 심화한다.

다음 질문들을 해보자.

- 주인공을 감정적으로 더욱 괴롭히는 상황은 어떤 것일까?
- 주인공과 가까운 사람 중에 이 문제에 얽힐 수 있는 이가 있을까?
- 과거의 어두운 비밀이 드러날 수 있을까?

¶ 사회적 이해관계

중대한 사회 문제가 주인공의 괴로움을 훨씬 복잡하게 함으로써 이해관계로 작용할 수 있다. 독자들은 주인공을 둘러싼 끔찍한 상황 때문에 그의 문제가 악화되지 않을지 궁금해한다.

『바람과 함께 사라지다』에서 애슐리와 결혼하고 싶은 욕망을 가진 스칼릿을 생각해보자. 이 소설의 시작 부분은 트웰브 오크스 저택의 바비큐 파티에서 애슐리와 단 둘이 만나 사랑을 고백하고 서약을 받아내려는 스칼릿의 계획이 중심을 이룬다. 스칼릿의 긴박한 문제는 애슐리가 멜라니와 약혼한다는 소식을 막 알게 된 것이다. 스칼릿은 애슐리가 볼품없는 여자와 결혼한다는 사실을 믿을 수가 없기에 그 사이에 끼어들려고 마음먹는다. 그녀의 계획은 실패한다. 애슐리가 멜라니를 떠나길 거부할 뿐 아니라 레트 버틀러가 그녀의 비밀을 엿들었기 때문이다.

이제 무엇을 해야 할까? 스칼릿이 자신의 실연에 대해서 곰곰이 생각하고 있을 때 놀라운 소식이 들려온다. 전쟁이 터진 것이다. 애슐리와 청년들은 모두 전장으로 떠난다(전쟁이 터지면 언제나 이해관계는 더욱 복잡해진다). 이제 스칼릿은 여성으로서 집에서 전쟁에 대비해야 한다.

다음 질문은 인물들을 둘러싼 사회적 이해관계를 만드는 데 도움이 된다.

- 주인공 주변 세상의 사회적 분위기는 어떨까?
- 인물들이 처리해야 할 중대한 문제가 있을까? 없다면 만들어낼 수 있을까?
- 양쪽에 어떤 인물들을 엮을 수 있을까?

다음 단계의 이해관계로 넘어갈 수 있도록 주인공에게 더 힘든 시련이 닥치게 할 수 있을지 고민하자. 진짜 시련이 되어야 한다. 이 장에 제시한 질문을 응용해서 불쌍한 주인공에게 일어날 수 있는 이해관계 목록을 만들어보자. 상상력을 마음껏 펼치자. 그다음 목록을 보면서 이해관계의 크기에 따라서 사소한 것부터 최악인 것까지 차례로 분류한다. 이야기가 전개되면서 이해관계가 깊어지는 게 좋을 것이다.

이제 소설 속 장면들과 전환점에 쓸 수 있는 '이해관계의 개요'가 준비되었다. 모든 이해관계를 넣을 필요는 없고, 제일 복잡한 것을 넣을 필요도 없다. 이 개요가 있으면 언제든 꺼낼 수 있는 저장고를 마련한 셈이다.

소설의 중간 부분에 활력을 넣는 방법

훌륭한 작가에게도 2막까지 잘 쓰다가 갑자기 모든 것이 늘어지기 시작하는 일은 벌어진다. 플롯을 빨리 전개하면 좋겠는데, 소파에 앉아서 무의미한 일화들을 늘어놓아 하품 나게 하는 게으른 삼촌이 된 느낌이 든다.

플롯에 새로운 생명을 불어넣을 방법이 있을까? 물론 여러 가지 방법이 있다. 몇 가지 방법을 살펴보자.

1. 이해관계를 분석한다

이 장에서 다룬 요령들을 살펴보고 주인공이 목표를 달성하지 못했을 때 잃을 것들이 무엇인지 생각한다.

2. 필연성을 강화한다

주인공과 적대자를 이어주는 요소는 무엇일까? 필연성이 강하지 못하면 독자들은 플롯이 왜 계속되어야 하는지 의아해한다. 이 장에서 다룬 필연성을 만드는 요소들을 살펴보고 플롯에 잘 맞을 만한 것을 찾는다.

3. 상황을 복잡하게 할 또 다른 문제를 만든다

로버트 크레이스의 스릴러소설 『호스티지Hostage』에서 일에 지친 인질 협상가 제프 탤리는 평온한 교외 지역에서 일어난 인질극에 직면한다. 이 자체로도 나쁘지 않은 상황이지만, 작가는 이 상황을 한층 더 복잡하게 만든다. 집 안에 있는 인질은 설상가상으로 인질범의 죄를 입증할 회계 자료를 갖고 있다. 인질이 인질범의 회계사이기 때문이다. 인질범은 경찰이 오기 전에 자료를 확보해야 한다. 탤리는 인질범이 자신의 전부인과 딸 역시 인질로 잡혀 있기에 더욱 압박감을 느낀다. 이렇듯 더욱 복잡해진 상황 덕에 소설은 긴장감으로 충만하게 된다.

4. 또 다른 인물을 등장시킨다

그냥 아무 인물이 아니고 주인공의 삶을 훨씬 어렵게 할 인물이어야 한다. 주인공이 숨기고 싶어 하는 비밀을 알고 있는 인물이 갑자기 등장해도 괜찮다. 아니면 겉으로는 주인공을 돕는 척하지만 이런저런 이유로 전혀 도움이 안 되는 인물도 괜찮다. 애정 문제가 덧붙여지면 플롯은 더욱 복잡해진다.

5. 서브플롯을 덧붙인다

다만 아껴 써야 한다. 서브플롯은 메인플롯과 유기적으로 엮어야 한다(8장을 참조하자). 공간만 차지하는 서브플롯은 전혀 도움이 안 된다.

앞서 이야기했듯 낭만적인 서브플롯은 언제나 새로운 가능성을 열어준다. 주인공의 가족 문제도 생각해보자. 아니면 미지의 문제, 즉 주인공을 괴롭히면서 따라다니는 문제도 괜찮다(그림자 같은 서브플롯).

6. 벽에 부딪혀도 밀고 나간다

때때로 2막에서 독자의 관심을 놓치는 문제는 단순히 작가의 피로감이 원인이기도 하다. 일순간 자신감을 잃는 것이다. 어쩌면 '내가 쓴 소설은 완전히 쓰레기가 아닐까' 하는 두려움이 들기도 할 것이다. 이런 게 벽이다. 대부분의 작가는 초고를 쓸 때 어떤 시점에서 벽에 부딪히게 마련이다.

나의 경우에는 소설의 중간쯤 쓰고 나면 이런 일이 발생한다. 갑자기 소설의 문제점만 눈에 보인다. 아이디어도 나쁘고 이제는 어찌할 도리도 없다. 글은 형편없고, 인물들은 재미없고, 플롯은 도대체 찾아볼 수 없다. 이래서는 계속 써나갈 수 없다. 작가로서 내 경력은 끝장이다. 선인세를 이미 반이나 써버리고 난 상황이라 불안감은 더 크다. 자, 이런 상황에 대처하기 위해서 내가 생각해낸 처방전이 있다.

- 하루 동안 글을 쓰지 말고 쉰다.
- 평화롭고 조용한 장소(공원, 호숫가, 텅 빈 주차장 등 혼자 있을 수 있는 곳이면 아무 데나)에서 시간을 보낸다.
- 아무것도 하지 않고 30분쯤 시간을 보낸다. 책도 읽지 않고 음악도 듣지 않는다. 심호흡을 한다. 그리고 주변에서 들리는 소리에 귀를 기울인다.
- 순전히 즐거움을 위한 일을 한다. 영화를 보든가 몇 시간 동안 쇼핑을 한다. 아이스크림을 먹는다.
- 저녁에 따뜻한 우유 한 잔을 마시고 좋아하는 작가의 책을 읽으며 잠을 청한다.
- 다음 날 아침 일찍 무엇이든 좋으니 쓰고 있는 소설에 대해 써본다. 원고지 2, 3매 정도 쓴다. 편집도 하지 않고, 생각을 하기 위해 천천히 쓰지도 않는다. 그저 무조건 쓴다. 그러면 다시 흥미를 찾을 수 있다.
- 초고를 완성할 때까지 밀고 나간다.

잊지 말자. 우리가 쓴 초고는 우리가 벽에 부딪혔을 때 걱정하는 것만큼 형편없지 않다.

비만에 걸린 중간 부분 다듬기

이젠 정반대의 문제에 빠졌을 때를 살펴보자. 뭘 집어넣을까 고민하는 대신 너무 많아 빼야 하는 경우다. 분량이 너무 많아져서 그 무게를 못 견디는 상황이다. 이런 문제에 부딪혔다면 그 상황을 즐기는 게 좋다. 다듬고 쳐내면 소설은 거의 언제나 나아진다 (수정하는 법은 11장을 참조하자).

날씬한 2막을 만드는 세 가지 방법을 소개한다.

1. 인물을 합치거나 없앤다

약간씩 서로 겹치는 다른 두 가지 목적을 위해 등장하는 두 인물을 합칠 수 있을까? 우선 주인공 편의 인물들을 보자. 그의 편이 너무 많다면 합치는 것도 괜찮은 방법이다. 소설은 적대자를 강조하는 편이 낫기 때문이다.

아니면 어떤 인물은 아예 없애자. 마음에 들지만 중요하지 않은 인물을 없애야 할 경우가 있다. 호감 가는 인물에게 작가는 점점 더 큰 역할을 주려 한다. 그리고 이 인물들은 초보 연기자처럼 그 역할을 덥석 맡는다. 이럴 때에는 그 역할을 그만두게 해야 한다. 없애기 아쉽다면 이 인물을 주인공으로 하는 다른 소설을 쓰면 된다. 아마도 그게 이 인물에게 더 좋을 것이다.

2. 서브플롯을 메인플롯에 합친다

메인플롯에 아무 도움이 되지 않는 서브플롯이 있을 수 있다. 사건은 흥미롭지만 독자의 관심을 산만하게 한다면 어떻게 할까? 축 늘어지는 서브플롯에서 제일 훌륭한 부분을 가져다가 메인플롯을 더 좋게 만드는 데 쓰자.

3. 지루한 부분을 다듬고 잘라낸다

모든 장면을 꼼꼼히 살펴보자. 갈등이 충분한가? 긴장감 없는 대화가 지나치게 많이 들어가 있지 않은가? 반응을 그리는 장면이 너무 길지 않은가? 히치콕의 격언을 떠올리며 편집자의 시선으로 소설을 살펴보자. 편집자의 관심을 끌 만한지 계속 질문한다. 편집자가 책을 내려놓고 점심을 먹으러 갈 정도로 지루한 장면이 있나? 그렇다면 그 부분은 전부 뺀다.

작가에게 2막은 가장 어려운 부분이다. 그러나 LOCK 체계를 바탕으로 기초를 튼튼히 쌓아놓으면, 그리고 이 장에 나온 여러 원칙을 활용하면 2막을 잘 쓸 수 있을 것이다. 그러면 멋진 플롯을 만들어낼 수 있다.

주인공이 목표를 이루지 못하면 육체적, 직업적, 심리적으로 어떻게 죽음을 맞이할지 생각해보자. 이게 어렵다면 그 목표가 주인공의 행복에 중요한지 다시 생각하자. 그 목표는 독자가 납득할 수 있도록 매우 중요해야 한다.

적대자를 더욱 깊이 있는 인물로 만들자. 다음 질문들에 대해 생각하자. 내가 이 인물을 좋아하는 이유가 무엇일까? 적대자가 그렇게 행동할 수밖에 없는 이유가 충분한가? 적대자가 주인공만큼 강하거나 더 강한가?

갈등이나 긴장으로 가득 찬 장면을 고르자. 긴장감이 최고조에 이른 장면을 따로 떼어내 살펴보자. 이 부분은 몇 문장뿐일 수도 있고 몇 쪽에 이를 수도 있다. 분량이 어느 정도이든 긴장되는 장면을 늘린다. 이 장에서 배운 방법들을 써먹자. 하루 이틀 후에 그 장면을 다시 읽는다. 끝까지 계속 흥미로운가? 이렇게 덧붙인 부분은 언제든 다시 잘라내도 되지만 대개는 뭔가 새로운 방향을 알려줄 것이다.

플롯, 인물, 사회 각 측면에서 이해관계를 살펴보자. 빠진 요소가 있다면 덧붙이자. 최대한 이해관계를 깊게 만들자.

재미없다고 생각하는 소설을 다시 읽어보자. 읽으면서 편집자의 입장에서 소설을 더 낫게 만들 방법을 찾아보자. 이 장에서 배운 방식을 활용하자. 편집자에게 원고를 넘기기 전에 고쳤으면 하는 내용을 써보자.

6장

소설의 결말:
끝이 좋아야
완벽하다

이 소설을 읽게 만드는 건 첫 장이지만
다음 소설을 읽게 만드는 건 마지막 장이다.

_미키 스필레인

결말이 약하면 다른 점에서 훌륭하더라도 완전히 실패할 수 있다. 또한 결말이 인상적이면 다른 점에서는 평범하더라도 다시 살아날 수 있다. 그러므로 결말에 대해 진지하게 고민해야 한다. 소설을 잘 끝내서 독자들의 마음을 얻으면 작가로서 경력을 쌓아갈 수 있다.

스릴러 소설가 데이비드 모렐의 『번트 시에나Burnt Sienna』는 아주 뛰어난 작품이다. 손에서 내려놓을 수 없는 스릴러 요소들을 점수로 매긴다면 이 소설은 합격점을 가뿐히 넘길 것이다. 그러나 내가 보기에 이 소설의 가장 뛰어난 점은 매우 호소력 있는 결말이다. 그 결말을 여기서 밝히진 않겠다. 이 소설을 읽어보면 작법의 대가가 독자들의 독서 체험을 얼마나 깊이 있게 만드는지 알게 될 것이다.

훌륭한 결말은 두 가지를 갖추고 있어야 한다. 우선 소설이 속한 장르와 잘 맞아떨어져야 한다. 그다음으로는 독자들에게 놀라움을 안겨야 한다. 너무나 익숙해서 독자들이 이미 본 적이 있다고 여기는 결말은 안 된다.

결말은 어째서 이다지도 어려울까? 작가는 버라이어티쇼에 출연해 접시를 돌리는 사람들과 처지가 같다. 이들은 예닐곱 장의 접시를 계속 돌린다. 이 행동은 흥미로운 2막에 해당한다. 그러고 나서 접시를 모두 받아내면서 멋지게 마무리한다.

이와 마찬가지로 소설도 결말 부분에 이르면 플롯이 접시 여러 개가 한꺼번에 돌아가는 상태처럼 된다. 이 접시들을 모두 받아내면서 끝을 내야 한다. 멋지게 마무리해야 한다. 그러면서도 상투적이지 않게 끝내야 한다. 독자들이 책을 덮으면서 '이런 결말은 전에도 본 적이 있어'라고 생각하게 하면 안 된다. 그러므로 작가는 항상 어려움에 빠질 수밖에 없다. 매년 새로운 소설, 영화, TV 드라마가 끊임없이 나오는 만큼 결말 역시 그만큼 쏟아지기 때문이다.

한때 신선했던 접근법은 곧 식상해진다. 독자들은 '악당이 죽은 줄 알았는데 사실은 살아 있어서 한 번 더 주인공을 찌른다'는 식의 결말에 이미 익숙하다. 20년 전이라면 신선했을 것이다. 그러나 지금 어떤 영화감독이 이런 결말을 쓴다면 관객들은 하나같이 이렇게 생각할 것이다. '저 악당 아직 안 죽었어. 주인공이 저대로 등을 돌린다면 멍청이야.'

이제 훌륭한 결말을 짓기란 너무도 어려워졌기 때문에 우리는 창의력을 최대한 발휘해야 한다.

결말은 완벽한 승리로 끝나야 한다

가장 흥미진진한 권투경기는 선수가 질 듯하다가 마지막 힘을 짜내어 상대에게 주먹을 날려 KO로 이기는 경기다. 소설에서도 이 방식을 시도해보자. 최후까지 긴장감을 유지하자. 결말에 거의 다 다를 때까지 적대자가 이길 듯 보여야 한다. 모든 상황이 적대자에게 유리하다. 우리의 주인공은 코너에 몰려 있다. 주인공이 내면의 힘을 짜내어 행동으로 옮길 때만 적대자를 한 방에 쓰러뜨릴 충격을 줄 수 있다. 결말에 가까워지면 독자들이 이런 질문을 하게 만들어야 한다. '주인공이 싸울까, 아니면 도망칠까? 적대자가 주인공이 대적하기엔 너무 강한 것이 아닐까?'

주인공은 계속 싸우려면 도덕적·육체적 용기를 짜내야 한다. 아래의 사례를 살펴보자.

- 「죠스」에서 브로디는 마침내 바다로 나가서 다른 사람들의 도움을 받아 상어를 죽인다. 그는 목표를 달성한다.
- 「레인메이커」에서 루디는 경험이 전혀 없는 신참 변호사로서 재판 과정을 겪어야 한다. 결국 그가 이긴다.
- 『사이코』에서 차이나는 자신을 괴롭히는 연쇄살인범을 어떻게든 죽여야 한다. 그녀는 방법을 찾아낸다.
- 『양들의 침묵』에서 클래리스는 연쇄살인범 버펄로 빌의 행동을 막기 위해서 계속 사건에 매달려야 한다. 그녀는 결국 그를 저지한다.

독자들은 주인공이 적대 세력을 완전히 무찌르길 원한다. 그러나 꼭 이런 식으로만 결말이 날 필요는 없다. 그 예가 앞서 4장에서도 언급한 『시빌 액션』이다. 이 논픽션소설은 변호사 잰 슐릭만의 실제 사건을 다룬다. 그는 두 거대 기업 때문에 식수원이 오염된 작은 마을의 주민들에게 정의를 가져다주는 문제에 헌신하고 있다. 물론 회사 측에서는 엄청난 돈을 써서 그를 직업적, 개인적으로 무너뜨리기 위해 할 수 있는 짓을 다 한다. 그러나 독자들은 주인공이 자신에게 총부리가 겨눠진 상황에서 얼마나 오래 버티는가를 보며 경외감을 느끼게 된다.

결말은 놀라움을 안겨야 한다

독자를 결말에서 깊이 만족시키려면 완벽한 승리 말고도 한 가지 조건이 더 필요하다. "아!", "이럴 수가!" 같은 탄성이 절로 나오게 하는 것이다. KO 펀치를 날리고 난 뒤에 주인공의 '개인적' 삶에서 문제가 해결되는 마지막 장면을 집어넣어야 한다.

『미드나이트』에서 샘 부커는 악당들의 사악한 계획을 완전히 수포로 만든다. 그러나 이 소설은 샘이 일상으로 돌아와 반항아 아들과 화해하기 위해 노력하면서 끝난다. 샘이 아들을 안아주는 순간, 그들의 갈등은 아직 해결되지 않았지만 적어도 해결의 실마리는 주어진 것이다. 작가는 소설의 마지막 문장에서 밝힌다. "바로 이 점이 중요해. 어쨌든 시작되었잖아."

주인공의 개인적 삶에서 감정적 문제가 해결되면 독자들은

"휴!" 하고 안도의 한숨을 내쉰다. 이는 위대한 음악의 완벽한 마지막 음 같은 역할을 한다. 스릴러소설들의 마지막 장면을 살펴보면 도움이 될 것이다.

찰스 디킨스는 『데이비드 코퍼필드』에서 개인적 문제가 해결되는 장면을 결말에 넣었다.

> 그리고 지금, 나의 과업을 끝마치며, 아직 머물고 싶은 욕망을 억누르는 이때, 이 얼굴들은 서서히 사라져간다. 그러나 단 하나, 모든 것을 담은 천상의 빛처럼 환하게 빛나는 한 얼굴이 모든 얼굴 위로 떠오른다. 그리고 그 얼굴은 사라지지 않고 남아 있다.
>
> 나는 옆으로 얼굴을 돌려 아름다운 평온에 휩싸여 있는 얼굴을 바라본다. 램프는 낮게 타오르고 있다. 나는 밤늦게까지 이 글을 쓰고 있다. 그러나 이 사랑스러운 존재는—이 사람이 없다면 나는 아무것도 아니다—내 옆에 함께 있어준다.
>
> 아그네스, 내 영혼이여, 내 삶이 끝날 때에도 당신의 얼굴이 내 옆에 계속 있어주기를. 내가 지금 버린 과거의 그림자들처럼 현실이 내게서 사라질 때도, 그대는 여전히 내 곁에서 위를 가리키며 있어주기를!

불길함이 가득한 여운을 남기면서 끝날 수도 있다. 독자들이 마지막 책장을 넘기면서 "아니, 이럴 수가" 하며 불안해하게 만드는 것이다. 찰스 윌슨의 『태아Embryo』가 이런 식으로 끝을 맺는다. 이 소설은 미치광이 의사를 추적하면서 그가 자궁 밖에서 아이들을 탄생시키는 방식을 그린다. 이 아이들은 나쁜 짓을 상상하며 미소 짓는 사악한 존재가 된다. 이 소설은 주인공과 그의 연인이 정상으로 보이는 아이를 가지며 결말에 이른다. 모든 일이 잘 풀린다. 그러나 마지막에 그들의 아이인 꼬마 소녀 폴린이 바깥에 혼자 있는 장면이 나온다. 폴린은 성냥을 발견하고는 호기심에 불을 붙인다. 그리곤 불붙은 성냥을 던져 자신의 강아지의 등에 떨어뜨린다.

강아지는 갑자기 뛰어올라서 한 바퀴 휙 돌고는 뭐가 따끔했는지 살펴보려고 고개를 돌렸다. 폴린은 자신이 한 짓을 깨닫고는 잠시 슬픈 표정을 지었다.
그러고 나서 미소 지었다.

아니, 이럴 수가! 작가는 결말에서 독자들에게 다시 한번 공포를 맛보게 한다.

어떤 결말을 지을 수 있을까?

소설의 결말은 기본적으로 세 가지 유형으로 나눌 수 있다. 첫째, 주인공이 목표를 이루는 긍정적인 결말. 둘째, 주인공이 원하는 걸 얻는지 알 수 없는 애매한 결말. 셋째, 주인공이 원하는 걸 얻지 못하는 부정적인 결말.
긍정적인 결말의 예로는 영화 「죠스」가 있다. 브로디가 상어를 죽인다. 애매한 결말은 『호밀밭의 파수꾼』에서 찾아볼 수 있다. 주인공 홀든 콜필드가 정신병원을 떠난 후 세상을 잘 살아가는지 알 수 없다. 애매한 결말을 잘 만들면 독자들을 강렬한 감정에 빠트리며 만족감과 더불어 다양한 추측을 하게 만들 수 있다. 『호밀밭의 파수꾼』이 바로 그러하다. 기억에 남을 마지막 줄을 읽어보자.

누구에게든 아무 말 하지 마라. 말을 하게 되면 모든 사람이 그리워지기 시작한다.

이제 홀든은 앞으로 사람들과 거리를 두면서 속 깊은 이야기는 안 하게 될까? 그렇다면 홀든도 자신이 싫어하는 '위선자'가 되는 게 아닐까? 아니면 불교에서 말하는 일종의 시련을 통해 삶을 깨닫는 쪽으로 한 걸음 나아가게 될까?

부정적인 결말의 예로는 『바람과 함께 사라지다』를 들 수 있다. 스칼릿은 진정한 사랑 레트를 결국 잃는다(작가는 스칼릿이 레트를 되찾을 수 있다고 확신하게 함으로써 '여운'을 남겼다).

이 세 가지 기본 결말에 한두 가지 복잡한 요소를 덧붙일 수도 있다. 주인공이 원하던 것을 이루지만 사실은 부정적인 결과를 얻을 수도 있다. 마찬가지로 주인공이 원하던 것을 이루지 못하지만 더 좋은 결과를 얻을 수도 있다.

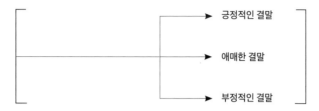

[결말의 세 가지 기본 유형]

긍정적인 결말

애매한 결말

부정적인 결말

[결말 더 복잡하게 만들기]

주인공은 원하는 것을 이룬다

그러나 결과가 좋지 않다

그러나 결과가 좋다

주인공은 원하는 것을 이루지 못한다

첫 번째 결말 유형, 즉 원하는 것을 이루지만 끔찍한 대가를 치르는 경우는 잭 런던의 『마틴 에덴Martin Eden』에서 찾아볼 수 있다. 인간적 성취와 니체식의 의지력은 그에게 에덴동산을 가져다주지 않는다. 오히려 그가 선택한 삶은 "견딜 수 없는 것"이 되어버린다. 그는 배에서 바다로 뛰어내린다.

그는 폐를 공기로 가득 채웠다. 그러면 아주 깊은 곳까지 내려갈 수 있을 것이다. 그는 몸을 돌려서 머리부터 아래로 내려가기 시작했다. 온 힘과 의지를 다해 헤엄쳤다. 점점 더 깊이 내려갔다. 눈은 뜨고 있었고, 헤엄쳐 오는 가다랑어의 유령같이 빛나는 꼬리를 볼 수 있었다. 계속 헤엄쳐 가면서 가다랑어가 부딪혀 오지 않기를 바랐다. 그렇게 되면 팽팽하게 당기고 있던 의지가 약해질 것 같았다. 다행히 가다랑어들은 부딪히지 않았고, 그는 인생이 베푸는 마지막 친절에 감사했다.

아래로, 아래로, 계속해서 그는 헤엄쳤다. 팔다리의 힘이 빠져 움직일 수 없을 때까지. 이제는 깊은 곳까지 도달했다는 걸 알았다. 고막에 가해지는 압력이 고통스러웠고, 머릿속에서는 윙윙대는 소리가 들렸다. 더 이상 견디기 힘들었다. 그런데도 그의 팔과 다리는 계속해서 더 깊은 곳으로 그를 데려갔다. 마침내 의지가 꺾였고 폐 속에 있던 공기가 폭발하듯이 내뿜어졌다.

공기방울이 위로 올라가면서 작은 풍선처럼 그의 뺨과 눈을 문지르고 부딪쳤다. 그러고 나자 고통스럽고 숨이 막혔다. 의식이 오락가락하는 가운데 이런 고통은 죽음이 아니라는 생각이 떠올랐다. 죽음은 고통을 느끼지 못한다. 이건 삶이다. 삶의 고통이다. 이 끔찍하고 숨 막히는 느낌은. 이 고통은 삶이 그에게 가한 마지막 타격이었다.

고집스러운 손과 발이 때때로 약하게 물을 휘저었다. 그러나 손과 발, 그리고 그렇게 손발을 움직이게 만드는 삶에 대한 의지는 이미 속았다. 그는 이미 너무나 깊은 곳에 와 있다. 그의 손발은 결코 그를 수면으로 데려갈 수가 없다. 그는 꿈처럼 보이는 바닷속에서 나른하게 떠다니는 것 같았다. 다채로운 색깔과 빛이 주위에서 그를 적시고 온통 둘러싸는 것 같았다. 무엇일까? 마치 등대 같았다. 그러나 그것은 그의 머릿속에 있었다. 그 반짝이는 밝고 하얀

빛. 그 빛이 점점 더 빠르게 반짝였다. 우르릉거리는 소리가 길게 들려왔다. 그는 넓고 끝이 없는 계단을 굴러 내려가는 것 같았다. 그리고 계단이 끝나는 곳에서 그는 어둠 속으로 빠져들었다. 그가 아는 것은 여기까지였다. 그는 어둠 속으로 들어갔다. 그 순간 알았다. 더 이상 아무것도 알 수 없다는 것을.

이와는 반대로 원하는 것을 이루지 못한 게 실은 성공이 된 경우는 무엇이 있을까? 영화 「카사블랑카」를 예로 들 수 있다. 여기서 주인공 릭 블레인의 욕망은 무엇일까? 그는 전쟁영웅 라즐로와 결혼한 일자와 함께하길 원한다. 끝부분에 가서 릭은 일자를 얻는다. 그녀는 릭과 함께 떠나는 데 동의한다. 그러나 릭은 그녀를 포기하고 그녀에게 남편과 함께 떠나라고 한다. 그는 더 큰 선善을 위해서 전쟁물자 보급과 결혼이라는 자신의 가장 큰 욕망을 희생한 것이다. 그가 일자를 라즐로에게서 빼앗았더라면 도덕적으로 대가를 치러야 할 것이다. 릭은 그렇게 해서 일자의 환영에서 벗어난다("우리는 언제나 파리를 추억할 수 있어요"). 그리고 전쟁이라는 현실로 돌아와서 인류에 다시 합류한다. 그 과정에서 프랑스 경관인 루이와 새로운 우정도 맺게 된다.

희생이 있는 결말

「카사블랑카」의 결말은 어째서 인기가 있을까? 희생이라는 요소 때문이다. 릭은 더 큰 선을 위해서 욕망의 대상을 포기한다. 희생이라는 주제는 어째서 그렇게 강력한 것일까? 우리의 문화적

의식과 맞닿아 있기 때문이다. 대의를 위해 행복을 포기하는 것은 아마도 인간의 가장 깊은 열망과 연결되어 있을 것이다.

『죽음의 수용소에서Man's Search for Meaning』를 쓴 빅터 프랭클은 인간이 한평생 의미를 추구하는 존재라고 주장했다. 의미는 고립된 상태에서는 나오지 않는다. 의미는 함께할 때 나온다. 누군가 다른 사람을 위해서 희생하면 마음 깊은 곳에서 우러나오는 진한 감정을 느낄 수 있다.

서구 문화에서 희생이란 개념은 고전과 신화 속에 깊이 배어 있다. 아브라함은 아들인 이삭을 기꺼이 제물로 바치고자 했다. 그는 그 희생 때문에 보상을 받았고 신의 축복을 받은 자가 되었다.

이성적 이기주의로 무장한 무신론자 에인 랜드도 이러한 철학을 자신의 소설에 담았다. 그녀의 소설 『파운틴헤드The Fountainhead』는 외부 세력에 타협할 바에야 차라리 자신의 성공과 직업을 포기하는 한 남자에 대한 이야기다. 『아틀라스Atlas Shrugged』에서 여주인공 대그니 태거트는 인간적 가치의 존엄성을 지지하기 위해 자신이 가진 권력과 특권을 포기한다. 우리가 에인 랜드의 철학을 받아들이든 받아들이지 않든, 작가로서 그녀는 소설의 역동성을 훌륭하게 표현해냈다.

'마지막 선택'과 같은 유형의 결말에서는 주인공이 끔찍한 딜레마에 봉착한다. 목표를 이룰 수 있으나 도덕성을 포기해야만 한다. '옳은 일'을 선택하면 가장 중요한 목표, 즉 소설에서 내내 원하던 것을 얻지 못한다. 앞에서 보았듯이 「카사블랑카」의 릭은 더 큰 선을 위해서 일자에 대한 사랑을 포기한다.

'마지막 전투'와 같은 유형의 결말에서는 주인공이 자신의 안전과 행복을 포기해야 한다. 그에게는 싸워야만 하는 타당한 이유가 있다. 그리고 결국에는 대개 지고 만다. 영화 「스미스 씨 워싱턴에 가다Mr. Smith Goes to Washington」는 이런 유형의 결말을 잘 보여준다. 제퍼슨 스미스는 운 좋게 상원의원에 당선되지만 사실 그는 정치판의 꼭두각시로 뽑힌 것이다. 스미스는 그 사실을 모른다. 스미스는 소년들을 위한 야영장을 만들려는 자신의 꿈이 그 땅에 댐을 건설하려는 정치권과 충돌하자 자신이 하수인에 불과했음을 깨닫게 된다. 부패한 정치인들에게 저항하자 그들은 사기죄를 뒤집어씌워서 스미스를 상원의원직에서 몰아내려고 한다. 스미스가 이길 가능성은 없다. 그러나 실정을 잘 아는 비서의 도움으로 스미스는 마지막으로 한 번 더 고군분투한다. 그러려면 두려움을 극복하고 위험 속에 뛰어들어야 한다.

희생의 두 가지 유형, 마지막 선택 vs 마지막 전투

마지막 선택과 마지막 전투를 간단하게 비교해보자. 각 결말에서 어떤 용기가 필요한지 주목하자.

마지막 선택	마지막 전투
주인공이 자신의 목표를 포기한다	주인공은 자신의 안전을 포기한다
도덕적 용기	육체적 용기

반전이 있는 결말

작가들은 멋진 반전이 일어나는 결말을 어떻게 만들어낼까? 독자들의 예상을 빗나가면서도 의미가 있고, 게다가 숨을 멈출 만큼 긴장감이 있어서 그 작가의 다음 작품을 기다리게 만드는 그런 결말을 어떻게 생각해내는 걸까?

사실 나도 잘 모른다. 그 작가들 자신은 그 이유를 아는지 모르겠다. 아마도 몇 명은 알지도 모르지만, 이런 부분은 공식으로 만들 수 있는 게 아닌 것 같다. 그러나 결말에서 반전을 만들어낼 수 있도록 도와줄 몇 가지 방법은 있다.

소설을 쓸 때 이미 결론을 마음에 두고 있는 경우가 많다. 정해진 개요대로 쓰면 결론을 향해 차근차근 나아가게 된다(개요에 대해서는 10장을 참조하자). 그렇다고 해도 상관없다. 계속 결론을 향해 쓰면 된다.

그러나 초고의 막바지에 이르면 잠시 멈추고 다른 결말을 열 가지 생각해보자. 열 가지를 생각해야 한다. 오래 생각하라는 뜻이 아니다. 딱 30분만 할애해서 머리를 쥐어짜자. 빨리 할수록 좋다. 자유롭게 상상하면서 말이 되는지 안 되는지는 잊자.

일단 열 가지를 떠올려 놓고, 상상력을 발휘해서 하루 이틀 정도 더 생각해본다. 이제 열 가지 중에서 제일 훌륭한 네 가지를 선택해서 좀 더 깊이 생각한다. 이렇게 저렇게 바꾸어본다. 마지막으로 가장 그럴듯해 보이는 결말 하나를 반전으로 선택한다. 원래의 결말을 대신하기 위해서가 아니라 그저 놀라움을 주는 요소로 덧붙이는 것이다. 원래의 결말에 어떻게 더할지 고민한다. 그러고 나서 소설로 돌아가 이 반전을 정당화할 수 있는 실마리들을 여기저기 심어두면 된다. 이제 결말에 반전이 생겼다.

모든 플롯은 저마다 다르므로 여기서 반전을 만드는 기술에 대해 더 구체적으로 설명하기는 어렵다. 결말에서 플롯에 나오는 모든 주요 문제를 해결해야 하기 때문에 그 방법은 소설마다 다를 수밖에 없다.

머릿속에서 플롯의 재료들을 이리저리 굴려보면서 곰곰이 따져보자. 조금만 비틀어 생각하면 반전이 생긴다. 할런 코벤의 『밀약』처럼 써도 좋다. 이 소설은 트릭스터trickster(여러 신화, 민담 등에 등장하는 인물로 꾀와 지혜를 통해 힘센 상대를 물리친다)가 나오는 멋진 결말로 끝난다.

느슨하게 연결된 부분을 엮자

결말에 이르렀는데 아직도 연결되지 않은 내용들이 보일 수 있다. 이것들을 한데 엮는 한편 김빠지는 결말을 만들지 않을 수 있는 몇 가지 방법이 있다.

우선 이렇게 느슨하게 연결된 내용들이 핵심적인 사항인지 부차적인 사항인지를 결정해야 한다. 예를 들어 조연들이 무슨 바지를 입었는지는 몰라도 된다. 하지만 그들이 훔친 돈으로 무얼 했는지는 꼭 알아야 한다. 이런 것들을 결정할 수 있는 확실하고 빠른 방법은 없다. 그저 독자들이 어떤 문제에 더 관심을 가질지, 덜 가질지에 대한 감이 있어야 한다.

다만 애매하게 관심이 가는 문제는 결말이 확실히 매듭지어지지 않을 경우 독자들의 불만을 살 수 있다. 매듭이 안 지어진 부분이 문제라면 중요한 장면들을 새로 만들어내야 한다. 그렇게 되면 많은 부분을 다시 써야 할 수도 있다. 그러나 그렇게 해서라도 중요한 문제는 매듭을 지어야 한다.

사소한 문제라면 인물들에게 그 문제를 설명할 기회를 주면 된다. 예를 들어 내가 쓴 한 소설에는 나쁜 짓을 저지른 인물이 어떤 운명을 맞는지 다른 인물이 간단하게 설명하는 부분이 나온다. "아, 스미더스는 캐나다로 도망가려다 잡혔어요. 다음 달에 재판을 받을 거예요." 또 다른 방법은 마지막에 에필로그를 덧붙이는 것이다. 주의할 것은 에필로그에 그냥 정보만 넣으면 안 되고 훌륭하게 써야 한다. 할런 코벤은 『영원히 사라지다Gone for Good』의 에필로그에서 신문 기사를 발췌하는 형식으로 중요한 부분들을 매듭짓는다. 이 방법을 쓰면 '작가의 개입' 없이 진정한 해결이 이루어졌다는 느낌을 준다.

해결되지 않은 부분들이 있는지 알아낼 수 있는 가장 좋은 방법은 몇 사람에게 원고를 읽어달라고 부탁하는 것이다. 그럼 이들이 물을 것이다. "이 인물은 나중에 어떻게 됐어? 2장에서 나온, 바닷가에서 발견된 잠수함은 어떻게 됐지?" 그러면 어떤 부분들이 매듭지어지지 않았는지 알 수 있다.

여운이 남는 마지막 쪽 쓰기

결말 부분에서 독자를 더욱 만족시키고 싶은가? 기억에 남는 결말을 짓고 싶은가? 책을 덮고 난 뒤에도 떠오르게 하고 싶은가?

그렇다면 '여운'을 남겨야 한다. 여운은 "듣기 좋은 소리를 강하고 오래 가게 하다"라는 음악 용어에서 유래했다. 장엄한 교향곡이 영혼에 머무르는 느낌을 주는 마지막 음이 바로 여운이다.

소설의 마지막 쪽에서 이런 느낌이 들게 하려면 혼신의 노력을 해야 한다. 이는 마지막 인상을 남기며 심리학자들이 말하는 '최신 효과(가장 나중의 정보를 더욱 잘 기억하는 현상)'를 낸다. 독자는 가장 나중에 받은 느낌, 즉 결말에 따라 소설을 판단할 것이다. 오래갈 수 있는 마지막 인상을 남기면 애독자를 얻을 수 있다.

다음의 사항들을 생각해보자.

문투(표현)

결말에서는 단어 하나하나를 주의 깊게 선택해야 한다. 물론 문투는 소설 전체에서 중요하지만 결말에서는 특히 핵심적이다. 때로 결말은 간결하고 핵심적이어야 한다. 『호밀밭의 파수꾼』의 결말처럼 말이다. "누구에게든 아무 말 하지 마라. 말을 하게 되면 모든 사람이 그리워지기 시작한다."

결말을 쓸 때는 때때로 시인이 되어보자. 브렛 롯의 『보석 Jewel』의 경우가 그렇다.

글자들만이 줄을 지어 있었다. 그녀 이름의 첫 번째 글자. 그녀는 수없이 많은 글자를 썼다. 수없이 많은 편지지를 가득 채웠다. 그러나 오늘 밤에는 그걸로 충분하다. 아니 그 이상이다. 부엌 창밖으로 보이는 하늘은 이미 깜깜하다. 기찻길은 밤늦도록 조용할 것이다. 기차가 지나가면 집은 또다시 떨릴 것이다. 그리고 신은 내 잠을 깨워 침실 창문으로 가 기차가 지나는 것을 보게 할지도 모른다. 밤 속으로 전진하는 새까만 그림자는 여기로부터, 옆방에서 혼자 자고 있는 브렌다 케이로부터, 그리고 다른 아이들로부터, 그리고 내가 충분히 행복했고, 충분히 저주스러웠던 삶의 환영들로부터 떠나게 할 것이다.

공들여 만든 무관심한 글자들을, 그녀는 자신만의 방식으로 가득하게 만들었다. 글자들이 마음껏 노래 부르는 소리가 마침내 들렸다. 글자 수십 개가 내 주변을 돌면서, 내가 결코 이해할 수 없으나 아름다운 소리로 노래 불렀고, 신은 미소 짓고, 미소 짓고, 미소 짓고 있었다.

대화

대화로 결말에 여운을 남기는 경우가 많다. 이때 대화는 억지로 덧붙여진 것처럼 느껴져서는 안 된다. 어떻게 그런 느낌을 피할 수 있을까? 소설 앞부분에 비슷한 대화를 집어넣으면 된다.

내가 쓴 『네필림 시드Nephilim Seed』에는 엄마가 유괴당한 아이를 찾도록 도와주는 현상금 사냥꾼이 등장한다. 그는 일할 때 별 계획을 세우지 않는다. 한번은 아이의 엄마가 아주 심각한 상황에서 어떻게 빠져나올 수 있을지 묻는다. 그는 대답한다. "즉흥적으로 하면 돼요." 소설이 전개되면서 두 사람은 서로에게 끌리지만 둘 다 깊은 관계를 원하지 않는다. 그렇지만 나중에 그들은 서로에게 매력을 느낀다는 것을 부인할 수 없다. 마지막 대목이다.

그가 그녀의 손을 잡고 얼굴을 마주보았다. "나는 오랫동안 혼자 지냈어요." 그는 말을 계속할 필요가 없었다. 그녀의 삶에서 그에게 한자리를 내줄 수 있는지 자기 식대로 묻고 있다는 걸 재니스는 알고 있었다. 그의 목소리와 표정에서 오랫동안 삶에서 도망쳤고 그걸 그만두면 무슨 일이 생길지 알 수 없는 남자의 오래된 상처가 배어 있었다.

"너무 오래 혼자 살아서 다음에 뭘 해야 할지 알 수 없군요." 그가 말했다. 재니스가 미소 지었다. 그녀는 그의 목 뒤에 손을 대고 부드럽게 자신에게로 끌어당겨 뺨에 키스했다. 그의 따뜻한 뺨은 약간 까칠했지만 탄력이 있었다. 그러고 나서 그의 귀에다 대고 속삭였다. "즉흥적으로 하면 돼요."

묘사

장소나 인물에 대한 적확한 묘사가 있다면 그것으로 완벽한 결말을 쓸 수 있다. 스티븐 킹의 『톰 고든을 사랑한 소녀』에서 트리샤는 구출되고 난 후에 모자챙을 툭툭 친 다음 손가락을 들어 머리 위를 가리킨다. 이 몸짓은 소설 앞부분에서 설명되었기에 여운을 남긴다. 그 의미를 분명히 밝히기 위해 설명을 덧붙일 필요가 없다.

묘사는 이미 일어난 일 또는 앞으로 일어날 일을 암시할 수도 있다. 대프니 듀 모리에의 『레베카Rebecca』가 그렇다.

그는 더 빨리 차를 몰았다. 우리는 언덕 꼭대기에 도달했고, 래니온이 발 아래 움푹 들어간 구덩이에 누워 있는 것이 보였다. 우리 왼쪽에는 한줄기 은빛 강이 6마일 앞에 있는 케리스만 어귀까지 흐르고 있었다. 앞에는 맨덜리로 가는 길이 펼쳐져 있었다. 달은 아직 뜨지 않았다. 머리 위의 하늘은 짙은 먹빛이었다. 그러나 지평선 위쪽의 하늘은 전혀 어둡지 않았다. 그쪽 하늘은 마치 피를 뿌려놓은 듯 붉은빛으로 물들어 있었다. 바다에서 불어오는 짠 바람이 재를 우리 쪽으로 날려 보내고 있었다.

요약

작가가 개입하는 것처럼 보이지 않으면서도 인물의 감정을 요약해 정리하는 것도 방법이다. 앞에서 보았듯이 『미드나이트』에서 작가는 이런 식으로 결말을 맺는다. 샘 부커는 십 대인 아들 스콧과 힘든 상황을 겪었다. 많은 일을 겪고 난 후에 샘은 자신이 좋아하게 된 사람들과 함께 집으로 돌아왔고, 아들을 포용할 수 있게 되었다. 샘과 아들 둘 다 울기 시작한다.

스콧이 어깨 너머로 보니 테사와 크리시가 방으로 들어오는 것이 보였다. 그들도 울고 있었다. 자신이 깨달은 사실을 그들도 깨닫고 있음을 눈빛에서 읽을 수 있었다. 스콧을 얻기 위한 싸움은 이제야 시작되었다.

어쨌든 시작되었다. 그건 멋진 일이다. 시작되었다.

서둘러 끝맺지 않기

소설 쓰기는 아주 힘겨운 일이다. 그러므로 결말이 다가올 때 빨리 끝내고 싶어 하는 작가들의 심정을 이해할 만하다. 때로 작가들은 소설을 쓰느라 너무나 오랜 시간을 보낸 탓에 빨리 끝내고 싶어서 안달한다. 마감일에 맞춰서 작업하는 전업 작가들의 경우 더욱 그렇다. 피로에 지쳐서 빨리 끝내지 않으려면 어떻게 하는 게 좋을까? 몇 가지 처방전이 있다.

1. 꿈을 꾼다

작가에게 가장 창조적인 자료는 꿈속에 있다. 꿈이 멋진 이유는 언제든지 꿀 수 있다는 점 때문이다. 밤에 꾸는 꿈은 마음대로 꿀 수 없지만 낮에 꾸는 백일몽은 우리 의지대로 할 수 있다. 그러므로 소설을 다시 읽으면서 상상력을 발휘해 이미지를 계속 만들어보자. 이미 결말의 윤곽을 만들어놓았다고 해도 이렇게 해보자.

아침에 일어나면 꿈을 적는 습관을 들이자. 매일 꿈 일기를 쓰는 것이다. 그 꿈이 결말과 어떻게 연관이 될지 생각해보자. 아마 직접적인 연관은 없을 것이다. 그렇다고 해도 결말을 더 깊이 있게 만드는 출발점은 될 것이다.

음악을 들으면서 백일몽을 마음껏 펼치자. 내 경우에는 다양한 분위기를 연출할 수 있는 영화음악을 좋아한다. 백일몽을 꾸면서 메모를 하자. 이때 생각나는 이미지가 결말을 위한 가장 좋은 이미지나 장면이 될 수도 있다.

2. 크게 생각한다

중간에 그만두지 말자. 무조건 끝까지 쓰자. 수정할 때 얼마든지 결말의 규모를 줄일 수 있다. 어쨌든 우리는 훌륭한 재료로 글을 써야 하며, 이 훌륭한 재료는 열정을 갖고 최적의 창조력을 발휘해서 결말을 만들 때 생긴다.

3. 천천히 작업한다

이를 위해서는 규칙이 필요하다. 마감의 문턱까지 자신을 몰고 가면 안 된다. 결말을 쓰기 전에 하루 정도는 휴식을 취할 여유가 있어야 한다. 하루 이상 쉬는 것은 안 좋다. 소설의 재료가 여전히 피 속에서 흐르고 있어야 하므로 완전히 손을 놓으면 안 된다. 그렇다고 소설을 끝내기 위해서 초음속으로 달릴 필요는 없다.

좋아하는 소설 다섯 권을 골라 마지막 두 쪽을 다시 읽어본다. 읽은 부분을 분석한다. 닫힌 결말인가? 행복한 결말인가? 우울한 결말인가? 반전이 있나? 이 결말을 좋아하는 이유는? 이렇게 해보면 자신이 좋아하는 결말을 생각해내는 데 도움이 된다.

어떤 결말을 생각하고 있는가? 절정 장면을 써보자. 이 장면을 소설에다 반드시 써야 하는 것은 아니지만 활용할 만한 장면을 쓰자. 이렇게 하면 결말을 쓰는 연습이 되고 인물을 더욱 깊이 이해하게 된다.

두세 가지 다른 결말을 만든다. 한 줄짜리 결말을 10개 정도 쓴다. 그중 제일 나은 결말을 2, 3개 선택해 짧은 장면을 쓴다. 새로 만든 결말이 생각해둔 결말보다 낫다면 바꾼다. 원래의 결말은 반전으로 남겨둔다. 아니면 원래의 결말을 그대로 두고 새로운 결말을 반전으로 이용한다.

매듭지어지지 않은 부분들을 적는다. 글을 쓰면서 떠오르는 것들을 따로 적으면 효과적이다. 플롯의 흐름, 주변 인물과의 연결고리, 신문 기사 등을 활용해서 이 부분들을 정리할 수 있는 전략을 생각해본다.

7장

장면: 소설을 구성하는 기본 단위

수천 쪽짜리 소설도 장면 하나에서 시작한다.

_앞으로 생길 격언

좋은 플롯은 인물의 삶에서 안과 밖으로 벌어지는 시련을 다룬다. 장면은 이러한 시련을 그려내고 극화하기 위해 쓰는 장치다. 장면은 플롯을 구성하는 데 중요한 기본 단위다. 따라서 장면의 설득력이 떨어지면 플롯도 그만큼 느슨해진다.

어떤 장면을 읽을 때 롤러코스터가 뚝 떨어지는 듯한 감정을 느낀다면 독자들은 소설에 다른 약점들이 있어도 넘어갈 것이다. 반면에 김빠지는 장면은 놀이공원을 오가는 코끼리열차를 탄 느낌을 들게 한다. 느릿느릿하고, 지루하고, 사람들로 시끄럽다. 독자들은 이런 기구는 다시 타고 싶지 않을 것이다. 그러니 장면 하나하나를 중요하게 여겨야 한다.

장면이란?

장면은 소설을 구성하는 기본 단위다. 장면들을 엮어서 연결하면 소설이 된다. 장면 하나하나를 잊히지 않게 할 수 있다면 소설은 오래오래 기억에 남는다.

잊을 수 없는 장면에는 뭔가 신선한 점이 있다. 놀랄 만한 요소도 갖추고 있고 감정적인 강렬함도 있다. 이런 장면에서는 흥미로운 인물들이 행동을 하기 때문에 눈을 뗄 수 없다. 잊을 수 없는 장면을 만들려면 흔한 장면에 뭔가 신선함을 덧붙여서 독창적이고 긴장감이 넘치면서 살아 있게 해야 한다.

장면을 만든 뒤에 다시 검토하자. 지루한 장면은 바꾸고 새로운 점을 덧붙여야 한다. 잊을 수 없는 장면을 창조하는 좋은 방법 중 하나는 충돌하는 요소를 강화하는 것이다. 우선 서로 대립하는 두 명의 인물을 그린다. 그리고 그들이 대립할 수밖에 없는 설득력 있는 이유를 만드는 것이다.

장면을 구성하는 네 가지

장면은 네 가지 기능을 한다. 즉 장면은 네 부분으로 짜인 체계라 할 수 있다. 여기서 네 부분은 중심이 되는 '행동'과 '반응', 보조가 되는 '설정'과 '심화'다. 이 부분들은 자주 함께 장면을 구성한다. 중심인 행동과 반응이 장면을 주도하면, 보조인 설정과 심화가 끼어드는 방식이다. 이를 잘 결합하면 플롯에서 어떤 용도로 등장하는 장면이든 잘 쓸 수 있다.

장면과 비트의 차이를 살펴보자(둘은 모두 연극에서 생겨난 용어다). 장면은 비트보다 더 긴 단위다. 장면은 대개 한 장소에서 일어나고 현실과 같은 시간 개념이 쓰인다. 한 장면에서 장소가 바뀌거나 시간을 뛰어넘는다면 독자들은 어리둥절해할 것이다. 그러나 이게 목적이라면 그런 장면을 만들어도 된다.

비트는 장면을 구성하는 더 작은 단위다. 『오즈의 마법사』를 보면 도로시가 겁쟁이 사자를 만나는 장면이 있다. 이 장면은 사자의 위협으로 시작해 사자가 오즈로 가는 무리에 합류하는 것으로 끝맺는다. 이 장면에는 분명한 행동과 갈등이 있다. 그러나 도로시가 사자의 코를 때린 후에는 감정 비트도 있다. 그리고 이 행동은 사자의 성격에 깊이를 더해준다.

행동

행동은 인물이 자신의 주요 목표를 이루고자 무언가를 할 때 벌어진다. 주어진 장면에서 인물은 달성해야 할 목표를 갖는다. 장면의 목표는 소설 전체의 목표를 달성하는 데 기여하는 것이라면 무엇이든 좋다.

의뢰인의 무죄를 입증하고자 하는 변호사가 있다고 하자. 그는 목격자와 인터뷰하기 위해 그의 집을 찾아간다. 이 장면에서 그의 목표는 의뢰인을 도울 정보 얻기다. 이것이 행동이다. 그러나 장면에는 갈등도 필요하다. 갈등이 없으면 장면이 지루해진다. 그래서 목격자는 변호사가 원하는 정보를 주지 않는다. 이제 우리는 대결(LOCK 체계의 요소)을 만들었으니 행동이 일어나는 장면을 쓸 수 있다.

대중소설은 대부분이 행동 장면으로 이루어지는 것처럼 보인다. 내 소설 『최후의 증인』의 한 장면을 보자. 이 장면은 미국에

와서 마약 밀매를 해 호의호식을 누리는 러시아 마피아의 시점으로 서술된다.

그는 자신의 으리으리한 집 거실에서 값비싼 양말을 신고 음식 접시를 들고 마음껏 아무 프로그램이나 볼 수 있다.

오늘은 독립기념일이다.

새러는 매주 사교 모임에 나간다. 디미트리는 아내의 성공이 자랑스러웠다. (……) 아내는 자신들이 사는 상류층 동네에서 없어서는 안 될 존재가 되었다. 게다가 아내는 그의 사업이 뭔지 꼬치꼬치 캐묻지 않는다. 그들은 완벽한 한 쌍이었다.

그는 보드카를 손에 들고 리모컨을 눌러 영화를 보기 시작했다.

이 장면에서 간단한 목표가 생기기 시작한다. 주인공은 영화를 보고 싶다. 그는 집에서 조용한 저녁을 보내고 있다.

영화의 오프닝 자막이 끝나갈 무렵 차고 쪽에서 소리가 났다. 툭 하고 소리가 났다. 마치 누군가가 바닥에다 푹신한 자루라도 떨어뜨린 것처럼. 하지만 이중 보안 장치가 설치된 차고에 누가 있을 리 없다. 새러 말고는 누구도 경보를 울리지 않고 차고로 들어올 수 없다.

어쩌면 아내가 일찍 돌아온 것인가. 아니다. 시간이 너무 이르다. 겨우 30분이 지났다.

어쩐지 그가 이 집에 혼자 있는 게 아니라는 생각이 들었다. 항상 누군가가 감시하는 소련 체제에서 태어난 사람의 본능이 작동했다. 디미트리 체홉은 오랫동안 그 느낌을 잊고 있었는데, 지금 그 느낌이 들었다.

주인공의 목표에 장애물이 나타난다. 그가 혼자가 아니라는 두려움이 그것이다.

"새러?" 그가 불렀다.

대답이 없다.

그는 안락의자에서 일어나서 몸을 돌려 집 앞쪽을 보았다.

어둠과 그림자만이 있을 뿐이다. 다시, 아무도 집 안에 없을 거라는 생각이 들었다. 그는 제일 비싼 보안 장치를 달았다. 그런 장치가 필요했다. 그의 사업은 살인적인 경쟁이 판치는 곳이다. 실제로 살인이 일어나기도 했다. (……) 그러나 집은 안전하다. 그는 두려움을 이기려 집을 한 번 더 둘러보고 나서 TV를 보기로 했다.

서재의 골동품 책상 안에는 38구경 권총이 들어 있다. 그는 만약을 대비해 권총을 가지러 갔다. 복도를 지나가다가 불을 켰다. 침입자의 흔적이 전혀 없었다. 차가운 텅 빈 공간만이 있었다.

두려움이라는 장애물을 극복하기 위한 행동이 일어난다.

전등을 켜고 보니 예상대로 아내가 새로 뜯어 고친 부엌의 반짝반짝 빛나는 타일과 송판만 보였다.

손이 불쑥 튀어 나와 그의 얼굴을 덮치고 머리를 뒤로 꺾었다. 타는 듯한 통증이 느껴졌다. 또 다른 손이 디미트리의 손목을 부러뜨릴 듯 비틀어서 권총을 낚아챘다. 그는 뒤로 벌러덩 누운 채 바닥에 질질 끌려갔다.

이제 육체적 대결이 벌어진다.

디미트리는 팔을 움직여서 팔꿈치로 침입자를 가격하려고 해보았다. 상대의 몸에 닿기는 했지만 아무런 힘도 가하지 못했다. 그는 빠져나오려 안간힘을 썼지만 상대가 그의 머리를 다시 꺾어 끔찍한 고통을 가했다. 다음 순간 디미트리는 의자에 밧줄로 꽁꽁 묶였다.

얼굴을 가리던 손이 잠시 사라졌다. 그러나 디미트리가 머리를 돌리기 전에 눈가리개가 단단하게 씌워졌다. 디미트리는 팔을 움직이려고 해봤지만 밧줄 때문에 옴짝달싹할 수 없었다. 완전히 무력해지고 아무것도 볼 수 없게 되는 데 몇 초밖에 걸리지 않았다. (……)

침입자 중 하나가 그가 묶인 의자를 뒤로 돌렸다. 차고에서 움직이는 소리가 들렸다. 또 다른 침입자가 뭔가를 옮기는 듯했다.

"다 가지시오." 디미트리가 말했다. "당신 둘이. 나는 아내를 데리고 뉴욕으로 돌아가겠소. 다신 돌아오지 않겠소."

커다란 양철통이 부딪히는 소리만이 들렸다. 불현듯 그는 무슨일이 벌어지고 있는지 깨달았다. 그가 소리쳤다. "이러지 마시오!"

침입자들은 그의 머리 위에 휘발유를 붓고 있었다. 역겨운 냄새가 났다. (……)

그러고 나서 디미트리의 축축하게 젖은 눈가리개가 벗겨졌다. 그는 가스 때문에 눈이 타들어 가는 듯해 눈을 껌벅였다. 연기가 폐에 가득 차자 기침이 쏟아졌다. 머리를 흔들어 집중하려고 애를 썼지만 아무것도 보이지 않았다.

그는 앞을 보았고 마침내 희미하게 형체가 보였다. 앞의 의자에 누군가 앉아 있었다. 어쩌면 침입자 중 하나가 협상을 하려고 하는 지도 모른다. 어쩌면 이야기가 통할지도 모른다.

그리고 디미트리 체홉이 비명을 질렀다. 그의 입을 틀어막은 굵은 밧줄 때문에 비명은 분명하지 않았다.

디미트리가 다시 비명을 질렀다.

의자에 밧줄로 묶인 채 앉아 있는 것은 아내의 시체였다. 아내의 머리가 한쪽으로 축 늘어져 있었다. (……)

그는 의자에서 벗어나 보려고 안간힘을 쓰다가 의자와 함께 콘크리트 바닥으로 넘어졌다. 머리를 심하게 부딪쳤다. 거의 의식을 잃을 뻔했다. 이제 그는 그저 죽고 싶었다. 그가 또 한 번 비명을 질렀다. 그러고 나서 그는 눈을 감고 울기 시작했다. 불꽃이 다가와서 그의 몸 전체를 휘감았을 때 안도감 같은 것이 느껴졌다. 디미트리 체홉은 다시 비명을 지르지 않았다.

이 끔찍한 죽음의 배후는 누구일까?

반응

　반응 장면은 어떤 상황(대개 나쁜 상황)이 생겼을 때 주인공이 감정적으로 어떻게 느끼는가를 다룬다. 예를 들어 앞서 말한, 의뢰인의 무죄를 입증하고자 하는 변호사는 목격자에게 어떤 도움도 받지 못한다. 오히려 목격자는 의뢰인이 방아쇠를 잡아당기는 걸 가까이에서 봤다고 말한다. 이제 변호사는 이 문제를 곰곰이 생각해야 할 것이다. 그는 어떻게 느낄까? 여기에 대해 어떻게 대응해야 할까? 그가 마침내 무엇을 할지 결정했다면 우리는 또 다른 행동 장면을 쓸 수 있다.

　순수소설은 주로 인물의 내면을 다루기 때문에 반응 장면으로 채워진 것처럼 보인다. 반응은 비트 단위로 이루어지는 경우가 많다. 다음은 내 소설 『최후의 증인』에 나온 반응 비트다. 레이철은 미국 연방 변호사 사무실에서 큰 사건들을 돕는 법률 보조원이다. 스테파노스라는 기자가 그녀에게 꼭 만나야 한다고 말한다. 독자들은 레이철의 머릿속 생각의 흐름을 들여다보게 된다.

　레이철은 6시 반에 보트 선착장에 도착했다. 레드랍스터 식당 근처에 차를 세운 뒤 서류 가방의 내용물을 점검했다. 안에 든 노트와 휴대용 녹음기를 확인했다.

　스테파노스는 식당 옆에서 만나 자신의 사무실로 가자고 했다. 바닷바람이 불고 있었고 해가 서쪽으로 지면서 마리나 델 레이 선착장과 남부 캘리포니아 연안이 오렌지 빛으로 물들었다. 레이철은 잠시 바닷가 근처에 살면 참 좋을 거라 생각했다. 멋진 자연과

깨끗한 바닷바람은 도심의 차가운 도로와 어두운 골목들에 비하면 얼마나 황홀한 모습들인가.

평화로운 느낌이 들자 갑자기 차에 뛰어들어 드라이브하고 싶은 충동이 들었다. 그녀는 여기서 도대체 뭘 하고 있는 건가? 그녀가 수페브스키 사건같이 큰 사건을 조사하는 데 끼어들 이유가 없었다.

내적인 질문이 나온다.

그러나 그녀는 스스로에게 머물러야 할 두 가지 이유를 들었다. 첫 번째는 자신이 왜 위험에 빠졌는지 알아내야 한다는 것이다. 두 번째는 스테파노스가 수페브스키 사건을 도울 수 있는 뭔가를 진짜로 갖고 있는지 알아봐야 한다는 것이다. 그녀 생각에 두 번째 이유가 더 중요했다. 그녀는 레이크우드가 사건을 다시 맡을 수 있도록 돕고 싶었다. 그녀는 한 번 더 기회를 얻기를 바랐다.

그녀는 자신을 정당화한다.

몇 분 후 그녀의 기회가 레스토랑 옆에서 걸어왔다. 스테파노스는 짙은 붉은색 바람막이 점퍼와 청바지를 입고 있어서 주말 요트족처럼 보였다. 그는 미소 지으며 손을 흔들었고, 레이철에게 가까이 오라고 했다. 그는 악수하면서 말했다. "와주셔서 감사합니다."

반응 비트를 행동 장면의 중간에 끼워 넣으면 주인공이 어떻게 느끼는지 독자들에게 알려줄 수 있다. 딘 R. 쿤츠의 『사이코』는 살인자에게 쉴 새 없이 쫓고 쫓기는 장면들로 이루어져 있다. 주인공인 차이나가 가게에서 들키지 않으려고 애쓰는 장면이 있다.

그녀는 처음에 살인자를 볼 수 없었다. 그는 캄캄한 밤에 검은색 비옷을 입고 있었다. 그러나 그가 캠핑카를 향해 어둠 속을 걸어오고 있었다.

그가 흘끗 뒤를 본다 해도 희미하게 불을 밝힌 가게 안의 그녀를 볼 수 없을 것이다. 그가 통로 세 개와 계산대 사이의 탁 트인 공간으로 들어서자, 그녀의 심장이 쿵쾅거리기 시작했다.

아리엘의 사진은 더 이상 바닥에 없었다. 그녀는 그 사진이 존재하지 않았으면 하고 바랐다.

마지막 문장은 반응 비트다. 강렬한 행동이 벌어지는 도중에 차이나는 생각을 하고 있다.

드와이트 스웨인, 잭 빅햄 같은 작법 대가들은 행동과 반응을 장면scene과 시퀄sequel이라고 부른다. 장면과 시퀄을 제대로 사용하면 내러티브의 논리성을 얻을 수 있다고 말한다.

인물은 행동을 하고 갈등으로 시련을 겪고 대개 좌절을 한다. 인물은 이런 전개 과정에 반응을 하고, 다시 생각을 시작하며, 다른 행동을 결정한다. 매번 이 두 가지 법칙 사이를 왔다 갔다 해야 하는 건 아니다. 앞에서 보았듯이 반응(또는 시퀄)을 행동 중간에 비트로 집어넣을 수 있다. 다른 방식의 변주도 가능하다. 행동과 반응을 잘 다루면 플롯은 멋지게 전개될 것이다.

설정

설정 장면이나 설정 비트는 그다음 장면에 의미를 주기 위한 단위다. 모든 소설은 어느 정도의 설정이 필수다. 주인공이 누구인지, 그의 직업이 뭔지, 그가 왜 그 일을 하는지 독자에게 알려야 한다. 그가 겪는 역경이 어떻게 소설 전체를 이끄는지 보여줘야 한다. 게다가 이야기가 전개됨에 따라 이후에도 여러 설정 비트가 필요할 수 있다.

어떻게 긴 설명 없이 작가의 설정을 보여줄 수 있을까? 설정 장면에 사소한 것일지라도 문제를 덧붙이는 게 좋다. 주인공의 불안감부터 논쟁, 그리고 즉시 처리해야 하는 문제 등 어떤 것이라도 괜찮다.

설정 장면은 보조 체계이므로 아주 적은 분량으로 써야 한다. 대개 이런 장면들은 앞부분에 들어간다. 『바람과 함께 사라지다』의 첫 몇 쪽이 이런 설정이다. 스칼릿을 소개하고 그녀의 성격을 드러낸다. 어떻게? 스칼릿은 탈튼 쌍둥이 형제와 교태 어린 논쟁을 벌인다. 독자들은 소설의 배경과 앞으로 등장할 이야기의 분위기를 짐작하게 된다. 그리고 나서 스튜어트 탈튼은 애슐리가 멜라니와 결혼할 거라고 이야기한다. 반응 비트가 뒤따른다.

얼굴색은 변하지 않았지만 스칼릿의 입술은 하얗게 질렸다. 아무런 경고 없이 한 대 얻어맞았는데도 충격 때문에 무슨 일이 있었는지 금방 깨닫지 못하는 사람 같았다.

심화

심화는 소설에 양념을 치는 것과 같다. 소설에서 심화는 대개 별도의 장면으로 다루어지지 않는다. 이는 인물이나 배경에 대한 독자들의 이해를 심화하기 위해 들어가는 요소다. 이 재료를 전략적으로 신선하게 집어넣으면 풍미가 좋은 작품이 탄생한다. 그러나 음식의 양념과 마찬가지로 지나치면 소설을 망칠 수 있다.

스티븐 킹은 『바디』에서 주인공 고디가 친구들에게 자신에 관한 이야기를 들려주는 모습을 내러티브에 양념처럼 짧고 강렬하게 집어넣는다. 호간이라는 몸집 큰 소년과 피마자유, 그가 음식 먹기 대회에서 먹은 파이의 수, 그리고 그가 마을에 한 복수 등의 이야기다(소설에 깊이를 더하는 이러한 에피소드들은 '양념'보다 더 좋은 말로 표현할 수 있을 듯하다).

스티븐 킹은 어째서 이렇게 이야기를 샛길로 빠지게 한 걸까? 남자아이들이 딱 좋아할 법한 이야기이기 때문이다. 이 이야기들은 여행을 계속하는 동안 소년들의 관계를 더 깊이 있게 만들어준다. 그리고 단선적인 내러티브에서는 하기 어려운 뭔가를 이야기에 덧붙여준다.

장면은 요약이 아니다

요약은 작가가 독자에게 '장면 밖에서' 무슨 일이 일어났는지 말해주는 것이다. 장면은 순차적으로 흐르는 비트 단위로 일어나지 않는다. 장면이란 아래와 같다.

> 존은 그녀 쪽으로 한 발 내디뎠다. "멈춰," 그녀가 말했다. 그녀는 망치를 집어 들었다. 웃으면서, 존이 머리를 가로저었다. "참 불쌍하군."

요약은 아래와 같다.

> 그가 그녀를 공격하려고 했다. 그러나 그녀가 망치를 집어 들었다. 그가 비웃자 그녀가 망치로 그의 머리를 때렸다. 그는 5주일이나 두통에 시달렸다.

요약은 한 장면에서 다음 장면으로 넘어가는, 일종의 지름길로 사용할 수 있다. 다음의 요약에서는 시간의 흐름을 따르지만 비트로 시간을 뛰어넘는다.

> 머리를 부여잡은 채 존은 병원으로 운전해 갔다. 교통 체증이 극심했다. 병원까지 두 시간이나 걸렸다.

그리고 나서 장면으로 돌아온다.

> "아니, 세상에. 어떻게 된 거예요?" 간호사가 물었다. "내 머리로 망치를 공격했더랬죠." 존이 대답했다.

장면을 빛나게 하는 기술

작가로 성공하려면 독자가 만족할 만한 장면들을 보여줘야 한다. 이러한 장면들을 만들기 위해서 다음의 세 가지 기술을 활용해보자. 바로 매혹하기, 고조하기, 유도하기다.

매혹하기: 처음부터 관심을 끌자

매혹하기hook란 독자의 관심을 처음부터 사로잡아 내러티브로 이끄는 것을 의미한다. 많은 작가가 여기서 실패한다. 작가들은 장면을 천천히 전개하려는 경향이 있다. 먼저 배경이 되는 장소를, 그다음에 인물을 묘사해야 한다고 여긴다. 이건 물론 논리적인 선택이다. 독자가 사건이나 대화보다 먼저 배경을 보고 나서 그 배경 속의 인물을 순차적으로 본다고 생각하기 때문이다.

이러한 함정에 빠지지 말아야 한다. 독자들은 흥미를 느낄 수 있다면 순서에는 아무런 관심이 없다. 그러니 우리는 독자를 사로잡는 방법을 많이 알고 있어야 한다.

다음은 순차적인 글쓰기의 예다.

우리는 그의 사무실로 돌아왔다. 나는 피스틸로의 책상 앞 안락의자에 앉아 있었다. 그의 의자가 내 의자보다 조금 높았는데, 아마도 겁을 주려는 의도였을 것이다. 코브넌트 하우스로 나를 찾아왔던 클로디아 피셔가 팔짱을 낀 채 내 뒤에 서 있었다.

"코는 어쩌다 그렇게 되었니?" 피스틸로가 나에게 물었다.

그러나 『영원히 사라지다』에서 할런 코벤은 이 장면을 다음과 같이 시작한다.

"코는 어쩌다 그렇게 되었니?" 피스틸로가 내게 물었다.
우리는 그의 사무실로 돌아왔다. 나는 피스틸로의 책상 앞 안락의자에 앉아 있었다.

대화는 여기에서 독자를 강렬하게 잡아끄는 매혹하기다. 이 장면은 질문으로 시작해 화자가 뭐라고 대답할지 궁금하게 만든다. 이 소설의 작가는 배경을 묘사한 문단을 없애고 바로 사건으로 들어간다.

예고를 이용하는 건 또 다른 매혹하기 방법이다. 예고는 독자들에게 아주 강렬한 장면이 곧 나올 것이라는 교묘한 약속이다. 『영원히 사라지다』의 한 장은 이렇게 시작된다. "나는 깊은 잠에 빠져서 그가 몰래 다가오는 소리를 못 들었다." 그는 누구인가? 그가 몰래 다가와서 무슨 일이 일어났을까? 작가는 독자들에게 슬쩍 미끼를 던져놓고는 그 답을 풀어간다.

사건(행동)도 또 다른 매혹하기다. "클로디아 피셔가 조셉 피스틸로의 사무실로 뛰어들었다." 이 문장을 보면 클로디아가 문을 두드리거나 천천히 걸어 들어오는 대신 왜 사무실로 뛰어드는지 궁금할 것이다. 독자들은 그 이유를 알아내기 위해 계속 읽게 된다.

묘사도 매혹하기를 할 수 있다. 묘사는 두 가지 기능을 할 수 있다. 장소나 인물이 묘사로 배경만 보여주는 게 아니라 분위기까지 드러내는 것이다. 한 남자의 가장 어두운 순간을 그려내는 스티븐 킹의 단편소설 「당신이 사랑하는 모든 것을 빼앗길 것이다All That You Love Will Be Carried Away」는 다음과 같은 묘사로 시작한다.

그곳은 네브래스카주 링컨시 바로 서쪽에 있는 80번 도로의 모텔 식스였다. 늦은 오후에 시작한 눈이 1월 저녁 어스름이 깔리자 너저분한 노란색 간판을 운치 있는 파스텔 톤으로 바꿔놓았다. 바람은 이 나라의 중부 평원에서만 만나게 되듯, 광막한 평원에서 회오리바람으로 변해 불어오고 있었다.

이 부분은 묘사지만 퇴색한 불빛, 저녁의 어스름, 바람, 광막한 평원 등으로 분위기를 보여준다. 우리는 주인공을 만나기도 전에 그의 내면세계를 느낄 준비를 하게 된다.

독자들은 어떤 느낌을 포착하면 계속해서 읽고 싶어 하는 경향이 있다. 그러므로 장면의 시작에서는 일단 독자를 사로잡아야 한다. 다양한 방식으로 첫 문단을 써보자. 대화와 행동, 그리고 묘사와 예고를 번갈아 써보자. 그러면 곧 제대로 된 매혹하기 기법을 구사하게 될 것이다.

고조하기: 독자를 붙들자

일단 독자의 관심을 끌었다면 장면의 두 번째 필수 기술인 고조하기intensity에 집중한다. 모든 장면은 크든 작든 고조되어야 한다. 그렇지 않으면 장면은 바람 빠진 비행선처럼 된다. 날아오를 수 있는 가능성은 있으나 날지 못하는 비행선 말이다.

작법의 대가들은 모두 이 사실을 잘 알고 있다. 『사이코』는 한 여성이 연쇄살인범에게서 도망가려고 애쓰는 긴박한 장면들로 가득 차 있다. 이야기가 전개됨에 따라 그녀가 악당에게 들킬 가능성도 점점 커진다. 소설의 전반부에 나오는 모든 장면은 대부분 그녀가 발각될지도 모른다는 사실을 바탕으로 하고 있다.

그는 택시 문 바로 바깥에, 그녀에게서 10미터쯤 떨어진 곳에서 한가롭게 몸을 쭉 뻗고 있었다. 피곤함을 떨쳐내려는 듯 커다란 어깨를 돌리고 나서 뒷목을 마사지하고 있었다.

고개를 왼쪽으로 조금만 돌리면 그녀를 볼 수 있었다. 그녀가 살짝이라도 꼼짝이면 그는 곁눈질만으로 그 움직임을 포착할 수 있었다.

이야기가 절정을 향해 다가갈수록 장면은 서서히 고조되어야 한다. 『사이코』에서 여주인공 차이나는 결국 붙잡힌다. 소설의 후반부는 그녀가 살해당하기 전에 다른 인질과 함께 탈출을 시도하는 모습을 그린다.

차이나는 배를 쭉 깔고 창문에 기댄 채, 대걸레로 발판을 현관 뒤쪽 공간으로 밀어내리려고 애썼다. 이 발판 위에 떨어지면, 둘 중하나는 다리가 부러질 것이다.

도망칠 기회가 가까이 왔다. 더 이상의 기회는 없다.

이 장면은 살인 훈련을 받은 개들(도베르만도 강력한 존재다)이 인물들을 뒤쫓기 직전에 일어난 일이다. 뒤의 장면은 더욱 고조된다. 이야기가 전개될수록 육체적 위험을 높여 독자들이 손에서 책을 놓을 수 없게 만든다.

반면 순수소설에서는 인물의 감정적인 동요에 더욱 집중한다. 존 판테의『먼지에게 묻다Ask the Dust』에는 젊은 작가 아르투로 반디니의 열망을 보여줘 감정을 불러일으키는 장면이 많이 등장한다.

이제 나는 성 테레사에게 다시 기도드렸다. 제발, 다정하고 사랑스러운 성인이시여, 나에게 아이디어를 주시길. 그러나 그녀는 나를 버렸고 다른 모든 신도 나를 버렸다. 나는 위스망처럼 주먹을 꼭 쥔 채 눈에 눈물을 가득 담고 혼자 서 있었다. 만일 누군가 나를 사랑해주었다면, 그것이 벌레 한 마리라도 아니 쥐 한 마리라도 괜찮다. 그러나 그것 역시 과거의 일이다.

이 장면의 문투는 매우 개인적이고("나에게 아이디어를 주시길", "만일 누군가 나를 사랑해주었다면"), 감정적인 이미지로 충만하다("주먹을 꼭 쥔 채 눈에 눈물을 가득 담고"). 여기에서 긴장감은 육체적 행동을 담은 장면만큼이나 강렬하다.

그러므로 장면을 긴장감으로 팽팽하게 만들자. 어떻게? 작가의 오른팔인 '갈등'을 활용하자. 대립하는 임무가 있는 두 인물이 만나면 자동적으로 긴장감이 고조된다. 예를 들어 경찰관이 입을 열지 않으려는 목격자를 만난다. 남자가 여자에게 호감을 느끼고 시간을 내달라고 하지만 여자는 거절한다. 부모가 말 안 듣는 십대 아이가 뭘 하려 하는지 알아내려고 애쓰지만 알아내지 못한다.

소설의 중심 이야기는 끝없이 갈등을 보여줘야 한다. 그렇지 않다면 쓸 필요가 없다. 같은 편(같은 목표를 가진 두 사람) 사이에서 일어나는 장면일지라도 긴장감이 있어야 한다. 그렇지 않으면 결국 동업자들 사이에 정보나 주고받는 대화로 끝나버린다.

버디 영화가 관객을 사로잡는 것도 이 때문이다. 「리쎌 웨폰 Lethal Weapon」에는 퇴직을 앞둔 강직한 경찰과 목숨을 내건 듯 거칠기 짝이 없는 남자가 등장한다. 그들이 등장하는 장면의 긴장감 때문에 영화는 평범한 경찰 스릴러보다 훨씬 흥미진진하다. 「내일을 향해 쏴라 Butch Cassidy and the Sundance Kid」에서 부치가 선댄스를 물에 뛰어들게 하려고 애쓰는 장면을 기억할 것이다. 그들의 다툼은 선댄스가 "나는 수영할 줄 몰라"라는 말을 내뱉으며 감추고 싶은 비밀을 드러낼 때까지 점점 고조된다.

고조의 수준을 염두에 두고서 이미 써놓은 장면들을 다시 검토하자. 만일 장면들이 충분히 고조되지 않았다면 단계를 높인다(소설의 속도감을 조절하기 위해). 상대적으로 아무 일도 일어나지 않는 조용한 장면이 필요하다. 이런 장면들에서도 인물의 걱정과 불안을 보여줌으로써 강렬한 감정을 집어넣을 수 있다.

어떤 장면이 적절히 고조되지 않았다면 '삭제 키'를 쓰자. 적절하게 삭제를 하면 독자들은 더욱 즐거워진다.

유도하기: 책장을 넘기게 만들자

마지막으로 또 다른 기술인 유도하기prompt를 이용해서 장면을 끝내자. 유도하기는 독자들이 다음 쪽으로 책장을 넘기게 만드는 장치를 가리킨다. 초보 작가들은 지루한 분위기로 한 장면을 끝내곤 그 장면이 조용히 잊히게 만든다. 사람들이 방을 나가거나 차를 몰고 떠나게 하거나, 아니면 '안녕' 또는 '만나서 반가웠습니다' 같은 재미없는 인사를 하는 것으로 장면을 끝낸다. 장면이 끝날 때도 맥이 빠지면 안 된다. 독자들이 책장을 넘기게 만드는 여러 비법이 있다.

그중 최고는 급박한 재앙 또는 위험이다. 『사이코』에서 차이나는 연쇄살인범을 피해 편의점 안에 숨어 있다. 이 장면은 다음과 같이 끝난다.

통로에서 걸어 나와 한 줄로 늘어선 상자들 뒤로 숨으려 할 때, 차이나는 문이 열리고 살인마가 들어오는 소리를 들었다. 웅웅대는 바람이 함께 따라 들어왔고, 문이 다시 저절로 닫혔다.

위험은 『먼지에게 묻다』에서 아르투로가 갈망하던 여인을 떠나보낼 때처럼 감성적일 수도 있다.

문을 닫자 조금 전까지만 해도 생기지 않던 모든 욕망이 갑자기 나를 덮쳐왔다. 욕망은 내 두개골을 두드렸고 손가락을 욱신거리게 했다. 침대에 몸을 던지고는 베개를 손으로 찢어발겼다.

유도하기의 또 다른 예로는 징조가 있다. 징조는 기억에 남는 이미지들로 드러날 수 있다. 스티븐 킹의 『캐슬록의 비밀Needful Things』에서 휴 프리스트는 오싹한 가게 주인 릴랜드 곤트의 마법에 걸린다. 욕망을 파는 집이라는 가게에서는 사람들이 가장 원하는 것들을 팔고 있다. 중년의 휴 프리스트는 젊은 시절의 따뜻한 기억을 되살리는 여우 꼬리를 꼭 가지고 싶다. 가게 주인은 돈을 받고 여우 꼬리를 팔려고 하지 않는다. 그러자 휴는 "미친 네티"라고 불리는 네티 캅을 마을로 데려오라고 말한다.

"들어봐, 휴. 주의 깊게 잘 들어봐. 그러면 여우 꼬리를 가지고 집에 갈 수 있어."

휴는 주의 깊게 들었다.

밖에는 비가 세차게 내리고 있었고 바람도 불기 시작했다.

장면을 멋지게 끝낼 수 있는 유도하기 비법은 더 있다.

- 신비로운 대화
- 갑자기 드러난 비밀
- 중요한 결정이나 맹세
- 충격적인 사건의 선언
- 반전 또는 놀람(이야기의 흐름을 바꿀 새로운 정보)
- 대답이 돌아오지 않은 질문

만약 어떤 장면이 끝에 가서 산만해졌는데 어떻게 할지 모르겠다면 마지막 한두 문장을 지워보자. 모든 장면에 논리적인 결말을 맺을 필요는 없다. 사실 그렇게 하지 않는 편이 오히려 좋다. 중간에 잘라버리면 더욱 흥미로워진다. 무언가가 끝나지 않고 허공에 매달려 있는 듯한 느낌을 주는 것이다. 그러면 독자들은 그 이유를 알고 싶어진다. 앞서 소개한 앨프리드 히치콕의 격언을 기억하자. 이 기술들을 잘만 활용하면 소설이 지루해지지 않을까 걱정하지 않아도 된다.

강약 조절로 플롯의 균형을 잡자

최고의 플롯을 만드는 첫 번째 규칙은 "말하지 말고 보여줘라"다. 그러나 이것이 절대적인 법칙은 아니다. 때때로 작가들은 '말하기'를 함으로써 장면의 핵심으로 곧장 들어간다. '보여주기'는 근본적으로 장면을 더욱 생생하게 만드는 기법이다. 그러나 계속 보여주기만 한다면 도드라져야 할 부분이 묻힐 수 있다. 그렇게 하면 독자는 지친다. 그렇다면 언제 보여주고 언제 말해야 할까? 그 답은 강약 조절에 있다. 모든 장면의 강약 수준은 다르고, 각각의 장면 안에서도 강약 수준은 계속 변화한다. 아울러 소설에서도 자연스럽게 밀물과 썰물이 있어야 한다.

사실 작가의 솜씨는 한마디로 '강약을 조절하는' 능력이라고 정의할 수 있다. 가장 강렬한 순간, 즉 독자가 가장 강렬한 감정을 느끼는 순간은 적절한 때에 등장해야 한다. 이런 장면들은 내려티브의 가장 생생한 부분으로서 두드러져야 한다.

강약 조절을 활용하면 이런 순간을 정확하게 집어낼 수 있다. 간단히 말해서 각각의 장면을 0에서 10까지의 단계로 나타내는 것이다. 0단계는 전혀 강렬하지 않은 장면을 의미한다. 10단계는 아주 강렬한 장면을 의미한다. 장면이 전개됨에 따라 강약 조절 역시 계속 변화한다. 일반적으로 소설의 장면은 0단계로 내려가면 안 되며, 10단계까지 올라가는 경우도 거의 없다. 1단계에서 9단계 사이에 거의 모든 장면이 들어간다. 게다가 대개의 장면은 자연스럽게 단계가 점증되어야 한다. 즉 낮은 단계에서 시작해서 점점 단계를 올라가야 한다.

물론 여러 가지로 변주할 수 있다. 때로는 중간 단계에서 시작해서 거기에 계속 머무를 수도 있다. 반대로 높은 단계에서 시작해서 점차 단계를 낮춰가다가 다시 올리는 방법도 있다. 어떤 방식을 선택하든 강약을 조절하면 어느 장면에서 보여주기를 할지 또는 말하기를 할지 결정하는 데 도움이 된다.

이 0에서 10까지의 단계는 흔히 소설의 일반적인 형식을 보여준다. 어떤 장면은 1단계나 2단계에서 시작해 점차 7단계나 8단계로 올라간다. 과해지는 것은 피해야 한다(소설 한 편에서 최고 단계는 한두 장면으로 족하다). 그리고 거의 무의식 수준인 0단계로 떨어지는 것도 안 된다(독자들은 이런 장면을 참을 수 없어 한다).

이제 써두었던 장면들을 검토하고 단계를 매겨보자. 간단한 규칙은 다음과 같다. 장면이 중간 단계(5단계)를 넘는다면 '보여주기 구역'에 있는 것이다. 되도록 이 구역에서는 보여주기를 한다. 중간 단계 아래는 '말하기 구역'에 속한다 해도 말하기가 필요하지 않을 수 있다. 왜일까? 장면이 존재하는 궁극적 이유는 보여주기 구역에서 일어나는 일들을 그리는 것이기 때문이다. 그렇지 못한다면 그 장면을 잘라낼지 심각하게 고민해봐야 한다.

강약 조절 예시

그레그 아일스의 스릴러소설 『24시간24 Hours』에는 캐런과 어린 딸 애비가 함께 나오는 짧은 복선 장면이 있다. 아버지 윌은 막 출장을 떠났다.

애비는 손뼉을 치고는 웃음을 터뜨렸다. 노래를 부르느라 가쁜 숨을 몰아쉰 캐런은 휴대폰을 찾아서 전화번호를 눌렀다. 그녀는 공항에서 윌에게 심한 말을 내뱉은 게 마음에 걸렸다.

이 장면은 전혀 강렬하지 않다. 그럴 필요가 없기 때문이다. 나중에 올 감정적 충격의 초석으로 깔아놓은 짧은 비트일 뿐이다. 따라서 긴장감으로 충만한 '보여주기' 장면일 필요는 없다. 캐런의 마음이 불편하다는 것을 말하는 것으로 충분하다.

그러나 이내 강약 수준은 거의 최고조에 달한다. 애비가 집에서 유괴를 당하는 것이다. 캐런은 집에서 낯선 사람과 대면하게 되는데 그가 말한다. "애비는 무사하다. 내 말을 잘 들어라." 이때 캐런의 반응을 '보여주기'해야 한다.

"애비"라는 말에 캐런의 눈에 눈물이 가득 고였다. 간신히 억누르고 있던 공포가 비집고 표면 위로 올라와 그녀는 꼼짝할 수 없었다. 그녀의 턱이 덜덜 떨리기 시작했다. 비명을 지르려고 해도 목구멍이 막힌 듯 아무 소리도 나오지 않았다.

캐런의 기분을 육체적 묘사를 통해 보여줌으로써 작가는 독자들이 그녀의 감정을 직접 경험하게 한다.

리틀리 피어슨의 『피리 부는 사나이The Pied Piper』에도 비슷한 대목이 나온다. 한 엄마가 4개월 된 아기를 난생처음 베이비시터에게 맡기면서 걱정이 가득하다. 레스토랑 장면이 시작될 즈음은 3단계 정도의 수준이다. 그래서 작가는 이 부분을 엄마가 "매우 불안해하고 있다"고 말할 뿐이다. 나중에 집에 전화를 걸어도 아무도 받지 않자 수준은 7단계로 올라간다. 이제 더 생생한 묘사가 나온다. "그녀는 위장이 쥐어짜이며 뒤틀리는 것 같았다. 그녀의 손가락은 차가워지고 감각을 잃었다."

'보여주기의 제왕'인 레이먼드 카버 역시 자연스럽게 이런 전략을 구사한다. 그의 단편소설 「이웃 사람들Neighbors」은 인물들의 상황을 말하면서 빠르게 시작한다. "빌과 알린은 행복한 한 쌍이었다. 그러나 때때로 그들의 그룹에서 자신들만이 시시하게 살고 있다고 느꼈다." 소설이 끝나갈 쯤에 이런 문장들이 나온다. "그들은 서로를 안고 있었다. 그들은 마치 바람을 막으려는 듯 문에 기대어 서로를 지탱하고 있었다." 여기서 볼 수 있는 이야기의 맥락은 독자들의 상상력에 생생하게 작용한다.

균형을 맞추기 위한 강약 조절

훌륭한 플롯은 제대로 균형이 잡혀 있다. 예를 들어 스릴러소설에는 독자에게 숨 고를 시간을 주기 위해 때때로 사건에서 벗어나 휴식을 하는 순간이 있어야 한다. 인물의 내면을 깊이 파고드는 순수소설은 우스꽝스러운 부분이나 사건, 또는 속도 변화를 통해 때때로 쉴 틈을 마련해야 한다. 강약 조절은 이러한 플롯의 균형을 잡는 데 도움이 된다.

소설은 대개 몇몇 중요 장면을 중심으로 이루어진다. 이 장면들은 한 장면에서 다른 장면을 지나 절정의 단계로 올라가는 데 이정표 같은 역할을 한다. 중요 장면 사이에 들어가는 장면들은 속도에 변화를 위해 강약 조절이 다 달라야 한다.

소설에서 어떤 장章이나 장면이 반드시 필요한지 결정해야 한다. 이를 확실하고 빠르게 결정하는 규칙은 없다. 다만 장편소설이라면 중요 장면이 6개 정도 들어가야 할 것이다.

중요 장면들은 최선을 다해서 써야 한다. 내러티브를 재빨리 '보여주기 구역'으로 만들고 8단계에서 10단계에 이르는 아주 높은 수준을 유지하자. 중요 장면 사이에 들어가는 장면에서는 다양하게 강약을 조절할 수 있다. 2단계에서 6단계 사이의 조용하고 사색적인 장면을 넣을 수도 있다. 아니면 7단계에서 8단계 사이의 내적으로 들끓는 장면을 넣어도 된다.

각 장면을 도표로 그려놓고 한 걸음 물러나서 전체적으로 살펴보자. 요령은 다음과 같다. 각 장면의 강약 수준을 알고 그에 따라 글을 쓰면 소설을 신선하고 독자의 기억에 남게 쓸 수 있다.

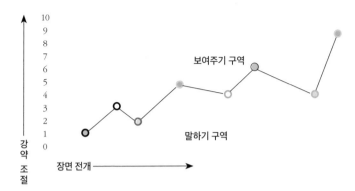

- 10단계: 과도하다. 소설 한 편에서 두세 장면에만 쓴다.

- 8~9단계: 중요 장면에 적절하다. 소설의 전환점에 이용한다.

- 6~7단계: 갈등, 주요 감정, 날이 선 대화, 내적 동요에 쓴다.

- 5단계: 더 놓은 단계로 이어지는 장면에 적절하다.

- 3~4단계: 주요 장면과 짧은 설정 장면 사이의 과도기에 적절하다.

- 1~2단계: 이 수준에서 시작하면 재빨리 단계를 올려야 한다.

- 0단계: 절대로 사용하면 안 된다. 특히 1장에서 날씨나 장소에 대한 긴 묘사는 소설을 맥 빠지게 하고 편집자들을 지루하게 한다.

책장에 있는 소설 하나를 꺼낸다. 아무 장면이나 펼쳐서 읽는다. 그리고 분석한다.

- 행동 장면인가? 이 장면에서 인물의 목표와 갈등에 대해서 알게 되는 지점이 어디인지 짚어보자. 이 장면은 어떻게 끝나는가? 계속 읽고 싶은가? 어째서인가? 아니라면 그 이유는 무엇인가?
- 반응 장면인가? 인물은 어떤 감정인가? 작가는 어떻게 그 감정을 보여주는가? 장면의 마지막에서 인물은 무엇을 하기로 마음먹는가? 인물이 달라지는가? 강해지는가? 아니면 약해지는가?

이제 행동 장면을 골라서 강약 수준을 도표로 그려본다.

자신의 쓴 소설의 한 장을 검토한다. 매혹하기와 강약 조절, 그리고 유도하기를 분석해본다. 각각을 어떻게 강화할 수 있을까?

8장 ——————————— 복합 플롯:
복잡함 속에서
단순한
아름다움을

글쓰기는 벽돌 쌓기와 매우 비슷하다.
벽돌 위에 다른 벽돌을 올리고 모르타르를
두껍게 바르는 법을 배워야 한다.

_레드 스미스

벽돌을 하나씩 쌓아가듯 플롯도 여러 층으로 쌓을 수 있다. 빠르게 전개되는 소설도 좋지만 마지막 쪽을 읽고 난 뒤에 독자의 마음에 여운을 남기는 소설은 작가에게 또 다른 성취감을 안겨준다. 기억에 남는 플롯은 글을 더욱더 높은 차원으로 끌어올린다. 이 장에서는 플롯을 복합적으로 구성하는 다양한 방법에 대해 살펴볼 것이다.

우선 "왜 복합적이어야만 하는가?"라는 의문에서 시작해보자. 복합 구조물의 아름다움을 생각해보면 답이 나온다. 복합 구조물은 너무도 완벽하게 구성되어 있어 오히려 단순해 보인다. 바로 이러한 효과를 작가는 소설에서 이루어내야 한다.

주제를 발전시키자

플롯을 짤 때 한편으로 과연 이 소설이 추구하는 가치가 무엇인지 스스로에게 물어보자. 이 소설을 통해 독자가 얻기를 원하는 교훈 또는 통찰(사물을 보는 새로운 방식)이 있다면 그게 무엇인가? 이를 한 줄로 요약해보자. 이게 바로 이 소설의 주제다. 주제는 숨은 메시지(숨겨진 의미)로서 소설이 전달하고자 하는 세상에 대한 인식이다. 소설에 여러 작은 메시지(서브메시지)를 담을 수도 있지만 숨겨진 주제는 단 하나여야 한다.

도스토옙스키의 『카라마조프가의 형제들 The Brothers Karamazov』은 순수한 지성의 무익함과 자유 의지의 고통 등 다양한 메시지를 제시한다. 그러나 이 소설의 가장 중요한 주제는 "인간 실존의 가장 고귀한 가치는 믿음과 사랑"이라고 요약할 수 있다.

주제는 소설을 깊이 있게 하지만 여기에는 반드시 피해야 할 함정도 도사리고 있다. 작가는 소설을 쓰면서 한 가지 주제를 택해 파고들고픈 유혹에 빠질 수 있다. 하지만 이런 소설은 평면적 인물, 설교 같은 문투, 세부 사항 부족, 진부한 이야기 같은 많은 문제를 일으킬 수 있다. 이런 함정들을 어떻게 피할 수 있을까? 이때 기억해야 할 원칙 하나가 있다. "인물이 주제를 전하게 하라." 이는 불변의 진리다.

인물을 충분히 발전시키고 그들이 추구하는 가치가 다른 것들과 충돌하는 소설 속 세계에 배치하자. 이 세계에서 인물들이 자연스럽게 그리고 열정적으로 싸워나갈 수 있게 하자. 그러면 주제는 큰 어려움 없이 드러날 것이다.

서브플롯

주제는 플롯을 따라 펼쳐져야 한다. 또한 카펫을 짜는 것처럼 일관되게 서로 통합되어 총체적으로 효과를 발휘해야 한다. 반드시 자연스러운 느낌이 들어야 한다. 이는 대부분 서브플롯을 통해 이루어진다.

서브플롯은 거의 주제와 관련이 있으며, 주인공이 깨달아야 할 내용에 관한 것을 다룬다. 메인플롯의 외적 행동은 계속해서 주인공을 여러 곤경에 빠뜨리는 반면, 주제와 관련된 서브플롯은 개인적이고도 내적인 문제에 집중한다.

예를 들어 살인범을 잡으려는 형사가 있다고 하자. 메인플롯에서 형사는 목격자를 만나고, 단서를 추적하고, 죽음을 모면하고, 동료와 싸우고, 반장에 맞서 싸우는 등의 일을 할 것이다. 동시에 그는 집안 문제로 골치를 앓고 있다. 그의 아내는 스트레스 때문에 술을 마시기 시작한다. 이는 아이에게 영향을 미치고 있다. 그의 결혼 생활은 아내의 바람을 들어주는 법을 알지 못했기 때문에 파탄 직전에 있다. 바로 이 집안 문제가 주제와 관련된 서브플롯이다.

이 소설의 주제는 "사랑하는 법을 배우는 것은 직업에서 성공하는 것만큼이나 중요하다"다. 주제와 관련된 서브플롯은 긍정적이거나 부정적인 분위기로 끝날 수 있고 여기에도 역시 숨겨진 의미를 담을 수 있다. 만일 소설의 마지막에 형사의 아내가 그를 버리고 떠난다면 부정적인 결말이지만, 주인공은 이런 쓰디쓴 경험을 통해서 교훈을 깨달을 것이다. 반면 이 교훈을 납득하지 못한다면 개인적으로 큰 타격을 입게 될 것이다. 또는 이 형사가 가정을 지키기 위해 자신의 직업적 성공 일부를 포기해야 한다는 걸 깨달을 수도 있다. 그러면 그는 아내와 화해하고 긍정적인 분위기로 끝날 것이다. 물론 교훈은 같다.

주제와 관련된 서브플롯은 소설의 깊이와 의미를 심화한다. 작가는 이를 통해 인생의 심오함을 표현할 수 있다. 심지어 주인공이 주제에 대한 아무 생각이 없다 할지라도 말이다.

상징과 모티프

상징과 모티프motif는 너무 꾸미지만 않는다면 플롯을 더욱 심화할 수 있다. 다시 강조하지만 자연스러움이 핵심이다. 상징은 무언가가 다른 무언가를 나타내는 것을 뜻하며, 모티프는 반복되는 이미지나 구절을 말한다.

노먼 매클린은 『흐르는 강물처럼A River Runs Through It』에서 물을 주요 모티프로 사용한다. 시작은 이렇다. "우리 가족에게는 종교와 낚시 사이에 명확한 구분이 없었다. 우리는 몬태나 서부의 송어가 많이 잡히는, 큰 강줄기들이 하나로 합쳐지는 곳에 살았다." 이 소설은 처음부터 물, 종교, 가족 사이의 관계로 시작한다. 낚시의 상징성은 말할 필요도 없다. 화자는 형이 큰 너럭바위에서 낚시하는 모습을 보면서 생각한다. "세계 전체가 물로 변한다." 이야기의 끝에서 화자는 말한다. "모든 것이 하나로 합쳐지고, 강은 그것을 뚫고 흐른다. 강은 세계의 큰 홍수로 끊기고, 시간의 밑바닥으로부터 바위를 넘어 흐른다. 나는 물에 흠딱 씌었다." 이 모티프는 처음에는 일상적인 것이었지만 끝에는 상징적인 것으로 변한다. 이 모티프가 이야기의 틀을 형성하면서 소설을 독특하게 만든다.

재닛 피치는 상징과 모티프를 얽어서 『화이트 올랜더』를 썼다. 우아한 자태와 매혹적인 향기가 있지만 치명적인 독을 품은 하얀 협죽도(올랜더)는 교도소에 갇혀서도 애스트리드의 삶을 통제하려는 어머니를 상징한다. "얼마 되지 않는 빛이라도 받으려고 애쓰는" 토마토는 여러 장애물에 직면한 애스트리드 자신을 상징한다. 이런 상징과 모티프가 이 소설을 여러 사건이 얽힌 단순한 이야기에서 인생, 사랑, 인간의 회복력을 전달하는 작품으로 바꿔준다.

리사 샘슨의 『삶의 끝 The Living End』에서 고래는 희망을 상징한다. 이 소설의 화자 펄 로렐은 평생의 동반자인 남편이 죽자 삶이 무척 고달프고 인생에 대해 회의적으로 변한다. 그녀는 남편의 소원이던 고래 구경을 위해 모험을 떠나는데 누군가 말한다. "이 모든 어려움을 헤치고 가는데 고래를 한 마리도 구경하지 못한다면 너무 끔찍할 거 같아." 이 말을 들은 펄은 생각하기 시작한다. "나에게는 확신이 있어. 인생은 겉보기보다 훨씬 가치가 있어. 당연하지. 꼭 고래를 보고 말거야." 다음 장면에서 펄은 고래 사진을 찍으며 말한다. "이 사진기로 사진을 찍은 게 몇 년 만이야."

다음은 내가 쓴 『약속 파기 Breach of Promise』의 시작 부분이다. 매디의 아버지가 딸과의 행복했던 시간들을 돌아본다.

TV에서 영화 「멋진 인생 It's a Wonderful Life」을 보던 어느 해 크리스마스였어. 매디는 네 살이었어. 다나 리드와 지미가 스튜어트 고등학교 졸업 댄스파티 후에 집으로 돌아오는 장면에서 〈버펄로 소녀들〉을 불렀지. 내가 매디를 쳐다보았더니, 그 애가 그 노래를 참 좋아하는 것 같았어.

"…… 그리이이이고 달빛 아래서 춤추었지."

지미와 다나가 노래를 부르고 있었어.

그때 매디가 나를 쳐다보았어. "우리도 할까?" 그때 폴라는 부엌에서 전화를 받고 있었어. 나 혼자 이 문제를 처리해야만 했고, 경험으로 매디가 예상치 못한 질문으로 나를 당혹스럽게 할 것을 알고 있었어.

"얘야, 뭘 하자고?"

"달빛 속의 사내와 춤을 추자고?"

"달빛 아래서."

"어쨌든, 아빠."

"우린 할 수 있어."

"지금?"

이런 일은 잠시 멈추고 곰곰이 생각해볼 것이 아니야. 하느님은 (대체로 이해가 빠르지 못한) 아빠들에게 꼬치꼬치 캐묻지 말고 아이의 요구를 들어주라는 본능을 주셨지.

"그래." 내가 말했어. 나는 매디를 소파에서 내려주었어. 반바지와 다저스 티셔츠를 입은 나와 토끼가 그려진 파자마를 입은 매디는 부엌의 폴라에게 우리가 지금 지붕에 올라갈 거라고 말했지. 귀에 전화기를 대고 있던 폴라는 허공에 손을 올려 조용히 하라고 했어.

나는 매디를 데리고 지붕 위로 올라갔어.

보름달이었어. 무척 커 보였지. 달빛이 언덕 위를 비추었고, 그 아래로 수백만 달러짜리 저택들이 저 아래 아파트를 멍하니 내려다보고 있었지. 리들리 스콧의 다음 영화에 나오는 스타와 2,000만 달러짜리 계약을 맺어 내가 폴라와 매디와 같이 살고 싶은 그런 집들 말이야.

그러나 그날 밤 나는 아파트 지붕 위에 있다는 사실에 전혀 개의치 않았어. 매디가 내 목을 따뜻한 팔로 끌어안았고, 나는 그 애와 춤을 추었어. 우리가 달빛 아래서 춤을 출 때 시간은 흘러갔지.

달과 춤은 화자의 기억과 이 소설의 마지막에서 반복적으로 나타나는 모티프다. 난 이런 식으로 소설을 쓸 계획이 없었지만, 이렇게 쓰고 난 뒤에 내가 쓰고 싶었던 거라는 점을 알게 되었다. 이 모티프는 나의 소설을 하나로 묶어주었고 내 마음속에 인상적인 이미지로 남았다.

주의를 기울이면 지금 쓰고 있는 소설에서 상징과 모티프를 찾을 수 있다. 감각적으로 세밀한 장면을 쓰고 꼼꼼하게 읽어보자.

LOCK 체계와 3막 구조로 장편소설 쓰기

오랜 시간을 다루는 소설의 경우에 길이는 또 다른 복잡한 문제를 일으킨다. 대하소설이나 역사소설 같은 장편소설을 쓰는 작가들은 500쪽, 800쪽 내지는 1,000쪽에 이르는 긴 소설에 독자의 관심을 어떻게 계속 붙들어 둘지 고민한다. 너무 길 경우 이야기가 잘못되거나 독자의 관심을 놓칠 가능성이 커지기 때문이다. 최고의 작가들도 종종 장황한 글쓰기의 심연에 빠진다.

문체나 표현 기법만으로 독자를 끝까지 끌어가기엔 역부족이다. 게다가 에피소드로 가득한 장편소설은 LOCK 체계나 3막 구조로 쓸 수 없는 것처럼 보인다. 그러나 곧 알게 되겠지만 이는 오해다.

역사소설을 예로 들어보자. 1860년대에 태어난 한 아일랜드인이 1920년대에 부패한 정치가로 출세하는 이야기를 쓰고 싶다고 가정하자. 그리고 배경은 아일랜드, 영국, 배, 보스턴, 마지막으로 뉴욕이다. 주인공이 뉴욕에서 출세하기까지의 과정이 몇 시대로 나누어질 것이다.

이야기가 전개되는 동안 주인공의 목표는 바뀔 수 있다. 시작 부분에서 그의 유일한 목표는 살아남는 것이다. 중간 부분에서 목표는 권력자를 친구로 사귀는 것이다. 결말 부분에서 목표는 권력을 차지하는 것이다. 이야기 흐름에 따라 적대자도 바뀔 수 있다. 고약한 이웃, 폭압적인 선장, 부패한 경찰, 시장 등이 될 수 있다.

이제 아이디어가 있다. 그렇지만 너무나 많은 재료와 방법 앞에서 옴짝달싹 못 할 수도 있다. 어떻게 하면 이렇게 복잡한 플롯을 읽을 만한 작품으로 만들 수 있을까? 이는 코끼리를 먹어치우는 것과 똑같다. 한 번에 한 입씩. 여기에서 한 입은 소설의 주요 부분을 이른다. 한 입씩 씹어 먹기란 오래되었지만 가장 믿을 만한 방법이다. 소설 쓰기에서 이에 해당하는 게 바로 LOCK 체계며 3막 구조다.

각각의 부분을 미니플롯이라고 간주하자. 이 역사소설에서 아일랜드가 배경인 부분은 주인공이 어려운 소년 시절에 런던으로 가는 여정을 그린다고 해보자. 게다가 이 부분을 중편소설 길이로 쓴다고 해보자. 여기에 LOCK 체계를 적용하는데, 다만 주인공은 장소로 바꾸고 완승은 독자가 다음 쪽도 읽게끔 만드는 유도하기로 바꾸자. 완승은 소설의 결말 부분에서 나오게 하면 된다. 이때 각 부분에 서브플롯을 넣으면 플롯을 복잡하게 만들 수 있다. 서브플롯의 인물을 각 부분에 걸쳐 등장시킴으로써 메인플롯과 이어지게 할 수 있다.

영화 「포레스트 검프Forest Gump」의 플롯 구성이 이와 비슷하다. 이 영화의 몇 부분은 포레스트가 젊었을 때를 보여준다. 그는 베트남에 파병되기도 하고, 탁구 대회에서 우승하기도 하고, 새우를 잡아 큰돈을 벌기도 한다. 그러나 포레스트와 제니라는 소녀와의 관계는 그 와중에도 계속 이어진다.

아래 표에서 주인공은 항상 아일랜드 소년 코너다.

장소	목표	대결	유도
아일랜드	아일랜드를 떠나기	아버지, 이웃	아버지에게서 도망
영국	일자리 찾기, 살아남기	경찰, 두목	누명을 쓰고 도망
배	처벌 면하기	악랄한 선장	배에서 탈출
보스턴	기회 찾기	부패 경찰, 경쟁자들	경찰관 살해
뉴욕 1	돈 벌기	동업자	사업 성공
뉴욕 2	권력 차지하기	정치 권력자	완승 결말

이제 이 부분들을 3막 구조로 분석해보자. 뉴욕에서의 첫 부분을 예로 들어보자. 이 부분의 1막에서 뉴욕에 도착한 코너는 같은 아일랜드 이민자 친구의 집에서 머무른다. 여기서 마음의 평정을 찾는다. 뉴욕의 이스트사이드에 위치한 낡은 공동 주택이 코너의 새로운 일상 세계가 된다.

그러나 친구는 집세를 내지 못해 쫓겨나고 코너 역시 거리에 나앉는다. 이는 갑작스러운 사건이며 안정을 찾은 코너의 일상 세계를 혼란스럽게 한다. 그리하여 코너는 이제 돈 벌기를 목표로 정한다. 미국에서 살아남으려면 돈이 제일 중요하다고 믿게 된다. 코너는 동업자가 되길 원하는 사람을 만난다. 그와 계약서에 도장을 찍는데, 이 일은 이 사건의 앞과 뒤를 연결하는 '되돌아갈 수 없는 관문'에 해당한다.

뉴욕 부분의 2막에서 코너는 동업자가 돈을 버는 방식에 의심을 품는다. 목표인 돈 때문에 성공과 실패를 오락가락한다. 그는 동업자가 그동안 자신을 속였다는 중요한 실마리를 발견하고, 그와 갈등에 빠져 엄청난 좌절을 겪는다. 이것이 두 번째 되돌아갈 수 없는 관문이고 3막으로 이끈다. 멋진 계략과 변호사의 도움으로 코너는 동업자의 사기죄를 밝혀내고 사업의 주도권을 잡는다. 갑자기 그는 권력의 맛을 보게 된다. 그다음에 그는 무엇을 할까?

이것이야말로 독자가 계속해서 소설을 읽게 하는 원동력이다. LOCK 체계와 3막 구조는 소설이 짧든 길든 상관없이 유용하다.

마법 같은 병렬 플롯

플롯 여러 개를 병렬하며 전개되는 소설들이 있다. 만약 이렇게 여러 플롯을 동시에 전개해 독자를 만족시키며 마무리한다면 '도저히 손에서 내려놓을 수 없는' 마법 같은 힘을 발휘할 수 있다.

병렬 플롯은 두 갈래 이상의 줄거리(플롯라인)가 같은 방향으로 전개되는 것을 뜻한다. 즉 메인플롯(주인공 등장)을 전개하면서 이와 나란히 플롯을 하나 더 전개하거나 여러 개를 동시에 전개하는 것이다.

피터 에이브러햄스의 스릴러소설 『팬The Fan』은 두 갈래 줄거리를 가진 소설이다. 한 갈래는 외판원인 길 레너드에 관한 것으로, 그의 삶이 어떻게 결딴나는지를 그리고 있다. 다른 갈래는 스타 야구선수인 바비 레이번에 관한 것으로, 그가 인생을 어떻게 헤쳐나가는지를 그리고 있다.

길은 나쁜 짓을 하지만 그에게 일어난 일이 우리에게도 일어날 수 있으므로 우리는 계속 소설을 읽어간다. 판매량은 줄어들고, 아이는 그에게 실망하고, 중요한 고객과의 약속을 지키지 못해서 판매처를 잃는다. 그는 전처와 결혼한 남자를 공격한다. 자신의 아버지가 세운 회사에서 쫓겨난다. 아내는 자신과 아들 주위에 그가 접근하지 못하게 법으로 금지한다. 그래서 길은 고향으로 돌아가서 범죄 조직과 연줄이 있는 어릴 적 친구와 어울리기 시작한다. 그는 친구와 함께 도둑질을 하고 마침내 살인까지 저지른다.

이 이야기가 전개되는 동안 우리는 이따금 정상급 야구선수 바비가 겪는 문제를 보게 된다. 길이 바비의 라이벌을 살해함으로써 바비의 삶에 끼어들 때까지, 그래서 수영장에 빠져 죽을 뻔한 바비의 아이를 구해준 후 정원사로 일을 하게 될 때까지. 독자는 두 갈래의 플롯 사이를 왔다 갔다 한다. 극도로 질 나쁜 스토커. 이 소설은 어떻게 끝날까?

스티븐 킹의 『스탠드』에는 같은 길을 따라가는 여러 갈래의 줄거리가 있다. 여러 줄거리가 점차로 겹쳐지다가 결국에는 클라이맥스에서 모두 합쳐진다. 딘 R. 쿤츠는 『시간의 그늘Strangers』에서 같은 효과를 만들어낸다. 이 소설의 플롯을 살펴보면 50쪽짜리 SF서스펜스에 불과하다. 그러나 다른 플롯을 병렬해 전개함으로써 작가는 이 소설을 700쪽짜리 대하소설로 바꾸었다.

> **모든 플롯을 탄탄하게**
>
> 플롯 여러 개가 복잡하게 얽히고설킨 작품을 쓰려면, 각각의 줄거리가 각 이야기의 무게를 지탱해줄 만큼 탄탄해야 한다. 한 줄거리가 처지면 그 효과는 반감된다. 독자는 그 줄거리로 돌아올 때마다 실망하면서 한숨을 내쉴 것이다. 그럼 어떻게 해야 할까? 모든 플롯에 LOCK 체계를 써야 한다. 독자가 계속 읽고 싶어 할 주인공을 창조해야 한다. 주인공의 행복에 꼭 필요한 삶의 목표를 정해줘야 하며, 마지막에 완승할 때까지 계속 싸울 힘도 줘야 한다.

구조와 형식으로 생기는 복합성

어떤 소설과 영화는 비순차적으로 전개된다. 즉 시간의 흐름을 따르지 않고 일반적인 3막 구조로 이야기가 전개되지 않는다. 그러나 이런 작품들 중에서도 최고는 LOCK 체계와 시작, 중간, 결말에 들어가는 정보가 '궁극적으로' 일관된 이야기다.

변호사이자 로스쿨 교수로서 나는 학생들에게 재판 과정에서 배심원들이 원하는 것은 무엇보다도 '이야기'라고 강조한다. 증언이 진행되는 동안 배심원들은 법 조항에 신경 쓰지 않는다. 그들은 무슨 일이 일어났는지 알고 싶어 한다. 그들에게 증거는 들쭉날쭉 제시된다. 배심원들은 대개 여러 증인이 한 사건을 다양한 관점에서, 그리고 뒤죽박죽으로 하는 이야기를 듣는다. 그러나 그들은 재판 내내 이 조각난 증거들과 증인들을 일관된 내러티브로 구성하려고 한다. 또한 변호를 마칠 때 변호사는 조각난 증언들을 하나의 내러티브로 짜서 여기에 법 조항을 적용하려 한다.

만약 작가가 비순차적 플롯을 쓴다면 독자들 역시 배심원이나 변호사와 똑같은 일을 한다. 하지만 이 일은 작가가 일관된 형식으로 플롯을 짰을 때에만 가능하다. 비순차적 내러티브를 가진 대표적인 작품은 영화 「시민 케인Citizen Kane」이다. 케인의 이야기는 그를 알고 있는 많은 인물의 기억을 통해 전해진다. 그래서 영화 속 이야기는 케인의 삶에서 여러 시기를 왔다 갔다 한다. 그렇지만 각각의 기억은 그의 삶 전체를 보여준다.

또 다른 예로는 존 D. 맥도널드의 『밤의 끝The End of the Night』

이라는 컬트소설이다. 네 명의 젊은이가 전국을 떠돌며 살인을 저지른다. 이야기는 시간의 흐름에 따라 전개될 수도 있지만 작가는 다른 방식으로 이야기를 풀어나간다. 도입부는 교도관이 에드라는 친구에게 보낸 편지다. 이 편지는 살인범 넷을 전기충격기로 처형한 사실을 설명한다. 이 편지는 매우 독특한 어조로 쓰였다. "내가 하고픈 이야긴 말이야, 그놈들이 죽어서도 사지를 쭉 뻗지 못했다는 게 정말 좋아죽겠어. 약 보름 간격으로 말이야. 어떤 놈은 사랑을 해본 적도 없는 것 같아. 하하." 이런 독특한 방식으로 독자는 첫 번째 이야기의 결말에 이른다.

1장은 전지적 작가 시점으로 쓰였다. 이 부분은 변호사 라이커 딤즈 오웬스에 대한 다큐멘터리 같은 느낌을 준다. "통찰력 있는 독자라면 알아차렸을 것이오"라는 예스러운 말투를 쓴다. 그런데 이 장은 오웬스가 쓴 비망록으로 바뀌면서 자연스럽게 1인칭 시점이 된다. 이 메모는 '이리떼'라는 별명을 가진 그의 소송 의뢰인 살인범들에 대한 묘사를 담고 있다.

2장은 이리떼 살인범들의 마지막 희생자인 헬렌 위스터에 대해 제3자가 설명한 글로 이루어져 있다. 3장은 이리떼 중 한 명인 커비 스타센이 사형수 수감동에서 쓴 일기를 소개한다. 1인칭 시점으로 그는 살인에 이르게 된 경위와 자신에 대해 이야기한다. 그다음의 몇 장은 오웬스의 메모, 3인칭 시점의 글, 스타센의 수감동 일기 사이를 왔다 갔다 한다.

각 장은 소설의 끝에 다다를 때까지 이야기를 조금씩 알려준다. 그리고 장마다 형식을 바꿈으로써 작가는 다른 분위기를 내는 효과를 만들었다. 이 소설을 읽어보길 권한다. 맥도널드는 플롯을 잘 짜는 훌륭한 작가다.

데이비드 모렐도 플롯을 잘 만드는 작가다. 그는 그가 쓴 작법서에서 이중상(두 개로 중복되어 보이는 상) 구조에 대한 그의 생각을 설명했다. 그의 소설 속 주인공 콜트레인은 사진가고, 소설의 주요 사건들은 그의 삶에 이중상이 있음을 드러낸다.

소설은 콜트레인이 전범 일코비치의 사진을 촬영하던 옛 보스니아에서 시작한다. 콜트레인은 목숨을 건 일에서 겨우 빠져나왔다. 소설의 배경은 현대의 로스앤젤레스로 바뀌고, 콜트레인은 죽음을 앞둔 전설적인 사진가 랜돌프 패커드를 만난다. 패커드는 콜트레인에게 프로젝트를 해볼 것을 권유한다. 결국 이 프로젝트는 콜트레인이 사고 싶어 하던 패커드의 옛집에 이르게 한다. 이 집 안에는 미스터리가 있다. 바로 아름다운 여인의 사진이다. 이 여인은 누구인가? 이상한 메시지가 콜트레인 앞에 나타나기 시작한다. 누군가 그를 놀리는 것처럼 말이다. 누가 그럴까? 95쪽에 이르러 그는 누군가가 일코비치라는 걸 알아내고 그를 추적한다. 그때부터 215쪽에 이를 때까지 콜트레인은 일코비치를 추적하고 마침내 죽인다. 이렇게 일치코비와 관련된 플롯이 미스터리 플롯에 끼어든다. 이제 이야기는 이 여인이 누구인지를 밝혀내는 플롯으로 돌아간다. 이중플롯인 셈이다. 이중상이기도 하다.

소설의 구조 속에서 할 수 있는 놀이는 다양하다. 다만 독자가 소설의 마지막 쪽에 이르렀을 때 무슨 일이 일어났는지 알아야 한다는 건 잊지 말자.

종이 위에 세 칸을 그리자. 첫 칸에는 주요 장면을 채울 세부 사항을 적는다. 가운데 칸에는 주요 인물을 적는다. 마지막 칸에는 주요 배경을 적는다. 그리고 세 칸 사이의 연결고리를 찾는다. 세부 사항을 인물과 장소에 연결하자. 또는 반대로 장소에서 인물로, 그리고 세부 사항을 연결해본다. 가장 잘 연결되는 두세 가지 연결고리를 선택해 모티프와 상징으로서 플롯 안에서 엮을 수 있는지 알아본다.

쓰고 싶은 소설의 의의를 생각해 이를 한 문장으로 써보자. 플롯을 짜는 동안 언제든지 할 수 있는 일이다. 초기 단계에서 하려거든 장면을 어떻게 발전시킬지 염두에 둔다. 다만 이때는 억눌려 있지 않도록 주의해야 한다. 메시지는 자연스럽게 나와야 한다.

음악은 소설에 어울리는 이미지를 떠올리는 데 큰 도움이 된다. 편안히 숨을 깊이 쉬자. 감동적인 음악을 고르자. 영화의 배경음악, 클래식 음악, 재즈, 어떤 것이든 상관없다. 가사에 매달리지 말자. 음악에 푹 안기자. 눈을 감고 이미지나 장면이 저절로 떠오르게 한다. 종이나 컴퓨터에 기록한다. 글을 쓰는 동안 이를 반복해서 연습한다.

9장

플롯 속의 인물:
인물 변화가
훌륭할수록
플롯도 훌륭하다

불멸의 존재에 대해 연구하자.
그러면 불멸의 존재가 인물 속으로 침투해 들어와
수세기가 지나도 작품이 신선하고
살아 있는 느낌이 들 것이다.

_러요스 에그리, 『창조적 작법』

훌륭한 플롯에는 훌륭한 인물이 있게 마련이다. 여기서는 인물을 창조하고 구체화하는 방법을 다루지 않을 것이지만, 가장 중요한 인물 변화character arc에 대해서는 짚고 넘어갈 것이다.

정말로 기억에 남는 플롯은 그저 사건이 아니라 인물에게 영향을 미치는 사건으로 이루어져 있다. 독자는 변화하는 인물, 즉 온갖 시련을 견뎌내고 결국 다른 사람으로 변화하는 인물에 환호한다. 『크리스마스 캐럴』에 나오는 스크루지 영감처럼 크게 변화할 수도 있고, 『바람과 함께 사라지다』의 스칼렛처럼 미묘하게 변화할 수도 있다(비록 레트를 잡아두기엔 조금 늦긴 했지만).

인물이 성장하는 만큼 플롯은 깊어진다. 사건이 생기면 인물은 영향을 받기 마련이다. 인물이 전혀 변화하지 않는 소설이 있을까? 물론 있다. 그러나 이런 소설들은 '오랫동안 읽히는 소설'이 되기 힘들다. 예를 들어 탐정소설에서 주인공은 잘 변화하지 않는다. 단지 다음 시리즈에서 다루는 사건이 달라질 뿐이다. 그러나 이런 시리즈 소설에서조차 세월에 따라 주인공이 변화한다면 단순한 오락거리를 넘어설 수 있다. 수 그래프튼의 킨제이 밀혼 시리즈와 로버트 B. 파커의 스펜서 시리즈가 그러한 예다.

인물을 변화하게 만들어 플롯을 심화하고 주제를 표현하자. 인물이 나쁜 일을 통해 무엇인가를 배우거나 고통을 겪는다면 이는 단지 소설에서 일어날 만한 일이 아니라 인생에서 실제로 일어날 만한 일이어야 한다.

인물은 어떻게 변해야 할까?

'인물 변화'는 소설이 전개되는 동안 인물의 내면에서 일어나기 때문에 '줄거리'와는 대비된다. 소설이 시작될 때 인물은 어떤 성격인지 그려진다. 인물과 주변에 여러 일이 생기고 이 일들은 이야기가 끝날 때까지 인물을 서서히 '변화'하게 만든다.

그리하여 변화의 끝에서 주인공은 완전히 다른 인물로 그려져야 한다. 예를 들어 영화 「오즈의 마법사」에서 도로시는 구름 속을 헤매는 몽상가로 시작한다. 그녀는 "무지개 너머"에 있는 더 나은 삶을 꿈꾼다. 그러나 이야기의 끝에서 도로시는 '집보다 더 좋은 곳은 없다'는 사실을 깨닫는다. 도로시는 '불만족'에서 시작해 '만족'으로 끝나는 180도 전환을 보여준다. 곧 몽상가에서 현실주의자로의 변화다. 이를 무엇이라고 표현하든지 간에 도로시는 인생의 교훈을 배웠기에 성장했다고 말할 수 있다.

인물 변화는 그럴듯하게 그려져야 한다. 그렇지 않으면 신뢰성이 떨어진다. 인물 변화에는 다음과 같은 일이 있어야 한다.

- 자신의 내면을 이해하기 시작하는 지점
- 반드시 거쳐야 할 관문(마지못해 거치더라도)
- 복잡한 내면에 영향을 미칠 만한 사건
- 심각해지는 상황
- 때때로 '에피파니epiphany(일상 속에서 순간적으로 깨달은 통찰, 각성)'를 통한 변화의 순간
- 변화의 결과

『크리스마스 캐럴』스크루지의 인물 변화

이제 인물 변화와 관련된 각각의 단계를 좀 더 자세히 살펴보자. 인물 변화를 보여주는 가장 좋은 예로 『크리스마스 캐럴』의 스크루지 영감을 살펴보자.

발단

스크루지는 처음 등장할 때 "쥐어짜고, 비틀어 짜고, 달려들어 긁어모아 꽉 움켜쥐는 욕심 많은 늙은이"로 묘사된다. 작가는 스크루지의 몸에 대해 신랄하게 묘사함으로써 그의 성격을 더 보여준다. 한 예로 구빈원을 위한 기부금을 모으려고 몇 사람이 스크루지의 가게를 찾았을 때 그는 이렇게 악담을 한다.

"신사 양반, 내가 바라는 것이 뭐냐고 물어서 그러는데, 이게 내 답이오. 나는 크리스마스에 행복해지고 싶지도 않고, 빈둥거리는

사람들을 행복하게 만들고 싶지도 않소. 이미 말했듯이, 나는 자선 기관에 기부금을 낸단 말이야. 그것만으로도 충분히 돈이 많이 든다오. 그러니 가난뱅이들은 거기에 가보는 게 좋을 거요.”

“많은 사람이 자선 기관에 가질 못하고 있어요. 그냥 죽어가고 있습니다.”

“만일 그들이 그냥 죽겠다면, 그게 훨씬 나을 거요. 그러면 쓸모 없는 사람들이 줄지 않겠소.” 스크루지가 말했다.

잠시 후 점원인 밥 크라치트가 스크루지에게 크리스마스 이틀 날 쉬고 싶다는 부탁을 한다. 1년에 단 하루다. 그렇지만 크라치트의 소박한 요청은 거절당한다. 이는 스크루지의 냉정한 성격을 잘 보여준다.

자아와 내면

우리 모두는 자신만의 자아를 갖고 있다. 우리의 감정적 기질, 성장 과정, 정신적 외상과 경험 등이 오랜 시간을 거치며 우리를 형성한다. 우리는 좀처럼 돌이켜보지 않지만, 그래도 각자의 특별한 자아는 언제나 있기 마련이다.

우리는 자아를 지키기 위해 무엇이든 한다. 대체로 사람들은 변화를 좋아하지 않기 때문이다. 그래서 우리는 본질적 자아와 조화를 이루는 여러 층의 내면으로 자아를 감싼다. 이 층들은 안쪽에서부터 신념, 가치, 태도, 생각 등으로 이루어지고 겉으로 갈수록 점점 더 유연해진다. 그래서 바깥층이 변화하기 가장 쉽다.

예를 들어 신념보다는 생각(견해)을 바꾸는 게 훨씬 쉽다.

그러나 한 층에 변화가 나타나면 이는 물결을 일으키기 마련이다. 예를 들어 생각이 바뀌면 다른 층에도 영향이 미칠 수 있다. 처음에는 큰 여파가 없을 수도 있다. 그러나 생각이 바뀌면 천천히 태도가, 가치가, 결국에는 신념이 바뀔 수 있다. 반면에 급작스럽게 신념이 바뀌면 자동적으로 다른 층에 영향을 미친다. 왜냐하면 신념이 바뀐다는 건 강력한 전환점이기 때문이다.

[인물 변화의 파장]

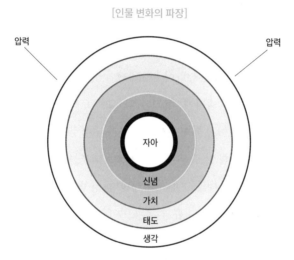

외부에서 시작된 압력은 각 층을 관통한다.
바깥층이 변하면 가운데 자아도 자동적으로 변한다.

『크리스마스 캐럴』의 시작 부분에서 스크루지의 자아는 어떻게 묘사되는가?

그는 구두쇠고 염세가다. 돈을 좋아하지만 사람은 싫어한다.

그는 사랑과 자선은 아무 쓸모없다고 굳게 믿는다.

그는 사람보다 돈에 가치를 둔다.

그는 이득이 선행보다 중요하다는 태도를 갖고 있다.

성탄절을 점원들이 사기 치는 데 써먹는 핑곗거리로 여긴다.

스크루지를 새로운 사람으로 만들려면 이 층들이 흐트러져야 한다. 어떻게 해야 이런 일이 생길 수 있을까? 『크리스마스 캐럴』에서 스크루지는 유령을 만나 변화한다. 성탄절 전날 밤에 세 유령이 스크루지를 차례로 찾는다. 첫 번째 유령은 과거의 크리스마스 유령으로 스크루지가 잘 알고 있는 장소로 데려간다.

"세상에!" 손뼉을 치고 주변을 둘러보며 스크루지가 말했다. "이곳에서 내가 자랐어요. 이곳에서 난 꼬마였어요!"

유령은 그를 온화하게 쳐다보았다. 그 부드러움은 가볍고 눈 깜짝할 사이에 벌어진 일이었지만, 늙은이의 감정에 여전히 남아 있는 것처럼 보였다. 스크루지는 공기 중에 떠도는 수천 가지 냄새를 알 수 있었다. 각각의 냄새는 오래전에, 너무도 오래전에 잊었던 수천 가지 생각, 희망, 기쁨, 걱정과 이어졌다.

"입술이 떨리는구나." 유령이 말했다. "빰에 무엇이 난 거야?"

스크루지는 목소리가 잠긴 채로 여드름이라고 중얼거렸다. 그리고 유령에게 자신을 어디로 데려갈 것인지 물었.

스크루지가 울고 있다! 고집불통에 냉혈한으로만 보였던 인물이 어린 시절을 잠시 뒤돌아보고는 오랫동안 잊고 지냈던 감정을 떠올린다. 이 감정이 그에게 영향을 미친다. 그는 유령의 관심을 다른 데로 돌리려고 한다. 이것이야말로 냉정하고 배려심이 전혀 없는 노인의 내면 어딘가에서 따뜻한 인간성이 다시 나타날 수도 있다는, 작지만 처음으로 나타난 변화의 징후다.

유령은 스크루지가 점원 생활을 했던 페지위그 아저씨 가게로 데려간다. 페지위그 씨가 점원들에게 얼마나 잘해주었고, 또 얼마나 기쁨을 가져다주었는지 스크루지는 생각해낸다. 이 기억은 자신의 가게 점원인 크라치트와의 관계를 돌아보게끔 한다. 그리고 소설의 시작 부분에서 마구 혼냈던 크라치트에 대한 태도가 누그러진다. 스크루지의 바깥층에 변화가 나타나기 시작한다. 이를 통해 플롯은 더욱 더 발전한다.

충격적 사건

현재의 크리스마스 유령이 스크루지를 데려간 곳은 크라치트의 집이다. 스크루지는 이곳에서 가난한 크라치트의 가족이 크리스마스를 기쁘게 맞는 모습을 본다.

"신의 은총이 모든 이에게!" 마지막으로 꼬마 팀이 말했다.

꼬마는 아버지의 옆자리 작은 의자에 앉았다. 아이가 무척 사랑스러운 듯, 그리고 자신 옆에 아이를 데리고 있으려는 듯 그리고 아이를 잃어버릴지도 모른다는 두려움에 밥은 팀의 작고 마른 손을 꼭 잡았다.

"유령님, 꼬마 팀이 살 수 있을까요?" 전에는 가져본 적이 없던 관심이 생겨 스크루지가 물었다.

"빈자리가 보이는군." 유령이 말했다. "초라한 굴뚝 옆에 주인 잃은 목발이 가지런히 놓여 있네. 만일 미래에도 이 죽음의 그림자가 바뀌지 않는다면, 그 아이는 죽게 될 거야."

"안 돼요, 안 돼요, 정말 안 돼요. 인정 많은 유령님! 제발 그 아이가 죽지 않는다고 말해주세요." 스크루지가 외쳤다.

여기서 우리는 스크루지의 더 깊은 내면으로 들어가게 된다. 그에게 "전에 가져본 적이 없던" 관심이 생긴다. 죽음의 그림자가 자신들의 임무를 수행하고 있다.

현재의 크리스마스 유령이 떠나기 전에 스크루지는 놀라운 모습을 하나 더 본다. 유령의 옷 아래 가난과 빈곤에 찌든 두 아이가 있다.

"이 아이들에게는 쉴 곳이나 돈이 전혀 없나요?" 스크루지가 물었다.

"교도소가 있지 않을까?" 유령이 스크루지를 향해 몸을 돌리며 마지막 순간에 말했다. "아니면 구빈원이 있지 않을까?"

시계종이 12시를 알렸다.

이 장면에서 스크루지는 소설의 시작 부분에서 자신이 언급했던 교도소와 구빈원을 뇌리에 떠올린다. 이런 게 바로 인물을 변화시키는 강력한 방법이다. 모티프를 반복하거나 주인공이 '예전의 자신'과 대면하게 만들면 독자는 주인공을 변화시킬 강력한 압력을 알아차릴 수 있다. 그러나 이러한 변화의 순간은 잘 드러나지 않는 것이 좋다. 찰스 디킨스가 활동하던 시대에는 이러한 글쓰기가 받아들여졌을 것이다. 하지만 지나치면 감상적인 통속극으로 빠질 수 있다. 이에 대해서는 뒤에 다시 언급하겠다.

혼란 심화

이제 스크루지가 새로운 사람으로 변화할 시점에 이른다. 최후의 혼란은 미래의 크리스마스 유령이 사람들에게 경멸받는 한 노인의 쓸쓸한 죽음을 보여줄 때 일어난다. 그리고 스크루지에게 크라치트의 가족을 다시 보여주는데 이때 꼬마 팀이 죽었다는 사실이 드러난다. 그다음에 유령은 스크루지를 묘지로 데려가서는 한 묘비를 가리킨다. 이 충격으로 스크루지는 마침내 변화한다.

"유령이시여!" 그는 울면서 유령의 옷자락을 꽉 잡았다. "제발 제 말 좀 들어보세요! 이제 난 예전의 내가 아니에요. 이번 일로 저는 다시는 지난날의 저로 돌아가지 않을 거예요. 희망이 모두 물 건너간 것이라면, 왜 제게 이런 것들을 보여주시는 건가요?"

처음으로 그의 손이 떨리는 것처럼 보였다.

"마음씨 좋은 유령이시여." 땅바닥에 털썩 주저앉으며 그가 계속 말했다. "당신의 착한 본성에 애원하니 제발 절 불쌍히 여겨주세요. 저의 변화된 삶으로 당신이 제게 보여주었던 죽음의 그림자를 바꿀 수 있다고 말해주세요!"

인정 많은 손이 떨렸다.

"저는 온 마음으로 크리스마스를 경배하고 1년 내내 크리스마스처럼 지낼 거예요. 저는 과거와 현재와 미래에서 동시에 살겠어요. 제 안에서 세 유령이 계속 저를 자극해줄 거예요. 저는 그들이 알려준 교훈을 잊지 않겠어요. 오, 이 묘비에 쓰인 글을 씻어 없앨 수 있다고 말해주세요!"

그는 몸부림치며 유령의 손을 잡았다. 유령이 그의 손을 뿌리치려고 했지만, 스크루지의 간청은 너무도 간절했고, 이대로 유령의 손을 놓을 수 없었다. 그러나 유령은 더 강하기에 그를 뿌리쳤다.

자신의 운명을 바꿔달라고 마지막 기도를 드리려 손을 모았을 때, 스크루지는 유령의 옷과 두건에 나타난 변화를 알아차렸다. 유령은 침대 가장자리에서 쪼그라들어 사라졌다.

영향(결과)

스크루지는 자신이 새로운 사람이 되었다고 선언한다. 그러나 이것만으로 충분하지 않다. 변화를 증명하는, 그리고 진정으로 결과를 보여줄 수 있는 어떤 행동이 나타나야 한다.

우선 침대에서 뛰어나오며 행복을 만끽하는 스크루지는 더 이상 예전의 그가 아니다. 그는 창가로 가서는 지나가는 아이를 불러 세운다. 제일 좋은 칠면조를 사다 달라고 부탁한다.

"이 칠면조를 밥 크라치트에게 보내야지!" 손을 비비며 웃음을 터뜨린 스크루지가 중얼거렸다. "누가 이 칠면조를 보냈는지 밥은 모를 거야. 이것은 꼬마 팀보다 두 배쯤 크겠는걸."

이는 행동이다. 이로써 스크루지가 달라졌다는 게 증명된다. 보여주기는 계속된다. 전날에 찾아와 기부를 요청했다가 거절당한 두 사람을 다시 만났을 때 스크루지는 기부를 한다. 그리고 조카와 함께 식사를 하고 다음 날에는 크라치트의 월급을 올려주고 그의 가족을 도와주기로 한다. 그래서 이 위대한 소설의 마지막 부분에 다다르면 우리는 스크루지의 변화를 믿게 된다.

스크루지는 약속한 것보다 더 많은 일을 했다. 그는 자신이 한 말을 모두 지켰고 훨씬 많은 일을 했다. 죽지 않은 꼬마 팀에게는 양아버지가 되어주었다. 그는 좋은 친구, 좋은 주인, 좋은 사람, 그리고 좋은 마을 사람과 좋은 시민이 되었고…… 그리고 마치 산 사람 중에 누군가 정말로 그 사실을 알고 있기라도 하듯이, 스크루지는 크리스마스를 어떻게 보내야 하는지 정말 잘 알고 있는 사람이라는 이야기가 돌았다. 우리에 대해, 우리 모두에 대해 진실하게 말해지길! 그리고 꼬마 팀이 말했듯 신의 축복이 우리에게 내리길, 모두에게 내리길!

인물은 각성하거나 깨달아야만 할까?

『크리스마스 캐럴』은 인물이 변화하는 이야기므로 비트도 그 목적에 맞춰 짜여 있다. 사실 많은 소설에서 인물 변화는 좀 더 은근히 또는 좀 더 미묘하게 나타난다. 그렇게 해도 문제는 없다. 앞서 언급한 단계를 밟아나가면 된다. 그러나 에피파니, 즉 '변화의 순간'을 더욱 열심히 준비해야 한다. 에피파니는 갑작스럽게 나타나 우리가 세상을 보는 방식을 바꾸게 하는 순간을 의미한다.

이러한 에피파니의 순간에는 과도하게 감정을 드러내지 않도록 조심해야 한다. 에피파니와 깨달음은 때때로 절제해서 표현할 때 가장 잘 드러나는 법이다.

사실 에피파니를 전혀 쓰지 않아도 문제는 없다. 변화의 순간은 변화가 일어난 '다음의 사건'으로 '암시'할 수 있기 때문이다. 다시 말해 인물 변화는 압박이 뒤따르는 것으로 증명할 수 있다(낸시 크레스는 이를 '검증'이라고 했다). 이것이야말로 인물 변화를 틀에 박히지 않게 다루는 방법이다.

내가 쓴 『데드록Deadlock』에서 밀리 홀랜더는 대법원 판사로 무신론자다. 그런 그녀를 심각한 압박하는 일이 생긴다. 워싱턴으로 돌아가는 비행기에서 엄청난 사건이 벌어진다. 이 부분을 잠시 살펴보자.

비행기가 안개 어스레한 지옥세계로 날아올랐다. 밀리는 숨을 깊이 들이마시고 창밖을 내다보며 바깥만큼 불분명하다고 느꼈다.

여러 이유로 오늘은 휴식을 해야 했다. 그녀의 몸이 다시 좋아졌다. 그녀는 어머니와 소중한 시간을 같이 보냈다. 어머니와 이렇게 통할 것이라고 꿈에도 생각하지 않았다. 그리고 그녀는 법원장이라는 일생일대의 일을 맡으러 워싱턴으로 돌아가는 중이다.

그런데 왜 이렇게 불안한 걸까?

그녀는 스튜어디스가 나누어 준 이어폰을 꽂고, 다이얼을 이리

저리 돌려서 클래식 음악을 틀었다. 그런데 이게 무슨 음악이더라. 베토벤의 교향곡 9번 〈환희의 송가〉의 한가운데였다. 아름다운 베토벤의 음악이 울렸다.

아름다움.

그녀는 머리를 젖혀 음악이 자신을 휩쓸고 가게 했다. 그리고 밖을 다시 내다보았다. 솟아오른 비행기가 안개 밖으로 나오자 햇빛이 비쳤다. 갑자기 맑은 하늘이 펼쳐졌다. 푸른색 중에서도 가장 푸른색 하늘이었고, 그 위로 천사의 놀이터인 듯 폭신한 구름이 보였다.

음악 소리가 점점 더 커졌다.

그녀의 안에서 뭔가가 열렸다. 마치 바람을 가득 맞은 돛처럼 팽창감이 물밀듯이 들어왔다.

그녀는 이어폰을 손으로 감싸고는 꽉 눌러 온갖 생각과 느낌을 몰아내려 했다. 그러자 음악 소리가 귀 안으로 더 크게 밀려들어왔다.

그러나 그녀는 생각을 멈출 수 없었다. 짧은 한순간, 그렇지만 견뎌낼 수 없을 정도로 강렬한 한순간, 그녀는 문이 활짝 열린 것처럼 느꼈고 미칠지도 모르겠다고 생각했다.

이렇게 이 장면은 끝이 난다. 그리고 이야기는 시간이 한참 흐른 뒤로 장면이 전환되고 비로소 비행기에서 느꼈던 감정의 결과가 펼쳐진다. 작가는 변화가 일어난 그 순간 변화를 설명하지 않았다. 대신에 긴장감을 위해 약간의 여지를 남겨두었다가 나중에 그 의미를 설명했다.

> ### 인물의 신념 변화
>
> 인물 변화는 인생을 바라보는 태도를 바꿀 교훈을 통해서도 일어난다. 하퍼 리의 『앵무새 죽이기』 결말에서 화자인 스카우트는 아버지 애티커스가 무엇을 가르쳐주려고 했는지를 깨닫는다. "우리가 사람들을 잘만 본다면" 대부분의 사람은 다 멋지다. 인물의 주요 신념이 무엇인가를 고려하자. 그리고 인물에게 새로운 '삶의 교훈'을 가르쳐줄 사건을 생각해내자.

한눈에 보는 인물 변화표

인물 변화를 알아볼 수 있는 간편한 방법은 표를 그려 소설의 주요 비트를 적는 것이다. 이는 주요 시기별로 인물의 내면을 묘사하는 일이기도 하다.

한 범죄자의 삶에 일어난 중요한 네 가지 사건 즉 범죄 행위, 구치소 감금, 재판과 판결, 교도소 수감을 그린다고 가정해보자. 이때 인물 변화표는 네 칸으로 그리면 된다.

첫 칸은 범죄 행위를 적는다. 그 아래 인물이 어떤 사람인지 성격을 간단하게 묘사한다. 마지막 칸은 교도소 수감이다. 여기 아래에는 인물이 마지막에 어떻게 변해 있기를 원하는지 적는다. 무엇이 그의 삶의 교훈이 될까? 그가 변화하게 된 이유는 무엇일까?

이제 마지막 칸으로 나아가는 과정을 보여줄 다른 칸을 채워 보자. 이 부분에서 주인공이 적절한 역경을 겪어야만 최종 결과에 필연성이 생긴다. 이렇듯 인물 변화를 표로 그리면 인물의 내면에 생길 변화를 어떻게 보여줘야 할지 알 수 있다. 그리고 소설은 더욱 깊이 있어진다. 인물 변화가 훌륭할수록 더 좋은 플롯을 쓸 수 있다. 기억에 남을 변화가 자연스럽게 흘러나오도록 애쓰자. 언제나 쉽지 않겠지만 독자는 이러한 작가의 노력에 감탄할 것이다.

범죄 행위	구치소 감금
주인공은 동정심이 없고 냉소적이다.	괴롭힘을 당하지만 도움을 받는다. 다른 죄수에 대한 생각이 바뀐다.
재판과 판결	교도소 수감
피해자와 대면한다. 증인들의 말에 따르면 인생을 허비했다. 내면의 변화가 생긴다.	세상에는 동정과 연민이 필요하다. 교도관을 대하는 태도가 변한다.

주인공에게 큰 변화가 일어나는 소설을 분석해보자. 『크리스마스 캐럴』은 고전이다. 주인공이 큰 도전을 맞게 되는 주요 문단에 밑줄을 긋는다. 주인공을 변화시킬 도전에 표시를 한다.

지금 짜고 있는 플롯의 시작 부분에 주인공의 성격을 간략히 적어보자.

- 신념
- 가치
- 태도
- 생각

플롯의 전개 과정 중에서 이 요소들을 변화시키거나 뒤흔들 사건으로 뭐가 있을지 떠올려 보자.

인물 변화를 표로 그려보자. 윗줄에는 주인공의 내면에 변화를 가져올 만한 주요 사건을 쓴다. 아랫줄에는 그 결과로 주인공에게 생길 일들을 쓴다.

10장 ——————————— **구성:
개요를
미리 짜는 게
좋을까?**

극적인 인물, 창의적인 줄거리, 재미있고 강렬한 상황은
우연히 또는 운으로 만들어지지 않는다.
명작을 쓴 작가들은 자신의 직업에 필요한 기술을
열정적으로 배운 덕에 상상력과 경험의 힘을
자유자재로 구사한다.

_레너드 비숍, 『훌륭한 작가가 되려면』

1173년 이탈리아의 천재 건축가 보나노 피사노가 꿈의 건물을 세우기 시작했다. 그것은 피사 대성당의 종탑 건축이었다. 짓기 시작한 지 2년도 안 되어 엄청난 문제에 봉착하게 된다. 종탑이 기울기 시작한 것이다. 종탑의 설계에는 아무 문제도 없었다. 문제는 기초였다. 지반이 너무 약했던 것이다. 어떤 후속 조치도 이 문제를 바로잡지 못했다.

이러한 일이 소설 쓰기에서도 발생할 수 있다. 확실한 기초를 세우지 못하면 이야기는 맥없이 주저앉을 수 있다. 글을 쓰기 전에 쓰고자 하는 이야기에 집중해 고민한다면 이러한 문제를 피할 수 있다.

개요를 잡을까? 잡지 말까?

소설을 처음 쓰는 작가가 가장 자주 하는 질문 중 하나는 "소설을 쓰기 전에 완벽한 개요outline를 잡아야 하나요?"다. 그리고 또 다른 질문은 "만일 그렇다면 그 개요는 얼마나 포괄적이어야 하나요?"다.

역사적 관점에서 개요를 잡지 않는 작가와 개요를 잡는 작가 사이에 벌어진 오래된 불화를 들여다보자.

개요를 잡지 않는 작가들은 글을 쓸 때 상상력의 꽃밭에서 장난치기를 좋아하는 사람들이다. 이들은 머릿속에서 인물과 이미지가 제멋대로 자라나도록 둔다. 이를 따라가며 모험을 기록할 뿐이다.

레이 브래드버리는 개요를 잡지 않는 작가다. 『화성으로 날아간 작가』에서 그는 말한다.

기억하라. 플롯은 인물이 목적지를 향해 달려간 이후 눈에 남은 발자국에 지나지 않는다. 플롯은 사전이 아니라 사후에 관찰된다. 플롯은 행동을 앞설 수 없다. 행동이 끝났을 때 남아 있는 기록이 플롯이다. 모든 플롯이 그래야 한다. 달리고, 달리게 하고, 목표에 닿게 하는 것은 인간의 욕망이다. 욕망은 무표정일 수가 없다. 오로지 역동적일 수밖에 없다.

개요를 잡지 않는 작가가 되면 매일매일 사랑에 빠지는 기쁨을 누릴 수 있다. 그러나 사랑과 인생처럼 이런 글쓰기는 똑같이 아픔을 겪게 한다. 즉 돌아보았을 때 플롯이라고 할 만한 것을 전혀 발견하지 못했을 때 마음에 상처가 생길 것이다. '생생하게 살아 있는 글을 썼다. 그래! 근데 이걸 어떻게 결합하지?' 몇몇 문장은 보석처럼 찬란히 빛나기까지 할 것이다. 다만 플롯 없는 황무지에 흩어져 있을 뿐이다.

개요를 잡는 작가들은 무엇보다도 안전성을 추구한다. 이들은 최대한 구체적으로 플롯을 잡는다. 색인카드를 마룻바닥에 펼쳐놓거나 벽에 붙여놓고는 글을 쓰기 전에 수차례에 걸쳐 형식을 새로 잡곤 한다. 또는 현재 시제로 40, 50쪽에 달하는 구체적인 트리트먼트treatment를 먼저 쓴다. 트리트먼트는 장소에 따라 인물과 주요 사건 등을 정리한 원고를 뜻한다. 장면별로 줄거리를 적은 것이다. 그리고 이를 편집한다. 그러고 나서야 그들은 진짜 소설을 쓰기 시작한다.

앨버트 저커먼은 개요를 잡는 작가로서 『베스트셀러 소설 쓰기Writing the Blockbuster Novel』에서 이렇게 말했다.

제정신이라면 설계도면 없이 마천루 빌딩 또는 집을 지을 생각을 하지 않을 것이다. 잘 쓴 소설은 시작에서 끝까지 스스로 지탱할 정도로 튼튼한 대들보와 서까래 역할을 하는 문학적 장치를 갖고 있다. 또한 어떤 종류의 건물이든 복잡한 수많은 연결고리를 갖고 있는 것처럼, 소설도 그래야만 한다.

경험에서 알 수 있듯이 개요를 잡으면 플롯은 잘 짜이게 마련이다. 강렬한 지점들과 느슨한 지점들을 적절하게 잘 배치한다면 잘못된 부분은 없을 것이다. 그러나 개요를 잡으면, 개요를 잡지 않을 때 생길 수 있는 신선함과 자연스러움을 얻지 못할 수 있다.

또한 개요를 잡는다 해도 인물들이 처음에 계획하지 않았던 일을 하게 하려고 애쓰는 상황에 빠질 수 있다. 또한 개요를 잡는 작가는 인물들을 다그쳐서 자신이 원하는 대로 이끌기 위해 고군분투해야 한다. 그러나 그렇게 해도 결국에는 원래의 플롯에서 약간씩 어긋나기도 한다.

유일한 원칙은 없다

소설의 기초를 닦는 데 유일하며 거역할 수 없는 방법은 없다. 실제로 소설을 잘 쓰는 작가도 각자 다른 방법을 쓰고 있다.

『호스티지』과 『마지막 탐정The Last Detective』의 저자 로버트 크레이스는 초안을 잡는 작가로서 스스로를 '구성 작가'라고 부른다. 그는 자신이 원하는 이야기와 장면을 쓰기 전에 이에 대해 가능한 한 많이 알고자 한다. 그렇지만 그의 소설 역시 예기치 못한 사건과 상황을 담고 있다.

이와 반대로 엘리자베스 버그는 개요를 잡지 않는 작가로 『활동 범위Range of Motion』와 『결코 변하지 말라Never Change』를 썼다. 그녀는 일목요연하게 정리한 계획보다는 '느낌'으로 글을 쓴다. 그녀에게 소설 쓰기는 자신의 내면에 이미 있었지만 깨닫지 못하던 것을 매일매일 발견하는 재미에서 시작한다.

수많은 베스트셀러를 쓴 데이비드 모렐은 개요를 잡는 작가와 잡지 않는 작가 중간쯤에 속한다. 그는 마음속에 어떤 주제가 떠오를 때 자신에게 자유로운 형식으로 편지를 쓰곤 한다. 그는 매일 새롭게 떠오르는 것을 덧붙이고는 그것이 어떤 식으로 변하든지 내버려둔다. 이 방법은 무의식과 상상력을 풍부하게 만들어 심오한 구조를 만든다. 그는 이렇게 말하기도 했다. "나는 이야기의 드라마에 나를 맡긴 채 놀라운 일들이 벌어지게 놔둔다. 사실 내가 예상치 못한 부분이 어떤 장면에서 가장 중요한 부분이 될 때가 많다. 나는 독자를 즐겁게 하고 싶은 만큼 나 자신도 즐기려 노력한다."

제리 B. 젠킨스는 『레프트 비하인드Left Behind』를 쓴 베스트셀러 작가다. 이 소설은 총 열두 권짜리 시리즈다. 이런 연작 소설을 쓰는 동안 작가가 길을 잃지 않으려면 당연히 방대한 개요를 갖고 있어야 할 것이다. 그러나 젠킨스는 그렇게 하지 않았다. "내 소설의 구조는 직관에 따릅니다. 나는 처음부터 끝까지 순차적으로 원고를 써요. 본능적으로 한 관점에서 다른 관점으로 건너뛰면서 말입니다. 사람들이 그런 내 소설을 잘 짜였다고 봐주니 감사하지만, 내게 미리 만들어놓은 설계도는 없어요." 독자들이 "인기 많은 인물을 죽게 하는 이유가 무엇이냐"고 묻자 그는 이렇게 대답했다. "내가 죽인 게 절대 아니에요. 나도 그가 죽었다는 걸 알게 되었지요."

두 가지 모두 시도하자

개요를 잡을 것인지 말 것인지는 각자 선택할 일이지만, 이 두 가지 방식 모두 해보는 게 좋다.

예를 들어 개요를 잡지 않는 작가에게는 초고가 자세한 개요일 수가 있다. 이 초고가 플롯을 위한 탐색 노트인 셈이다. 일단 초고를 다 쓴 뒤 한 발 물러나 살펴보면서 플롯을 더욱 탄탄하게 만들기 위해 개요를 짤 수도 있다. 이를 위해 할 수 있는 가장 쉬운 방법은 초고를 다시 읽고 두세 쪽에 이르는 시놉시스를 쓰는 것이다. 그리고 소설에 맞는 구상안이 잡힐 때까지 플롯을 다시 세우고 시놉시스를 편집한다. 그러면 개요를 잡지 않는 방식에 걸맞은 수정 원고를 쓸 준비가 끝난다. 브래드버리의 충고처럼, 원고를 다시 쓰는 게 아니라 '되살려야' 한다.

반대로 개요를 잡는 작가에게는 개요가 간단한 초고일 수도 있다. 원고 형식의 개요를 만들 때는 열정적으로 그리고 재미있게 쓰는 게 좋다. 이때 계획하지 않은 일들이 생기면 내버려두면 된다. 만약 카드에 개요를 정리한다면 엉뚱한 생각이나 별의별 아이디어까지 모두 적자. 그리고 카드를 모아서 섞어보자. 어떤 이야기가 보이는가? 그리고 난 뒤 개요의 성격에 따라 개요를 단단히 조이자. 이때 이성적인 좌뇌는 도저히 생각해낼 수 없는 것들도 떠올려 넣자.

위의 방법들 중에서 자신에게 적합하다고 느껴지는 것을 쓰면 된다. 다만 글을 쓰기 전에 다음 두 가지를 시도해보자.

1. LOCK 체계를 활용한다

앞서 1장에서 설명했듯이, LOCK 체계는 소설의 기초를 탄탄하게 만들어준다. 만약 이야기에 명백한 약점이 있다면 이 단계에서 드러날 것이다. 소설을 쓸 충분히 준비가 될 때까지 LOCK 체계를 활용하자.

2. 뒤표지 문구를 쓴다

뒤표지에 실을 글을 써보자. 이 글은 서점에서 소설을 집어 들 독자를 유혹하기 위한 광고 문구이기도 하다. 이 문구는 스스로도 흥미가 느껴져야 하며 앞으로의 글쓰기에 진전을 일으킬 수 있는 단락들이어야 한다. 이때 믿을 만한 친구들에게 뒤표지 문구를 보여주고 그들의 의견을 들어보자. 흥미롭지 않다고 해도 실망하지 말자. 개요를 잡는 데 온 시간을 들이기 전에 수정할 기회를 얻은 것이라고 여기자.

아래는 뒤표지 문구 예시다.

샘 존스는 명예를 잃은 경찰관이다. 그는 술에 빠져 마침내 가족에게마저 버림받는다. 그런 그가 수년 내 발생한 가장 큰 살인 사건을 맡게 된다. 섬뜩한 방법으로 살해당한 시장의 살인 사건이다. 시장의 정적이 용의자로 조사를 받는다. 이 사건은 샘을 구렁텅이에서 구해낼 수도 있다.

그러나 진실에 접근할수록 사건은 점점 더 미궁에 빠진다. 게다가 살인 청부업자가 그와 그의 가족을 스토킹한다. 메시지는 분명하다. 조사를 그만두지 않으면 목숨을 잃을 것이다.

과연 샘은 살해 위협을 벗어나 시장을 죽인 범인을 알아낼 수 있을까? 또한 가족을 구해낼 수 있을까? 만일 그렇다면, 그는 어떤 대가를 치러야 하는가?

뒤표지에 실릴 글에 플롯 요소를 더해보자. 그러면 점점 더 구체적인 글이 될 것이다. 만족할 때까지 이 문단을 더욱 다듬자.

중요한 건 뒤표지 문구가 플롯을 짤 때에도 매우 유용하다는 점이다. 그러니 소설을 쓰기 전에 뒤표지 문구는 꼭 써보는 게 좋다(자세한 작성법은 부록 II를 참조하자).

이제 우리는 플롯을 짤 준비가 되었다.

개요를 잡지 않고 소설을 쓴다면

자신이 개요에 전혀 의존하지 않는 작가라면 플롯 짜기 같은 작업은 필요가 없다고 생각할 수 있다. 하지만 반드시 그렇지만은 않다. 오히려 좌뇌 훈련을 조금만 잘하면 문학적 천재성을 발휘하며 상상의 나래를 더욱 펼칠 수가 있다. 걱정할 필요가 없다. 플롯을 짜면서도 모든 자유와 창조의 기쁨을 맛볼 수 있다. 창조적 혼돈에 약간의 질서를 덧붙인다면 그 결과는 최고에 이를 수 있다.

1. 글쓰기 분량을 정한다

매일 글을 쓰자. 되도록 매일 쓰자. 만일 그날 분량을 채우지 못했다면 책상을 떠나지 않는다. 많은 작가가 하루에 원고지 15매 정도 쓰는 게 가장 적절하다고 한다. 자신에게 맞는 분량을 찾아야 한다. 솔직히 개요를 잡지 않는 작가는 몰아서 글을 쓰기 때문에 하루 15매 쓰기는 그리 어려운 일이 아니다.

개요를 잡지 않는 작가에게 가장 좋은 글쓰기 방법은 재빨리 쓰는 것이다. 자판 위를 날아다니는 손가락을 믿자. 여기서 흘러나오는 놀라운 의식의 흐름을 따라가는 게 가장 좋다. 작가 도러시아 브랜디가 『작가 수업』에서 정의한 "떠오르는 무의식"을 활용해 아침에 제일 먼저 머릿속에 떠오르는 내용들을 쓸 수도 있다. 잠든 상태에서 깨어 있는 상태로 바뀔 때 떠오른 첫 이미지들을 황금처럼 귀중하게 여기자.

하루의 글쓰기 분량을 채운 뒤에도 여전히 상태가 좋다면 더 써도 된다. 재미있게 쓰자. 인물들이 자신의 이야기를 하도록 내버려두자.

이런 방식으로 글을 써서 소설 한 편을 마무리할 수 있을까? 분명히 가능하다. 다만 고쳐 쓰고 다시 생각하는 과정을 거쳐야 한다. 괜찮은 방법이다. 이런 식의 글쓰기를 좋아하는 작가들이 있다.

2. 전날 쓴 것을 다시 읽으며 하루를 시작한다

전날 쓴 글을 인쇄해서 읽어보자. 읽으면서 많이 바꿀 수는 없다. 그러나 글을 더하거나 뺄 수는 있다.

이런 식으로 더하면 된다. 전날 작업한 내용 중에 더하고 싶은 부분에 동그라미를 그린다. 그리고 A, B, C 등 표시를 한다(이는 내털리 골드버그의 『뼛속까지 내려가서 써라Writing Down the Bones』에 나오는 방법이다).

새로 글을 쓰기 시작할 때에는 새로운 내용을 덧붙이는 방식으로 작업하자. 예를 들어 로스앤젤레스에서 자란 주인공의 성장기를 쓰고 있다고 해보자. 거리를 묘사하는 부분에 그 지역에 사는 괴팍한 이웃을 덧붙이고 싶다면 거기에 A라고 표시한다. 그러고 나서 괴팍한 이웃에 대한 글을 쓴다. 생각나는 대로 써보자. 이 부분은 한 단락이 될 수도 있고 한 장章에 이르는 긴 글이 될 수도 있다. 다 썼으면 잘라내어 원래 글에 붙인다. 아니면 전날 쓴 부분에 더할 것이 없다면 그것 또한 괜찮다. 다시 반복해서 읽은 후에 오늘의 글을 쓰자.

3. 일주일에 하루는 플롯의 흐름을 기록한다

그동안 플롯이 어떻게 발전했는지 도표를 만들자. 브래드버리는 플롯이란 "인물이 목적지를 향해 달려간 이후 눈에 남은 발자국"이라고 했다. 즉 플롯을 기록하는 일은 발자국을 기록하는 일이다. 이 기록은 나중에 큰 도움이 된다. 플롯의 흐름을 날짜와 시간 순서대로 기록해두면 플롯이 어떻게 논리적으로 전개되고 있는지 한눈에 볼 수 있다.

이는 힘든 작업이 결코 아니다. 즐겁게 하자. 자신이 개요를 잡지 않는 작가라는 것을 잊지 말자. 소설을 더 그럴듯하게 만들려면 플롯을 짜는 방법을 활용하는 게 좋다. 그게 자신이나 소설에 유리한 방법이다.

매일 아침 원고지 5매 쓰기

나는 아침에 일어나면 우선 원고지 5매를 쓴다. 우리에겐 글쓰기 말고도 할 일이 많다. 만일 글쓰기에 신경 쓰지 않는다면 나의 하루는 사소한 일거리, 오락거리, 방해, 걸려오는 전화 등 위기로 가득할 것이다. 그러나 매일 아침 원고지 5매를 쓰고 나면 좀 더 쓰고 싶다는 마음이 생긴다. 물론 5매를 채우기 위해 애를 쓸 때도 있다. 5매 쓰기는 때때로 힘들지만 만족감도 크다. 쓰고 나면 결과물이 생기는 데다, 그날의 분량을 채워야 한다는 강박에 시달리지 않아도 되기 때문이다.

개요를 잡고 소설을 쓴다면

개요를 잡는 방법은 작가의 수만큼이나 다양하다. 어떤 작가들은 여러 해에 걸쳐 자신만의 방법을 만들고, 또 어떤 작가들은 다른 작가의 방법을 배워 활용한다.

나는 개요를 잡아 쓰기도 하고, 개요 없이 쓰기도 하고, 때로는 그 중간의 방법으로 쓰기도 했다. 그래서 몇 가지 방법을 제안해보려 한다. 한번 시도해보자. 그리고 자신에게 가장 적합한 방법이 무엇인지 찾아내자.

색인카드 이용하기

색인카드는 발명된 이래 많은 작가가 사용해왔다. 그전에 작가들은 종이를 잘라서 사용했을 것이다. 17세기의 위대한 철학자 블레즈 파스칼은 기독교를 옹호하는 장대한 논문을 썼다. 그는 몇 장의 종이를 잘라 작은 묶음으로 엮어서 자신의 생각을 적었다. 그는 위대한 작품을 완성하기 전에 죽었지만 그의 노트는 세계 고전의 하나인 『팡세Pensées』로 남았다.

색인카드는 어느 누구에게나 유용하다. 요즈음에는 색인카드의 기능을 하는 컴퓨터 프로그램도 있다. 그러나 어떤 작가들은 이 프로그램이 컴퓨터 모니터라는 매개변수에 제한을 받는다고 생각한다. 개인적으로 나는 손에 쥘 수 있는 카드를 좋아한다. 어디든지 가져갈 수 있기 때문이다. 글을 쓸 때는 가끔 기술 혁신을 반대하는 사람이 되어도 괜찮다.

색인카드는 마룻바닥에 늘어놓거나 핀으로 벽에 붙여놓는 등 마음대로 쓸 수 있다. 쉽게 순서를 바꿀 수도 뺄 수도 있다. 주머니에 넣고 다니면서 작업할 수도 있다. 아침에 카페에서 커피를 마시면서 작업할 수도 있다. 목욕을 하다가 영감이 떠오르면 색인카드에 간단히 메모하고 모아둘 수도 있다.

색인카드의 가장 중요한 장점은 융통성이다. 만일 자신이 우뇌형 인간이라면 색인카드는 수시로 터져 나오는 자신의 천재성을 활용하는 데 최선의 방법이다. 그리고 나중에 좌뇌의 도움으로 탄탄한 이야기를 만들 수 있다.

¶ 첫 단계

색인카드는 기획 단계의 어느 시점에든 활용할 수 있다. 기획 단계에서는 LOCK 체계나 인물 설정을 먼저 하는 경우가 많은데 무엇을 먼저 하든 크게 상관은 없다. 중요한 건 장면마다 일정한 분량을 만들고 이를 조직적으로 배열하는 것이다.

한 가지 좋은 방법이 있다. 몇 시간 동안 마음속에 생생하게 떠오른 장면들을 색인카드에 자세히 적자. 한 번에 끝낼 필요는 없다.

사실 그러지 않는 편이 더 좋다. 이렇게 모은 장면들을 통해 배경이 떠오를 것이고, 흥미로운 아이디어들이 마구 튀어나올 것이다.

색인카드는 다음과 같이 단순할 수도 있다.

> 모니카는 존의 집까지 운전함
> 자전거를 탄 사람들의 추적, 소방관 댄이 구해줌

색인카드를 항상 가지고 다니자. 쉬는 시간 또는 소설을 쓰기로 정한 시간에 꺼내서 어떤 장면을 쓸지 적자. 아직은 장면 배열을 고민할 때가 아니다. 아마도 여러 장면이 마구 떠오를 것이다. 이를 저지하지 말고 마음에 떠오르는 것들을 모두 적자. 또한 어떤 장면을 남기고 버릴지 고민하지 말자. 적절하지 않은 장면은 나중에 버리면 된다. 그렇지만 이런 장면도 영원히 버릴 필요는 없다. 지금 쓰는 소설에 쓰지 않을 색인카드를 따로 모아두면 나중에 언제든 필요할 때가 온다.

색인카드는 배경 설명을 곁들여 좀 더 자세하게 쓸 수도 있다.

> 〈스타벅스〉
> 모니카 때문에 빌과 스탠이 대치함
> 싸움
> 그린 베이 팩커 풋볼팀 소속이었던 라일이 빌과 스탠을 창문 너머로 던져버림

¶ 결말 쓰기

자, 마침내 색인카드를 여러 장 썼다. LOCK 체계 작업을 끝내고 뒤표지 문구도 써놓았다. 그럼 이제 소설의 구조를 어떻게 짤 것인지 심각하게 고민할 때가 왔다.

소설의 결말을 어떻게 끝낼지 고민해보자. 마음속으로 클라이맥스 장면을 그려보자. 아마도 지금 알고 있는 것은 주인공이 놀라운 방식으로 어려움을 이겨내고 감동을 주길 바란다는 것뿐일지도 모른다. 그것 역시 문제없다. 이를 색인카드에 적자. 마지막 장면 또는 마지막에서 두 번째 장면에 대한 카드가 될 것이다. 이 장면을 가능한 한 자세히 묘사하자. 중요한 것은 무엇을 이야기할 것인가이다.

¶ 주요 장면 쓰기

이제는 플롯에 필요한 주요 장면을 생각할 차례다. 이미 마음속에 여러 장면을 그려놓았을 것이다. 아직 완벽하지 않지만 이를 어떻게 발전시킬지도 알고 있을 것이다. 이것들을 가능한 한 구체적으로 서술하자. 그러나 너무 매달리지는 말자.

흥미로운 도입부 장면으로 시작하고(어떻게 시작해야 할지 아직 모를 수도 있지만) 이를 색인카드에 적자. 그리고 주인공에게 시련이 될 요소를 생각해보고 이 또한 적자. 다음으로 2막으로 이끄는 되돌아갈 수 없는 첫 번째 관문을 만들고, 3막으로 넘어갈 두 번째 관문도 만들자.

¶ 배치하기

이제 색인카드를 어떻게 배치할지를 결정할 때가 되었다. 마룻바닥, 큰 책상 등 작업하기 좋은 곳을 선택해 색인카드를 늘어놓고 이야기를 어떻게 구성할지 결정하자.

우선 왼쪽에 도입부 장면 카드를 두고 오른쪽에 클라이맥스 장면 카드를 두자. 시련 카드를 도입부 카드 옆에 두고, 첫 번째 관문카드를 그다음에 두자. 두 번째 관문 카드는 결말 카드 옆에 두자. 이제 두 관문 사이에 이야기를 채워 넣는다. 주요 장면과 장면 사이를 띄어두자. 이는 결말을 향해 전개할 때 강렬한 장면을 넣기 위한 공간이다. 또한 장면과 장면 사이에 틈새가 생기면 채워야 하므로 대신 빈 카드를 끼워 넣자. 이런 방식으로 흐름을 찾자.

이제 소설을 어떻게 발전시킬지에 관한 큰 구상이 끝났다. 플롯은 정연한 상태로 발전할 준비가 되었다.

¶ 고민하기

지금까지 만든 색인카드를 놓고 일주일가량 고민해보자. 어떤 장면은 추가하고 어떤 장면은 삭제하자. 만일 어떤 장면을 어떤 곳에 넣기로 정했지만 구체적인 내용을 아직 정하지 못했다면 그곳에는 빈 카드를 넣어둔다. 아마도 여기에는 강렬한 사건 뒤에 생기는 반응 장면이 필요할지도 모른다. 이보다 더 멋지게 활용할 수도 있다. 만일 플롯이 여러 인물 또는 많은 서브플롯과 관계되어 있다면 다른 색깔의 색인카드에 적어도 좋다. 또는 다른 색깔의 포스트잇을 색인카드에 붙여둘 수도 있다. 여러 색깔의 카드를 이용해 한 줄로 배열하면 각기 다른 플롯이 서로 평행하게 늘어서게 된다. 이때 앞에서처럼 각기 다른 지점에 각기 다른 카드를 한 줄로 늘어놓으면 이것이 메인플롯이 된다.

색인카드는 플롯 또는 인물에 따라 늘어놓을 수도 있다. 플롯에 따라 늘어놓으면 사건을 보여주고, 인물에 따라 늘어놓으면 그의 내면에서 일어나는 일을 보여주게 된다. 그러면 이야기에 어울리는 인물의 변화를 멋지게 그릴 수 있다.

이렇게 탄탄히 플롯을 만들고 나면 색인카드에 연필로 번호를 적자. 그리고 이 색인카드를 섞은 뒤에 어떤 이야기가 만들어지는지 살펴보자. 포커에서 카드를 섞듯이 카드를 섞어보자(이 아이디어는 로버트 커넌의 『멋진 플롯 만들기Building Better Plot』에 나온다). 이렇게 뒤죽박죽이 된 카드를 두 장씩 뽑아 훑어보자.

우리가 찾는 건 플롯 사이의 참신한 연결고리 또는 이야기를 새롭게 바라볼 수 있는 시각이다. 이에 따라 이미 만들어놓은 플롯 구조는 얼마든지 고칠 수도 있다.

색인카드는 다양한 방식으로 활용할 수도 있다. 작가로 성공한 내 친구는 커다란 전지를 사서 맨 위에 3막 구조와 주인공의 여정 등 다양한 내용을 적어놓는다고 한다. 그리고 각각의 내용에 긴 칸을 만들고 나서 여러 색깔의 포스트잇으로 인물을 표시하고, 이 위에 장면 묘사를 적는다. 그리고 포스트잇을 전지 위에 붙여서는 마침내 다양한 색깔의 교향곡을 만든다. 하루가 끝날 무렵 그녀는 전지를 말아서 둥근 통 안에 넣어둔다. 이 통은 끈이 있어서 어깨에 맬 수 있다. 작업을 더 하고 싶으면 그녀는 언제든

통에서 전지를 꺼내 이 자랑스러운 과정을 이어간다.

¶ 글쓰기

이제 한 장면씩 쓰기 시작하자. 서너 개 장면으로 이루어진 이 야기 한 토막을 끝내면 색인카드를 다시 꺼내자. 새로운 생각이 나 참신하게 전개할 수 있는 방법이 떠오를 수 있다. 필요하면 새 로운 색인카드를 만들자. 그리고 다시 배열하고 내용을 더하자.

모든 건 하기 나름이다. 직접 해보면 이러한 방식이 매우 융통 성 있고 창조적이라는 사실을 알게 될 것이다.

전조등 이용하기

E. L. 닥터로는 플롯 짜기를 밤에 전조등을 켜고 하는 운전에 비유했다. 운전자는 어느 방향으로 가야 할지 알고 있지만 볼 수 있는 곳은 전조등이 비추는 데까지다. 그리고 앞으로 가는 만큼 조 금씩 더 멀리 볼 수 있다. 이런 식으로 우리는 목적지에 도달한다.

다시 말해 달려가면서 계획을 세우는 것이다. 이런 방식을 소 설 쓰기에 적용하지 않을 이유는 없다. 글쓰기를 다루는 책 어디 에도, 심지어 플롯에 관한 법칙을 다룬 책 어디에도 글을 쓰기 전 에 전개 과정을 완벽히 그려두어야 한다는 조언은 없다. 사실 개 요를 잡고 소설을 쓰는 작가들조차 그렇게 안 한다.

왜 안 하는 것일까? 글을 쓰는 동안 이야기와 인물에 관해 상 당히 많이 알게 되기 때문이다. 그래서 깎아놓은 듯한 완전한 윤 곽이 없는 편이 소설을 쓰는 데 나을 수 있다. 윤곽을 다 그려두면 작가는 새롭게 떠오른 아이디어를 받아들이지 못하며 이미 정해 놓은 생각으로 돌아갈 수밖에 없다.

전조등을 이용하면 그런 상황에 부딪힐 염려가 없다. 다음과 같이 하면 된다.

언제나처럼 LOCK 체계와 뒤표지 문구로 시작한다. 어디에서 이야기를 끝낼지 알고 있어야 한다. 그게 마지막 장이다. 어떤 느낌을 생각하고 있는가? 아직 어떤 분명한 느낌이 없을 수도 있고 갑자기 느낌이 변할 수도 있다. 그러나 마음속에 항상 최종 목적지를 정하고 글을 쓰기 시작하는 게 좋다. 앞서 7장에서 설명한 장면의 역동성을 활용하고, 3장에서 설명한 주제를 전개하는 방법을 활용해 시작 부분을 쓰자. 각 장의 마지막 부분에 이르면 즉시 다음 장에 쓰고 싶은 내용들을 적자.

이즈음에는 마음속에서 떠오르는 이야기 재료가 많을 것이다. 이제 전조등이 새롭게 비추는 곳을 보자. 아래의 질문을 해보며 장면을 어떻게 쓸지 생각해보자.

- 이 장면의 끝부분에서 인물의 감정은 어떠한가? 다음 장면에서 그는 어떻게 반응할까?
- 인물의 다음 행동은 무엇일까?
- 인상적인 장면이 나오기 이전에 전환 장면이 필요할까?
- 새로운 인물을 넣는 게 좋을까? 방금 쓴 장면 속 인물을 위한 다른 플롯을 전개하는 게 좋을까?

이야기 재료는 작가의 취향에 따라 풍족할 수도 빈약할 수도 있다. 예를 들어 성년에 이른 인물에 대한 소설을 쓰고 있다고 가정해보자. 그 소설의 주인공은 십 대 소녀인 샐리이며, 그녀는 새 집으로 이사를 온다. 이 장의 끝부분에서 창 너머 밖을 내다보던 샐리는 건너편 집의 소년이 자신을 쳐다보고 있다는 걸 알게 되었다.

다음은 어떻게 될까? 이렇게 쓸 수 있다.

- 2장: 다음 날 샐리는 걸어서 가게에 갔고, 그곳에서 샐리를 쳐다 보던 소년을 다시 본다. 소년이 샐리에게 말을 걸려 했으나 그녀는 도망친다.
- 3장: 그날 밤 샐리의 아버지가 친구 사귀는 법을 이야기한다. 샐리와 아버지는 대화가 잘되지 않는다. 샐리가 화를 낸다.
- 4장: 월요일, 새 학교에 처음 간 날. 샐리는 깡패에게 봉변을 당할 뻔했으나 소년이 구해준다.

그리고 그다음 장면에 알맞은 개요를 만들 수 있다. 만일 그 전에 장면을 좀 더 새롭게 만들고 싶다면 그렇게 하면 된다.

예를 들어 다음과 같다.

- 2장: 다음 날. 비가 온다. 샐리는 학용품을 사기 위해 문구점으로 걸어간다. 그녀는 새 환경이 무척 낯설지만 마음에 든다. 아름답게 가꾸어진 정원과 낡은 집, 달콤한 냄새와 더럽고 축축한 거리

의 악취와 대조되는 이미지. 그녀는 코네티컷의 친구들을 생각한다. 가게에서 공책을 사려다가 그 소년을 본다. 소년은 얼굴에 미소를 띠며 그녀를 쳐다본다. 그가 그녀에게 다가온다. 무슨 이유에선가 놀란 그녀가 가게를 나오려 한다. 그때 다른 손님과 부딪힌다. 그녀는 누군가 쫓아오고 있다고 생각한다.

이런 식으로 한 단계 한 단계 소설을 써가는 방법을 터득하자. 전조등이 비치는 데까지 소설을 몰고 가자. 그리고 즐기자.

트리트먼트 이용하기

켄 폴렛 같은 성공한 작가들은 긴 내러티브의 개요를 미리 만들어놓는다. 이를 '트리트먼트'라고 한다. 분량은 20쪽에서 40쪽에 이르고 경우에 따라서 더 길기도 하다.

트리트먼트는 현재 시제로 쓴다. 대화를 포함할 수도 있지만 이야기의 핵심만 넣는다. 우리가 지금 만들려 하는 건 내러티브의 큰 화폭을 채울 전체적인 개요다.

다음은 트리트먼트의 예다.

랜디 밀러는 태프트 고등학교에 다니는 건장한 학생이다. 그는 풋볼 팀의 스타로서 멋진 아이들과 어울린다.

그런데 랜디는 밥과 같은 삐쩍 마른 꼬마에게 왜 관심을 보이는 것일까? 밥은 덩치 큰 아이들에게 괴롭힘을 당하지만 아무 일도 아닌 것처럼 받아들이기 때문이다. 밥에게는 랜디가 원하는 평온함이 있다.

랜디는 밥에게 말을 걸고 싶지만 친구들에서 비난을 받을 것 같아 걱정한다. 멋져 보이지 않으니까 말이다. 학교에는 편을 나누는 방법이 따로 있다. 이것은 점심 시간에 분명하게 드러난다. 랜디와 친구들이 앉아서 밥을 먹는 식탁이 유일한 멋진 곳이다. 밥이 가끔 혼자 앉아서 점심을 먹는 식탁은 버림받은 곳이다.

어느 날 랜디는 친구들이 밥의 바지를 벗기고 밥을 쓰레기통에 머리부터 처넣는 것을 본다. 친구들의 웃음거리가 된 밥이 빠져나오려고 애쓸 때, 랜디가 밥에게 한마디한다. "밥, 넌 정말 멍청이로구나. 이제 바보짓은 그만두는 게 어떻겠니?"

"무슨 뜻이야?" 밥이 말한다.

"모든 사람은 가능성을 갖고 있어. 내가 가르쳐줄까?"

밥은 대답하지 않는다. 랜디는 밥이 제안을 거절한 것으로 생각한다.

그런 와중에 랜디는 깐깐한 아그네스 선생님이 가르치는 문학 수업 때문에 쩔쩔매고 있다. 아그네스 선생님은 학생들에게 관심이 무척 많으며, 학생들이 대충대충 하는 것을 용납하지 않기 때문이다. 선생님은 학생들이 시와 독서를 통해 통찰력을 갖게 하려고 애쓴다. 밥은 이 수업에서 꽤 잘한다.

이 이야기는 흐름이 탄탄해질 때까지 여러 번 고쳐 쓰고 편집해야 한다.

나에게 쓰는 편지 이용하기

나는 데이비드 모렐의 책을 무척 좋아한다. 특히 그의 『한평생 글쓰기에서 얻은 교훈』은 최고다. 이 책은 우리가 쓰고자 하는 소설을 더 깊이 이해할 수 있게 해주며, 우리가 왜 소설을 쓰려 하는지 그 이유 또한 알게 해준다. 무의식과 진정한 글쓰기의 힘이 자리 잡은 곳으로의 여행을 돕는다.

모렐의 작법은 매우 간단하다. 자기 자신에게 편지를 쓰는 것이다. 편지를 쓰면서 자신의 생각에 대해 묻고 답한다. 이때 제일 중요한 질문은 "왜?"다. 이 질문을 반복해서 묻는 것이다.

나는 모렐의 작법을 『약속 파기』란 소설에서 써보았다. 다음은 내가 쓴 편지의 첫 부분이다.

나는 왜 이 이야기를 쓰는가? 아버지가 되는 것의 의미를 깨닫는 한 남자의 이야기를 독자들이 느끼길 바라기 때문이다. 그리고 그가 자신이 하는 올바른 행위 때문에 차별받고 있다는 사실을 쓰기 위해서다. 그는 무엇을 하는가?

이게 다인가? 나는 독자들이 마크를 사랑해주고 그의 영적 여행의 동반자가 되어주길 바란다. 왜 사람들은 누군가를 사랑하지? 만일 그가 누군가(딸 또는 다른 인물)를 '신경'쓴다면 어떨까. 만일 그에게 '약점'이 있다면 어떨까(걱정하고, 두려워하고, 희망을 품기도 한다는 점에서 그는 약자다).

정확히 어떤 여정을 쓰려는 것인가? 그는 배우가 되고 싶어 하다가 나중에는 더 중요한 가치(예를 들어 딸)를 발견하는 사람으로 발전한다. 그는 정말로 딸을 사랑한다.

왜일까? 어떤 남자가 딸을 사랑한다는 것은 무슨 뜻일까? 아마도 그가 꼬마였을 때 그에겐 여동생이 있었을 것이다. 그 여동생은 어떤 끔찍한 방법으로 죽음에 이르렀을까? 그리고 아마도 매디가 이 문제를 극복하는 데 도와줄 것이다(어쩌면 과할지도 모른다. 그가 매디를 다시 찾아오는 이야기의 흐름에서 벗어나니까).

마크가 매디에게 집착하는 또 다른 이유가 있는가? 아마도 그가 어떤 일에서도 성공을 거두지 못했기 때문일 것이다. 그는 야구에서 실패했다. 부상을 당하긴 했지만 그는 잘 대처하지 못했다. 딸을 위해 성공한 사람이 되어야 한다고 마크가 깨달은 순간이 있었을지도 모른다. 너무도 많은 사람이 이 일을 뒤죽박죽으로 만든다. 이제 영적인 여행으로 다시 돌아가 보자.

매일 나는 조금씩 새롭게 알게 된 부분을 이 편지에 덧붙였다. 이는 개요를 잡지 않는 작가에게도 상당히 도움이 될 방법이다.

보그 개요 이용하기

만일 개요를 잡는 작가라서 글을 쓰기 전에 이야기 속에서 무슨 일이 벌어질지 모두 알고자 한다면 아주 간단한 방법이 있다. 나는 이를 '보그 개요'라고 부른다.

「스타트랙Star Track」을 본 사람들은 알겠지만, 보그는 로봇 생명체다. 보그는 모든 생명체와 동화해 집단적이며 고도로 앞선 의식을 만들어낸다. 만일 개요를 잡는 최고의 작가가 되고 싶다면 그리고 모든 것을 아우르는 구성안을 쓰고자 한다면 보그 개요가 가장 적합하다. 보그 개요를 쓸 때는 전반적인 사항에서 구체적인 사항으로 나아가야 한다. 그리고 글을 쓸 준비가 될 때까지 구체적인 사항을 조정해야 한다.

1. LOCK 체계를 분명히 설정한다

탄탄한 플롯에는 아래의 네 가지 사항이 필수다.

- 주인공
- 주인공이 이루어야 할 목표
- 적대 세력과의 대결
- 어떤 식으로 이야기를 마무리 지을 것인지에 대한 생각

LOCK 체계 요소를 정하는 데 충분히 시간을 들이자. 이렇게 단순해도 된다. "샘 존스는 시장을 살해한 진범을 찾으려는 경찰이다. 그는 시장의 아내로 밝혀진 범인과 맞선다. 그는 마지막에 승리를 거둔다. 그러나 나는 달콤하면서도 쓸쓸한 느낌을 주면서 소설을 끝내고자 한다." 이는 꼭 그래야 하는 것처럼 매우 전반적이다.

완벽한 개요를 잡고 싶다면 작업하는 중에 그게 언제라도 너무 빨리 힘을 쏟지 않는 게 좋다. 상상력을 발휘하면서도 쉴 틈이 있어야 한다.

2. 뒤표지 문구를 쓴다

멋진 요약문을 써놓자. 이를 쉽게 하기 위한 표를 이 책의 '부록Ⅱ'에 수록했다. 여러 요소를 결합해 줄거리를 만들 때 이 표가 지침이 될 것이다.

3. 전체 구조를 짠다

앞서 2장에서 설명한 원칙을 활용해 소설의 전체 구조를 어떻게 할지 계획을 세우자. 3막 구조로 만드는 게 좋다. 아래는 그 예다.

- 1막: 샘이 사건을 맡는다.
- 2막: 샘이 맡은 사건을 해결하려고 애쓴다.
- 3막: 샘이 사건을 해결한다.

다음으로 각 막 사이에 '되돌아갈 수 없는 관문'을 하나씩 만든다. 왜 샘이 이 사건을 해결해야 하는지 자문해보자. 어떤 이유로 샘이 그 사건을 맡게 되는 걸까? 단순히 상부의 지시일 수도 있다. 그는 명령에 복종할 의무가 있기 때문이다. 이것이 첫 번째 관문이 될 수 있다. 그리고 샘은 중요한 단서를 잡을 수도 있고, 사건 해결에 차질을 빚을 수도 있다. 이것이 두 번째 관문이 될 수 있다. 처음에는 장면들이 모호할 수 있으나 색인카드나 다른 방법을 이용해 장면들에 대해 떠오르는 생각을 계속 적어놓아야 한다.

마지막 장면은 다양하게 생각해보고 목록에 첨부하자.

4. 인물을 창조한다

인물을 깊게 다루고 싶다면 인물에 대해 오래 고민을 해야 한다. 앞서 4장에서 다룬 것처럼 각 인물에 대한 최소한의 정보와 9장에서 다룬 것처럼 인물의 변화에 대해 알고 있어야 한다. 그러기 위해 먼저 인물에 대해 여러 날 고민을 해야 한다. 인물을 고민하면 다양한 이야기가 가능한 여러 장면이 떠오르기 때문이다. 멋지면서 독특한 인물을 창조하자.

각 인물에 관련된 주요 사항을 기록해두면 나중에 활용하기 쉽다. 다음은 인물 정보를 한눈에 볼 수 있게 만든 표다.

[등장인물 표]

이름	묘사	역할	목표 및 동기	비밀	감정

5. 간략히 개요를 잡자

앞서 3막 구조를 짜두었으니 이를 기준으로 이제 개요를 잡자. 각 부분에서 어떤 일들이 일어날까? 이제 이를 좀 더 구체적으로 만들어야 한다. 예를 들어보자.

•1막

샘 존스는 뉴욕 경찰관이다. 그는 20여 년간 근무했다. 그에겐 아내와 딸이 있으나 집안은 평온하지 않다. 아내는 지난 몇 년 동안 알코올에 의존하고 있으나 치료를 받지 않는다. 딸은 열세 살 사춘기 소녀다. 샘은 네 형제 틈에서 자랐기 때문에 딸을 어떻게 키워야 하는지, 어떻게 말을 걸어야 하는지 전혀 알지 못한다. 복잡한 집안 사정은 경찰관 업무를 수행하는 데 장애가 된다. 최근 들어 저조한 근무 성적 때문에 샘은 상사로부터 듣기 싫은 소리를 들어야 했다.

뉴욕 시장이 끔찍하게 살해당한 사건이 샘에게 떨어졌다. 그의 의무였기에 그는 이 사건을 맡지 않을 수 없다.

•2막

샘과 동료 아트 로페즈가 사건 현장을 조사하기 시작했을 때 신참 신문기자를 만난다. 그들은 여러 증인을 조사했으나 엇갈린 이들의 증언이 사건을 점점 더 미궁 속으로 빠뜨린다.

그 와중에 샘의 딸은 비행을 저지르며 집에 들어오지 않는다. 샘의 아내는 신경쇠약에 걸린다. 샘은 아내와 딸을 어떻게 해야 할지 전혀 알지 못한다.

시장의 집무실에서 살인 사건의 실마리를 찾는다. 어떻게 그럴 수 있을까? 샘과 아트가 답을 찾으려고 애쓰는데, 이들을 살해하려는 시도가 있었다. 둘은 이 사건 뒤에 큰 음모가 있다는 사실을 알게 된다. 어떤 음모일까? 샘은 생각보다 더 큰 문제에 직면하게 된다.

• 3막

샘은 시장의 비서실장을 주목하지만 충분한 증거를 찾지 못한다.

그는 병원에서 걸려온 전화를 받는다. 아내가 수면제를 과다 복용해 죽을 뻔했다는 것이다.

개인적 의무와 직업적 의무 사이에서 갈등하던 샘은 경찰직을 그만둘 뻔한다. 그때 비서실장이 시장의 집무실에서 정사를 하는 장면을 목격한다. 이제 실마리가 풀리기 시작한다. 그런데 살인청부업자에게 총격을 받는다. 그는 간신히 살아남는다.

샘은 경찰을 그만두고 가족에게 헌신한다.

6. 개요를 보고 흐름을 파악한다

각 막에 들어갈 장면들을 일목요연하게 정리하자. 색인카드나 목록을 만들자. 자주 사용할 것이므로 융통성 있게 정리해야 한다.

각 장의 흐름은 다음과 같이 정리할 수 있다.

- **도입부**: 시장이 살해당한다.
- **1장**: 샘이 증인을 심문한다. 증인이 질겁한다.
- **2장**: 샘이 상사의 질책을 받는다.
- **3장**: 샘이 술을 마시고 동료에게 불평을 털어놓는다. 집에 가고 싶어 하지 않는다.
- **4장**: 집에서 샘은 아내와 딸에게 소리를 지른다. 아내는 술에 취해 있다.
- **5장**: 신문기자가 증인 심문에서 문제를 일으킨 샘을 궁지에 몰

아넣는다. 샘은 아트 로페즈와 그 사건을 맡게 된다.

- 6장: 살인자의 시점. TV에서 뉴스를 본다.

이런 식으로 정리하면 된다. 이렇게 개요를 잡는 데 상당히 많은 시간이 걸릴 수 있다. 그렇지만 이를 끝내기 위한 넉넉한 마감 시간을 정하고 이를 지키려고 애써야 한다.

색인카드 같은 방법을 이용해 플롯의 흐름을 정리하자. 그러면 이야기의 큰 흐름을 한눈에 파악할 수 있다. 며칠 후 다시 플롯을 읽어보고 플롯의 흐름을 조정하자. 아마도 어떤 장면을 넣거나 빼게 될 것이다.

7. 개요에 살을 더한다

각 장의 개요를 늘려보자. 장소, 시간, 인물을 정하자. 장면을 묘사하는 방법에 대해서는 앞서 7장을 참조하자. 길이는 원고지 3, 4매 정도가 적당하다. 예를 들어보자.

- 1장

샘은 등장하자마자 가게 밖에서 벌어진 총격 장면을 목격한 한국인 가게주인을 심문하고 있다. 가해자는 흑인이며 피해자는 백인이다. 그렇지만 가게 주인은 누가 누구인지 분명히 알지 못한다. 이 지역은 인종 갈등이 심각한 곳이므로 샘은 빨리 이 문제를 해결하고 싶어 한다. 집에 있는 아내와 딸을 생각하던 샘은 약간 초조해진다. 최근에 집안이 평온하지 않았고 이것이 일의 능률을 떨어뜨린다. 이 사실에 샘은 화가 난다. 그러나 그는 다시 가게 주인에게 주의를 돌린다. 중년의 가게 주인은 겁에 질려 있다. 샘은 가게 주인이 보복이 두려워 목격한 사실을 알리지 않고 있다는 것을 눈치 챈다. 샘은 가게 주인에게 아무 문제도 생기지 않을 것이라고 말하지만 가게 주인은 아무 말도 하지 않는다. 샘은 가게 주인에게 참을 만큼 참았고 협조하지 않으면 문제가 생길 거라며 고함을 지르고 협박한다. 가게 주인은 겁에 질려 소리 지르기 시작한다. 가게 주인이 도망치려다가 아이가 탄 자전거에 부딪힌다. 이 때문에 겁이 난 그가 샘에게 고소할 거라고 위협한다. 샘은 어찌할 바를 모른다. 뉴욕 경찰 샘에게는 또 다른 끔찍한 밤이다.

8. 잠시 휴식한다

그동안 애를 썼으니 쉴 자격이 있다.

9. 소설을 쓴다

개요에 따라 소설을 쓰자. 원래 쓰려고 계획한 것에서 벗어날 때에는 잠시 멈추고 고민해보자. 만일 수정이 필요하다면 그 지점부터 계획을 바꿔야 한다. 이런 경우 새로운 장을 요약해서 정리해야 한다. 개요를 잡는 작가라면 이 방법이 매우 잘 맞을 것이다.

10. 소설을 고쳐 쓰자

고쳐쓰기는 다음 11장에서 자세히 다룬다.

다음 질문을 읽고 답하자.

1. 모임에 갔을 때 내가 가장 기대하는 것은?

a) 옛 친구와의 만남   b) 새로운 사람들과의 만남

2. 둘 중 어떤 음악이 더 좋은가?

a) 고전 음악   b) 로큰롤

3. 내가 학교 다닐 때 잘했던 과목은?

a) 수학   b) 미술

4. 가장 가까운 친구들은 나를 어떤 사람이라고 생각할까?

a) 주변 일에 일일이 간섭하고 조정하려는 사람

b) 제멋대로 하는 사람

5. 한 시간이 주어진다면 누구와 보내고 싶은가?

a) 보수주의 언론인 윌리엄 버클리   b) 코미디 배우 잭 블랙

6. 내가 가장 좋아하는 것은?

a) 안전   b) 뜻밖의 일

7. 어떤 직업을 택하는 게 더 행복할까?

a) 소프트웨어 개발자   b) 시인

위 질문은 과학적 근거는 없다. 그러나 a를 주로 선택했다면, 아마도 개요를 잡는 작가일 가능성이 높다. 반대로 b를 주로 선택했다면, 개요를 잡지 않는 작가일 것이다. 자신에게 적합한 방법으로 글을 쓰자.

실전 연습 02

좋아하는 소설을 최소 열 권 뽑아 목록을 만들자. 공통점이 있는가? 플롯과 사건이 상당히 복잡한가, 아니면 인물이 이끄는가? 아니면 섞여 있나?

개요를 잡지 않는 작가는 문학적이며 인물이 이끄는 글을 쓰고, 개요를 잡는 작가는 상업적이며 플롯에 의존하는 글을 쓴다. 어떤 방식을 따를지 결정할 때 이 점도 고려해야 한다. 자신이 읽고 싶은 소설을 써야 한다.

11장

수정:
글쓰기는
결국 고쳐쓰기다

인물은 자유로워야 한다. 장면은 살아 있어야 한다.
그리고 몇 주, 몇 달, 또는 몇 년이고 뜸을 들여야 한다.
다시 쓰지 말고, 다시 살려야 한다.

_레이 브래드버리

글쓰기는 결국 고쳐쓰기(수정, 교정)다.

사실이다. 그러나 어떻게 고쳐 쓰라는 말일까?

고쳐 쓸 때 제일 먼저 할 일은 무엇일까?

무엇을 남기고 무엇을 버려야 할까?

이 장에서는 고쳐쓰기할 때 필요한 방법을 체계적으로 설명하려고 한다. 개요를 잡고 글을 쓰든, 개요 없이 글을 쓰든 냉정하고 이성적으로 살펴보면 플롯은 더욱 탄탄해지기 마련이다.

어니스트 헤밍웨이는 독특하게도 "초고는 쓰레기"라고 비유했다. 나는 초고를 그렇게까지 생각하지는 않는다. 헤밍웨이는 투우를 해서인지 초고를 어떻게 버리는지 알고 있었다. 어쨌든 헤밍웨이의 말에는 상당한 진실이 담겨 있다.

초고는 다시 쓰기 위해 존재한다.

고쳐쓰기를 위해 가장 먼저 해야 할 일은 초고를 완성하는 것이다. 초고 완성에 가장 좋은 방법은 무엇일까? 앞서 10장에서 설명한 방법을 따르는 것이다. 그리고 가능한 한 가장 빨리 초고를 끝내는 게 좋다.

초고를 쓸 때는 마르셀 프루스트처럼 단어를 고르느라고 오랜 시간 동안 고민하지 않는 게 좋다. 적절한 형식을 찾느라 약간 지체할 수는 있지만 그래도 일단은 앞으로 나가야 한다. 매일 일정 분량의 글을 쓰고 이를 끝까지 밀어붙이자. 이렇게 만들어진 게 '무슨 일이 생기는지' 보여주는 초고다.

초고 쓰기를 밀어붙여야 하는 이유는 상상력을 최대한 활용해 여러 가능성을 탐색하기 위해서다. 기교를 부리는 데 너무 신경을 쓰거나 초고를 정확하게 원하는 대로 만들려고 들면, 오히려 생각보다 독창적이지 못한 초고가 나온다. 기대감으로 가득한 길도 강도 결코 찾지 못할 수 있다. 개요를 잡고 소설을 쓰는 작가라 할지라도 초고를 쓸 때만큼은 최초로 대륙 탐험에 나선 이들이 되자. 무엇이든 시도하자. 전날에 쓴 글을 편집하려 들지 말아야 한다. 먼저 쓴 부분을 고쳐 쓰고 싶은 유혹을 뿌리치고 앞으로 나가야 한다.

'뒤로 물러서기 기술'(14장을 참조하자)을 쓸 수도 있지만 이미 쓴 것으로 충분하다고 여기자. 일단 쓴 초고를 분석할 때에는 LOCK 체계를 쓰자. 꾸준히 쓰는 게 중요하다. 끝까지 쓰자. 지금 쓰는 글을 절대 포기하지 말자. 지금 할 일은 쓰고 있는 글을 끝내는 것이다.

근데 다 쓰고 났는데 결과물이 엉망진창이라면 어떻게 해야 할까? 일단 끝냈다면 우선 축하를 하자. 숙련된 작가들에게도 이런 일은 생기기 마련이다. 스티븐 킹은 초고를 "언제 들렀는지 기억도 나지 않는 고물상이나 창고 세일에 나온 아주 기괴한 고물"에 비유했다.

개요를 잡고 초고를 썼다면 끝날 무렵 꽤 짜임새 있는 글을 만들어냈다는 생각이 들 수도 있다. 만일 처음 세운 LOCK 체계에 따라, 그리고 3막 구조에 따라 썼다면 초고는 상당히 튼튼한 기초 위에 세워졌다고 볼 수 있다. 그러나 이제 더 나은 글로 바꾸어야 할 때가 왔다.

지금부터 고쳐쓰기의 과정을 알아보자.

1단계: 냉정해지기

초고가 끝나면 뜸 들일 시간이 필요하다. 초고를 잊고 뭔가 다른 글을 써보는 것도 방법이다. 다른 형식의 글쓰기를 시도해도 좋다. 시, 에세이, 칼럼 등등. 아니면 다음 소설을 쓰기 시작해도 좋다. 이때 잊지 말아야 할 점은 지금은 글을 쓰고 있는 상황이지 글을 마친 상황이 아니라는 것이다. 비록 눈치 채지 못하겠지만 쉬는 동안에도 머릿속에서는 상당히 많은 일이 벌어질 것이다. 이렇게 2, 3주가 흐르면 고쳐쓰기를 시작할 준비가 된다.

2단계: 마음의 준비하기

작가들이 고쳐쓰기를 대하는 태도는 무척 다르다. 어떤 이는 "나는 글쓰기를 좋아하지 않지만 고쳐쓰기는 좋아한다"라고 말한다. 또 어떤 작가에게 고쳐쓰기는 기말고사를 다시 치르는 기분일 수도 있다. 그렇지만 매번 고쳐 쓸 때마다 성적이 좋아진다는 것을 잊지 말자. 어떤 상황에 놓인다 해도 고쳐 쓸 준비를 해야 한다.

아래는 원고와 펜을 들고 책상에 앉기 전에 마음속에 새겨야 할 것들이다.

- 전략적 고쳐쓰기로 내 글은 더 훌륭해질 것이다.
- 전략적 고쳐쓰기는 재미있다. 단계마다 무엇을 해야 할지 나는 잘 알고 있다.
- 고쳐쓰기에서 전문가와 초보자가 구분될 것이다.
- 나는 초보자에 머무르고 싶지 않다. 나는 전문가가 되고 싶다.

위 사항들을 생각하며 플롯을 고쳐 쓴다. 그리고 초고를 인쇄한다.

3단계: 처음부터 끝까지 읽기

지금 막 인쇄한 초고를 들고 조용한 곳에서 읽는다. 원고를 처음부터 끝까지 한 번에 읽는 게 최고로 좋다. 처음 통독할 때에는 너무 세세한 내용에 빠지지 않도록 주의한다. 처음에는 전반적인 그림과 인상이 어떤지 파악하는 게 목표다. 간단하게 메모를 해도 되지만 읽기가 지체되어선 안 된다.

초고를 통독하는 법

초고 통독은 순서대로 읽어나가는 게 좋다. 가장 저지르기 쉬운 잘못은 첫 쪽부터 찾아낸 문제점을 고치는 것이다. 통독을 할 때는 펜과 포스트잇으로 표시하면서 가능한 한 빨리 읽는 게 좋다.

- 이야기가 늘어진다고 생각되는 쪽에 표시를 한다.
- 이해되지 않는 문장은 괄호 안에 넣는다.
- 보충해야 할 부분에는 동그라미 표시를 한다.
- 삭제해야 할 부분은 의문부호 표시를 한다.

다 읽은 후에는 중요한 문제를 먼저 해결하고 난 뒤 사소한 문제를 해결한다. 솔 스타인은 이를 중증도 분류라고 부른다. 『아메리칸 헤리티지 사전American Heritage Dictionary』에 따르면, "중증도 분류는 도움이 필요한 환자들의 상태를 즉각적으로 분류하기 위한 과정을 뜻한다. 따라서 전쟁터, 재난 현장, 병원 응급실에서 제한된 의료진으로 적절히 대응하기 위해서 사용되고 있다." 다시 말해 초고는 재난 현장이나 마찬가지라는 의미다. 실제로 초고에도 응급 처치가 필요하다. 중증도 분류에 따라 중대한 문제를 먼저 해결하자.

초고를 볼 때 가장 먼저 생각해봐야 하는 문제는 '내 소설이 말하려는 게 무엇일까?'다. 자신이 쓴 소설이 무슨 이야기를 하려고 하는지 작가인 자신이 모를 수가 있느냐고? 모를 수 있다. 자신이 쓰면서도 완전히 깨닫지 못한 심오한 무언가가 숨어 있을 수 있다. 스티븐 킹은 이를 두고 "지하실에서 놀고 있는 아이들"에 비유하며 저 깊은 곳에 있는 작가의 정신을 적절하게 설명했다. 초고를 검토할 때는 아이들이 무엇을 하며 놀고 있는지 살펴봐야 한다.

다음 질문을 하면서 초고를 분석한다.

- 읽으면서 당혹스러운 부분이 있는가? 왜 그런 느낌을 받았을까? 더 길게 늘려야 할 것 같은 부분은?
- 인물들은 무엇을 하고 있는가? 그들에게 미처 몰랐던 문제가 있는가?
- 늘어지는 부분이 있는가? 더 깊이 파고들어야 했는데 그러지 못한 장면일 수 있다. 여기서 인물들은 무슨 생각을 하고 있을까? 인물들의 정열, 좌절, 욕망이 잘 드러나 있는가?
- 만약 플롯을 바꾼다면 어떻게 바꿀 수 있을까? 어떤 부분에서 이야기를 약간 비껴가 본다면 어떤 플롯을 쓸 수 있을까? 이 작업을 끝까지 완벽히 할 필요는 없지만 만일 그렇게 한다면 메인 플롯에 넣을 다른 흐름이 떠오를 수 있다.

만약 당혹스러운 부분이 있거나, 인물에게 미처 몰랐던 문제가 있거나, 늘어지는 부분이 있다면 이를 개선할 수 있는 플롯을 더해 개요를 정리한다. 새로운 아이디어, 인물, 주제를 덧붙여서 두세 쪽짜리 시놉시스를 쓴다. 쓰고자 하는 이야기에 점점 다가가고 있는지 생각한다.

그런 다음 구조를 점검한다.

- 3막 구조로 자연스레 전개되고 있는가?
- 주인공의 세계를 즉각 파괴할 만한 요소가 있는가?
- 되돌아갈 수 없는 첫 번째 관문이 소설의 5분의 1 지점 안에 나오는가?
- 이야기를 떠받치는 기둥이 충분한가?
- 두 번째 관문이 절정으로 주인공을 이끌고 있는가?
- 이야기 흐름이 처음의 의도와 맞는가? 사건을 다루는 소설을 쓰고 있다면 플롯 전개가 착착 전개되고 있는가? 인물을 다루는 소설을 쓰고 있다면 장면들이 깊이 있게 서술되고 있는가?
- 인물에게 설득력 있는 동기가 있는가?
- 우연이 잘 설정되어 있는가?
- 소설의 도입부에서 무슨 일이 벌어지는가? 변화 또는 위협 같은 문제가 발생하는 장면에서 이 문제를 맞닥뜨릴 인물이 잘 설정되어 있는가?
- 시간의 흐름이 논리적인가?
- 이야기 흐름이 너무 예상대로 흘러가진 않는가? 이야기를 새롭게 재배열할 필요가 있을까?

위의 질문들은 기본 플롯을 더 탄탄하게 만들어줄 것이다. 이제는 다른 문제를 고민할 차례다. 다음 사항들을 검토해보자.

주인공에 대해

- 주인공은 잊지 못할 인물로 그려졌는가? 아주 매력적인가? 독자를 소설의 시작부터 끝까지 이끌 만큼 매력적인가? 주인공은 매우 현실적인 인물이어야 한다. 과연 주인공은 현실적인가?
- 주인공이 진부한 인물이진 않은가? 독자를 놀라게 할 만한가?
- 인물의 목표가 분명하게 드러나는가?
- 소설이 전개되면서 인물도 함께 성장하는가?
- 인물은 내적인 강점을 어떻게 보여주는가?

적대자에 대해

- 적대자는 흥미를 끌 만한가?
- 적대자는 현실적인 인물인가 아니면 비현실적인 인물인가?
- 적대자의 행동이 정당한가?(최소한 자신의 입장에서라도)
- 그는 믿을 만한가?
- 그는 주인공만큼 강한 인물인가 또는 더 강한 인물인가?

이해관계에 대해

- 주인공과 적대자 사이의 갈등은 둘 다에게 중대한가?
- 왜 그들은 떨어지지 못하는가? 무엇이 그들을 계속 붙어 있게 하는가?

장면에 대해

- 중요한 장면 모두 충분히 강조되어 있는가? 독자를 놀라게 할 만한가? 누구도 예상하지 못한 방식으로 쓸 수 있는가?
- 장면마다 적당한 갈등이 있는가?
- 어떤 장면이 가장 인상적이지 않은가? 그 장면은 잘라내자. 기억에 남지 않는 장면 역시 잘라낼지 고민하자.
- 이야기 진전을 위해 또 잘라낼 부분이 있는가?
- 클라이맥스 장면이 너무 빨리 나오지 않는가? 클라이맥스를 더 효과적으로 만들 수 있는가? 클라이맥스를 위한 장치를 미리 설정해놓았는가?
- 이야기의 중간 부분이 늘어진다면 새로 서브플롯을 만들어야 하는가?

주변 인물에 대해

- 플롯에서 주변 인물들의 목표는 무엇인가?
- 주변 인물들은 독특하면서도 생생한가?

4단계: 돌이켜보기

초고에 대해 생각하면서 여기저기 거닐어본다. 다른 사람 또는 벽과 부딪치지 않도록 조심하면서. 닷새에서 이레 동안 초고에 대해 곰곰이 생각한다. 매일 아침 일어날 때마다 소설에 대한 생각을 메모하거나 일기에 적어둔다. 그동안의 메모를 마지막으로 살펴본다.

5단계: 개고하기

어떤 작가들은 개고를 할 때 마치 새 글을 쓰듯이 첫 쪽부터 다시 쓰기 시작한다. 또 어떤 작가들은 초고를 최대한 자르고 붙이며 개고를 하기도 한다. 자신에게 잘 맞는 방법이 무엇이지 찾아내야 한다. 힘든 일처럼 보인다고 해서 다시 쓰기를 주저해선 안 된다. 좋은 글을 쓰려면 여러 번 '다시' 써야 한다. 하지만 얼마나 다시 써야 만족스러워지는지는 나도 모른다.

6단계: 퇴고하기

개고를 한 뒤에는 완성하고 나면 일주일 정도 들여다보지 않는다. 그리고 새 기분으로 다시 읽는다. 그리고 또 장면을 더하거나 잘라내고, 인물을 심화하고, 주제를 늘리고 다듬는다. 그러면 소설은 상당히 탄탄해질 것이다. 원하던 대로 소설의 주요 요소인 인물, 플롯, 장면, 주제 등이 살아 있을 것이다.

어떤 글쓰기 교사들은 개고할 때 "집착하는 요소를 버리라"고 충고한다. 만일 자신이 쓴 원고에서 어느 한 부분이 너무 마음에 든다면 아마도 그 부분은 도드라져 있을 것이다. 작가가 그 부분에 대해 냉정하지 못한 것이다. 그렇다면 그 부분을 없애는 게 좋다. 지우자. 물론 '너무 아까울' 수 있다. 하지만 상식적으로 판단하자. '그 멋진' 부분이 소설에 꼭 필요한 부분인지 스스로에게 물어보자. 또는 독자가 그 부분을 읽으며 잠시라도 작가의 존재를 의식하진 않을지 생각해보자. 만일 그 답이 아니라면, 무엇을 해야 할지 알 것이다. 삭제하자.

7단계: 탈고하기

이제 소설 쓰기의 마지막 탈고 단계에 들어섰다. 탈고란 말이 의미하듯이 소설을 마무리하기 위한 일을 해야 한다. 다음 질문을 해보자.

- 처음부터 독자를 매혹할 만한 요소가 있는가?
- 최고의 긴장감을 조성할 만큼 긴박한 장면이 있는가?
- 뜸 들이며 나오지 않는 정보가 있는가? 이런 정보는 독자를 긴장하게 만드는 데 매우 중요한 요소다.
- 뜻밖의 사건이 충분히 있는가?
- 어떤 사건에 대한 인물의 반응이 드러난 장면이 심오하고 흥미로운가?
- 각 장의 끝에 다음 장으로 넘어가게 하는 요소가 있는가?
- 어떤 사건에 대한 인물의 느낌을 묘사하기 위해 바꾸어야 할 장면이 있는가?
- 시각적 또는 감각적 묘사에 강한 단어를 사용하고 있는가?

이제 대화를 다듬어보자.

- 대화는 대개 짧을수록 효과적이다. 예를 들어 "너무 무서워서 나는 지금 그곳에 가고 싶지 않습니다"를 "가기 싫어요. 무섭거든요"로 바꾸어라.
- 대화에서 양쪽 모두에게 공평하자. 한 인물에게만 좋은 문장을

몰아주지 말자.

- 좋은 대화는 독자를 놀라게 하거나 긴장감을 일으킨다. 대화를 한 인물이 다른 인물들을 농락하는 게임이라고 생각하자.
- 같은 편끼리의 대화에도 갈등을 넣을 수 있는가?

초고를 고쳐 쓰는 일은 소설 쓰기에 꼭 필요한 과정이므로 잘 훈련해야 한다. 이 과정을 거칠 때마다 점점 더 좋은 작가가 될 것이다. 그리고 플롯은 더욱 탄탄해질 것이다.

초고에서 인물 두세 명이 등장하는 부분을 인쇄하자. 처음부터 끝까지 읽은 후에 여백에 다음 표시를 한다.

- 이야기가 늘어지는 것 같은 부분에 √ 표시를 한다.
- 이해되지 않는 부분에 ( ) 표시를 한다.
- 부연 설명이 필요한 부분에 ○ 표시를 한다. 예를 들어 긴장감이 높거나 긴박함이 떨어지는 부분이다.
- 삭제할 부분에 ? 표시를 한다. 예를 들어 보여주기보다 말하는 식의 설명 부분이다.

각 장의 시작과 끝을 살펴보자. 시작 부분에 독자를 즉시 매혹하는 요소가 있는가? 또한 끝부분에 다음 장으로 유도하는 요소가 있는가? 적절히 고쳐 쓰자. 여러 선택지를 놓고 그중 제일 좋은 것을 고르자.

실전 연습 01처럼 표시하면서 개고를 하면 어떤 부분을 어떻게 고쳐야 할지 더 잘 보인다. 이때 뭔가 잘되지 않는다면 왜 그런지 생각해보자. 뭔가 잘된다면 그 역시 왜 그런지 생각해보자. 이 방법은 글쓰기 독학에서 가장 수준 높은 단계다.

12장

플롯 유형: 아홉 가지 주요 유형

작가 한 명에게서 훔치면 표절이지만
작가 여러 명에게서 훔치면 연구다.

_윌슨 미즈너

글쓰기 교사들은 소설가들이 자주 쓰는 플롯 유형이 있다고 한다. 이 유형이 몇 개인지는 의견이 분분하다. 36개일까? 아니면 3개일까? 그게 몇 개이든 간에 서로 다른 유형의 플롯들이 어떻게 쓰이는지 이해하면 큰 도움이 된다. 플롯 유형을 이해하면 플롯에 대한 모든 것을 분명하게 알 수 있다.

플롯 유형을 연구하는 일은 플롯에 대해 새로운 생각을 하는 계기가 된다. 소설을 어떻게 전개할 것인가는 전적으로 작가에게 달렸지만 플롯 유형은 그렇지가 않다. 플롯을 구상할 때 여러 유형을 자유로이 적용해보자.

여러 유형을 결합하면 새로운 플롯을 만들 수 있다. 딘 R. 쿤츠는 『미드나이트』를 이렇게 창작했다. 이 소설의 플롯은 잭 피니의 『바디 스내처Invasion of the Body Snatchers』와 허버트 조지 웰스의 『모로 박사의 섬』을 결합한 것이다. 쿤츠는 소설의 배경을 동시대로 바꾸어 자신이 만든 새로운 인물로 채웠다. 이 독창적인 소설은 베스트셀러에 올랐다.

자주 쓰는 플롯 유형은 탐색, 복수, 사랑, 추적, 저항, 외톨이, 권력, 알레고리 등이다. 여기서 모든 플롯 유형을 소개할 수는 없다. 그러나 지금부터 다룰 주요 플롯 유형은 시간이 흘러도 변치 않는 가치가 있다.

탐색 플롯: 주인공의 여정을 따라

탐색 이야기는 가장 오래된 플롯 유형이다. 영웅이 무언가를 구하러 어두운 세계로 간다. 성배를 찾아 떠난 원탁의 기사처럼 주인공이 찾아야 할 대상은 성스러운 물건일 수도 있다. 지적 탐험 또는 내적 평화를 위한 여행 또한 이 유형에 속한다. 『호밀밭의 파수꾼』 역시 탐색 플롯이다. 이 소설은 한 소년이 불신으로 가득한 세상에서 삶의 이유를 찾아가는 이야기다.

탐색 플롯의 기초
- 주인공은 일상 세계에서 불완전한 존재다.
- 탐색 대상은 매우 중요한 것이어야 한다.
- 주인공의 탐색을 가로막는 요소가 있어야 한다.
- 탐색이 끝난 후 주인공은 딴사람(대개 더 나은 사람)이 되어야 한다. 그러나 결실을 보지 못할 경우 주인공은 비극적인 결말을 맞을 수도 있다.

탐색 플롯의 구조

1막에서 주인공을 소개하고 탐색이라는 치료법이 필요한 내적 결여를 소개한다. 주인공의 불만은 탐색을 지속할 동기가 된다. 『호밀밭의 파수꾼』에서 홀든은 불안정한 상태라는 점이 여러 면에서 드러난다. 그는 침울하고, 예민하며, 약간은 우울한 소년이다.

1막의 첫 번째 되돌아갈 수 없는 관문은 주인공이 탐색을 시작하는 지점이다. 『호밀밭의 파수꾼』에서 첫 번째 관문은 홀든이 같은 기숙사 방을 쓰는 스트러들레이터와 싸운 직후 발생한다. 이 사건으로 홀든은 학교를 떠나 뉴욕으로 돌아간다. 탐색이 시작된다.

탐색 플롯에서는 내내 많은 사건이 벌어지고 다양한 인물을 만나기 때문에 에피소드를 모아놓은 느낌이 들기도 한다. 이러한 에피소드에서 주인공은 역경에 처한다. 이것이 갈등이다. 주인공이 각각의 역경을 극복하려고 애쓸수록 목표에 점점 가까워진다. 탐색 플롯은 이런 식으로 이야기가 전개된다.

홀든은 호텔에 방을 얻는다. 그리고 뉴욕에 사는 여러 사람을 만난다. 그중에는 창녀와 포주도 있고 수녀도 있다. 그는 샐리라는 소녀와 데이트를 하지만 결말은 썩 좋지 않다. 그는 술에 취하기도 한다. 홀든은 탐색을 잘하지 못한다.

3막에 이르게 하는 두 번째 되돌아갈 수 없는 관문은 대개 커다란 위기나 역경, 발견 또는 주요 단서다. 결국 홀든은 한밤중에 센트럴파크에서 추위에 떤다. 그는 폐렴에 걸려 죽을 거라고 생각한다. 부모가 뭐라고 할지 걱정이 된 홀든은 집에 들어가지 못한다. 그러나 이제 죽음이 가까웠다는 생각이 들자 여동생 피비를 만나고 싶다. 여동생을 만난 홀든은 이 소설의 주제인 자신의 목표를 깨닫는다. 여동생이 무엇이 되고 싶은지 묻자 그는 벼랑에 선 아이들을 구해주는 호밀밭의 파수꾼이 되고 싶다고 말한다. 회전목마를 탄 피비의 모습을 그리는 유명한 마지막 장은 홀든이 찾고 있던 것을 발견했는지, 그 질문에 정확한 답을 주지 않은 채 끝난다.

탐색 플롯은 우리의 인생 여정을 투영한다. 다양한 도전을 만나며 우리는 역경을 겪기도 하고 이겨내기도 하면서 계속 앞으로 나아간다. 우리가 이 사실을 인지하든 못하든 우리 모두는 탐색을 하고 있다.

복수 플롯: 계획은 치밀하게

복수 이야기는 오래된 플롯 유형이다. 복수는 원시 부족의 삶에서 잘 나타난다. "내 형제를 죽이면 너의 형제를 죽일 것이다." 그 옛날 원시의 이야기꾼들은 영웅의 복수 이야기를 부족의 아이들에게 들려줌으로써 훈련을 시켰을 것이다. 복수 이야기는 본능적인 차원이라 매우 감정적이다.

복수 플롯의 기초

- 복수에는 대개 폭력이 뒤따르므로 주인공에게 동정심이 들게 해야 한다.
- 주인공 또는 주변 인물이 받는 부당한 대우는 대개 그의 잘못 때

문이 아니다. 만일 그렇다 하더라도 이런 대우는 주인공의 잘못
에 비해 과하다.

• 복수의 열망이 주인공의 내면에 변화를 가져온다.

복수 플롯의 구조

1막에서 주인공과 그의 일상 세계가 소개된다. 이 세계는 상
당히 안락한데, 이 평안함이 폭력으로 깨지면 독자는 주인공이
복수하고 싶어 하는 열망을 받아들이게 된다. 그 세계의 평안함
이 깨진 건 '부당'하다. 부당한 처사로 주인공은 오랫동안 고통을
겪는다. 이것이 독자와 주인공을 가깝게 만들고 다음 플롯까지
관심을 갖게 한다.

복수 플롯에서는 주인공 또는 그 주변 인물이 부당한 일을 당
한다. 그 예로 찰스 포티스의 『트루 그릿True Grit』은 살해당한 아
버지의 복수를 단행하는 소녀의 이야기다. 또는 주인공이 친구
또는 동지라고 믿었던 사람에게 배반당하며 부당한 일을 겪을
수도 있다. 이러한 예로 도널드 E. 웨스트레이크의 『사냥꾼The
Hunter』이 있는데, 이 소설은 영화 「포인트 블랭크Point Blank」와
「페이백Payback」의 원작이기도 하다. 또는 알렉상드르 뒤마의 『몽
테크리스토 백작Le Comte de Monte-Cristo』처럼 주인공이 자신이 저
지르지 않은 범죄의 누명을 쓰는 이야기로 전개할 수도 있다.

복수 플롯에서 되돌아갈 수 없는 첫 번째 관문은 대개 그 범죄
를 누가 저질렀는지 주인공이 깨달을 때 나타난다. 또는 범죄를
저지른 자를 대면할 방법을 발견할 때 나타나기도 한다.

앞서 지적했듯이 플롯의 목표는 주인공이 무언가를 얻거나 무언가로부터 벗어나는 것 둘 중 하나다. 복수 플롯에서 목표는 어떻게 복수를 '하느냐'에 달려 있다. 그리고 더 본질적인 동기는 '질서 회복'이다. 부당한 일을 당했을 때 복수를 함으로써 주인공은 정의의 균형을 회복하길 원한다. 그리고 주인공은 복수를 하려는 적대자가 꾸민 음모로 시련을 겪는다. 또는 주인공의 적대세력(『몽테크리스토 백작』에서는 세 명의 적대자)은 무슨 일이 일어나고 있는지 모를 수도 있다. 주인공이 자신의 의도를 감추고 있기 때문이다. 주인공이 직면하는 다양한 대결은 그의 은폐된 의도가 드러나게 만들기도 한다.

2막은 주인공의 목표 달성을 가로막는 일련의 대결로 이루어진다. 그는 적을 죽일 수 있는 기회를 잡지만 다른 장애물로 좌절한다. 장애물은 상황일 수도 있고 다른 인물, 대개는 적의 동료일 수도 있다. 그렇게 조금씩 전진과 후퇴가 반복되는 상황 속에서 주인공은 복수를 향해 나아가기도 하고 물러서기도 한다. 그리고 마지막으로 그에게 중요한 기회가 주어진다. 주인공은 적대자에게 연인, 사업, 권력을 빼앗길 수 있다. 이것이 두 번째 되돌아갈 수 없는 관문, 곧 클라이맥스로 치닫는 지점이다. 경우에 따라서는 적과 그 동지들의 권력이 무엇보다도 가장 큰 방해물이 되어 주인공은 철저히 패배하고 거의 죽을 지경에 이를 수도 있다. 그러나 결국 주인공은 큰 위기를 헤치고 살아남아 목표를 이루거나 포기해야 한다.

주인공은 복수를 이루어 독자를 만족시키거나 아니면 더욱 큰 가치(자비를 베푸는 등 고귀한 이유)를 위해 복수를 포기하기도 한다. 후자의 경우 주인공이 더 고귀한 목표를 위해 자신을 희생했다는 점에서 이 또한 독자를 만족시킨다. 목표를 포기하며 주인공은 더 가치 있는 것을 얻기 때문이다. 잔인한 복수의 욕망을 버리고 덕을 쌓아 잃어버린 균형을 되찾는 것이다.

복수 플롯은 인간의 본성을 탐구하기에 좋다. 독자는 복수와 그 복수가 불러일으키는 감정을 이해할 수 있다. 그렇다면 복수 플롯을 앞으로 나아가게 만드는 가장 좋은 방법은 무엇일까? 복수를 통해 보편적 정의를 개인적으로 이루는 게 나을까, 아니면 권력 기관에 맡기는 게 나을까? 적대자에게 자비를 베푸는 게 나을까, 아니면 자비는 바보들이나 하는 짓일까? 복수는 인간에게 어떤 영향을 미칠까? 특히 오랜 시간에 걸친 복수는 인간에게 어떤 영향을 미칠까?

복수는 독자를 사로잡는 좋은 방법이다. 범행이 참혹하고 계획이 치밀하면 독자는 복수하려는 주인공에게 크게 공감한다. 이때 주의할 점이 있다. 작가는 복수 플롯에서 적대자를 완전히 나쁜 인물로 그리고 싶은 유혹에 사로잡히기 쉽다. 악인에게 독자는 분노하기 마련이므로 어쩌면 당연하다. 하지만 적대자를 지나친 악인으로 묘사하면 작위적인 느낌을 줄 수 있다. 적대자에게도 그런 일을 저지를 만한 충분한 이유가 있는 게 좋다. 그래야 복수의 동기가 약해지지 않고 오히려 독자가 소설이 그리는 세계를 더 실제처럼 받아들인다. 그리고 이 방식은 언제나 통한다.

사랑 플롯: 행복하거나 슬프거나 비극이거나

사랑 플롯의 주인공은 연인 중 한 사람이거나 연인 두 사람으로 서로 평행을 이룬다. 『로미오와 줄리엣Romeo and Juliet』은 평행을 이루는 사랑 이야기다. 윌리엄 셰익스피어는 연인을 따로 보여주다가 나중에 함께 보여준다. 사랑 플롯의 주요 목표는 연인이 사랑을 이루거나 많은 장애가 있는데도 함께하는 것이다.

사랑 플롯인 고전 작품에서 적대자는 주인공의 사랑을 원하지만 받지 못한 다른 연인인 경우가 많다. 많은 로맨스소설이 이 유형을 따른다. 또는 연인의 사랑을 얻으려는 또 다른 경쟁자가 있을 수도 있는데 이것이 주인공에게는 주요 시련이 된다. 연인이 같이 있기를 원할 경우에 문제는 다른 데에서 올 수도 있다. 예를 들어 『로미오와 줄리엣』처럼 가족의 반대가 문제일 수도 있다.

사랑 플롯의 결말은 행복하거나 슬프거나 비극으로 끝난다. 연인이 끝내 함께한다면 행복한 이야기다. 연인 중 하나가 죽는다면 슬픈 이야기다. 연인 둘 다 죽는다면 『로미오와 줄리엣』처럼 비극이다.

사랑 플롯의 기초

- 두 사람이 사랑에 빠진다.
- 어떤 일로 두 사람은 헤어진다.
- 사랑하는 두 사람이 다시 만나거나 비극적으로 만나지 못한다.
- 연인 중 하나 또는 둘이 사랑을 통해 성장한다.

사랑 플롯의 구조

어떤 사랑 이야기인지에 따라 구조는 다양하게 변주할 수 있다. 예를 들어 1막에서 남녀가 처음 만나 한 사람만이 사랑에 빠지고, 2막에서 사랑에 빠진 이가 다른 연인의 마음을 얻으려 애쓸 수 있다. 또는 1막에서 두 남녀가 서로 사랑에 빠지고, 2막에서 『로미오와 줄리엣』처럼 이 둘을 갈라놓는 상황이 벌어질 수 있다. 그러면 연인들은 위험을 무릅쓰고 서로 만나려고 애를 쓴다.

사랑 플롯을 변주한 것 중 인기가 높은 작품은 영화 「아프리카의 여왕 The African Queen」처럼 사랑할 운명인 연인이 처음 만났을 때에 서로를 싫어하는 경우다. 플롯이 전개되면서 그들은 그들 앞에 놓인 도전을 '함께' 헤쳐 나가며 서로에게 끌린다.

평범한 이성간의 사랑을 그리는 플롯은 이렇다. 소년이 소녀를 만난다. 소년이 소녀의 사랑을 잃는다. 소년이 소녀의 사랑을 다시 얻는다. 반면 연인이 만나 사랑에 빠지지만 무슨 일인가 생겨 원수가 되는 이야기도 있다. 이 유형은 서브플롯으로 자주 쓰인다.

영화 「어느 날 밤에 생긴 일 It Happened One Night」은 완벽한 구조를 갖춘 사랑 이야기로 연구할 가치가 있다. 주인공은 냉소적인 기자 피터와 재벌가에서 가출한 무남독녀 엘리다. 피터와 엘리는 버스에서 처음 만나지만 첫눈에 서로를 싫어한다. 그러나 그녀의 정체를 안 피터는 그녀에게 협상을 제안한다. 만일 그녀의 이야기를 독점 보도할 수 있게 해주면 그녀가 어디에 있는지 알리지 않겠다는 것이다. 이것이 그들이 함께하는 동기가 된다. 그들은 점점 서로에게 사랑을 느낀다. 그러나 큰 오해가 생긴다. 엘리는 피터가 약속을 어겼다고 오해한다. 그가 원하는 것은 오로지 기삿거리뿐이라고 생각한 것이다. 그래서 사랑하지 않는 약혼자에게 돌아간다. 이제 피터는 엘리가 약속을 어겼다고 생각한다. 서로 적대 관계가 되는 이 상황은 영화가 끝나기 직전에 벌어진다. 결국 오해가 풀리고 연인은 다시 만난다.

사랑 이야기는 두 가지 방향에서 반향을 일으킨다. 행복하게 끝난다면 희망을 준다. 우리도 이 세상에서 사랑을 찾을 수 있을 것이라는 희망 말이다. 또한 비극으로 끝난다 하더라도 사랑을 안 하는 것보다는 사랑하다가 잃는 것이 더 낫다는 씁쓸하면서도 달콤한 인상을 남긴다.

모험 플롯: 결국에는 인물 변화

모험 이야기는 문학에서 가장 오래된 소재 중 하나다. 모험 이야기는 일상생활에서 벗어나지 못하는 독자들이 오싹한 전율을 느낄 수 있도록 써야 한다. 모험 플롯의 목표는 공동체 삶에 도움이 될 무언가를 찾도록 자극하고 영감을 불어넣는 것이다.

오늘날 모험 이야기는 쓸모가 줄어들었을까? 요즘 어딜 가든 우리는 대개 예측 가능한 삶을 살고 있다. 이는 분명히 나쁜 일은 아니다. 예측 가능하고 확실한 삶은 안전하다는 느낌을 준다. 그러나 이따금씩 우리는 이런 생활을 내던지고 모험을 떠나면 어떤 일이 생길지 궁금해한다.

「브론슨이 왔어요Then Came Bronson」라는 1960년대 후반 드라마가 있다. 브론슨은 치열하고 무한한 경쟁이 벌어지는 세상을 버리고 모터사이클을 타고 여행을 떠난다. 출연진과 제작진의 이름이 크레디트에 올라갈 때, 브론슨은 자동차를 운전하던 한 사내 옆에 모터사이클을 세운다. 그 사내는 녹초가 되었거나 좌절감을 느끼고 있다는 인상을 준다. 그 사내는 브론슨에게 어딜 가느냐고 묻는다. 브론슨은 어깨를 으쓱이고는 대답한다. "어디든 되는 대로 가지요." 그 사내는 슬픈 미소를 띠며 말한다. "나도 당신 같았으면 좋겠소." 그렇게 브론슨은 여행을 시작한다.

모험 이야기를 쓸 때는 독자가 주인공과 동일시할 수 있게 해야 한다.

모험 플롯의 기초

- 주인공이 여행을 떠난다. 목적지가 있어서라기보다는 단지 모험을 하고 싶어 떠난다. '저기'에 도대체 무엇이 있을까 경험하고픈 마음에 여행길에 나선다.
- 여행 도중에 주인공은 흥미로운 인물들을 만나고 재미있는 상황에 처한다.
- 주인공은 여행을 마친 후 자신 또는 자신의 삶에 대한 통찰을 얻는다.

모험 플롯의 구조

모험을 하려면 일단 길을 '나서야' 한다. 그러므로 1막에서 모험을 떠나기에 앞서 주인공이 소개되어야 한다. 또한 그가 어떤 삶을 살았는지 간략히 보여줘야 한다. 주인공이 현재 자신의 삶과 환경에 만족하지 않는다는 것을 보여주는 방법은 다양하다. 불만족은 『허클베리 핀의 모험 The Adventures of Huckleberry Finn』처럼 주인공의 삶을 직접 위협하기도 하며, 『돈키호테 Don Quixote』처럼 주인공이 스스로 세상 밖으로 나가야 한다는 것을 깨닫고 어떤 일을 하게 만들기도 한다.

『허클베리 핀의 모험』을 잠시 살펴보자. 마크 트웨인이 소설의 도입부에서 "이 이야기에서 어떤 플롯을 찾으려는 자는 총살할 것이다"라고 경고를 했음에도, 이 소설의 제목은 플롯을 잘 보여주고 있다. 허클베리 핀의 모험이 바로 플롯이다.

시작 부분에서 허크는 미망인 더글라스 부인과 함께 살게 된다. 그때 아버지가 나타나서 허크를 그의 오두막으로 끌고 간다. 허크는 죽음을 가장해 잭슨섬으로 도망친다. 그곳에서 허크는 도망친 노예 짐을 만난다. 짐과 허크의 모험은 미시시피강을 따라 뗏목을 타고 내려가면서 시작된다. 뗏목을 타고 가다 둘은 헤어진다. 허크는 그랜저포드 가문의 사람들과 얽혀서 여러 모험을 겪고 난 뒤에 다시 짐을 만나 뗏목을 타고 강을 내려간다. 그리고 듀크와 킹이라는 사기꾼들을 만나 색다른 경험을 하는 모험 이야기가 이어진다. 이 이야기는 허크의 독특한 관점과 허크가 만나는 다양한 인물을 통해 만들어진다. 이런 플롯에서는 각각의 모험이 미니플롯을 갖고 있어야 한다.

모험 플롯은 이야기가 너무 에피소드 위주로 흘러가지 않도록 주의해야 한다. 즉 주인공이 한 이야기에서 다른 이야기로 넘나

들면서 결국에는 처음이나 끝이나 똑같은 인물로 남지 않아야 한다. 인물은 변화하거나 적어도 어떤 반향을 반드시 일으켜야 한다. 탐색 이야기처럼 모험 이야기도 인생이나 자아 또는 이 둘 모두에 대한 새로운 시각을 보여줘야 한다.

추적 플롯: 주인공과의 동일시부터

우리 대부분은 누군가에게 쫓기는 꿈을 꾸곤 한다. 꿈속에서 우리는 어떤 무시무시한 존재로부터 벗어나려고 애쓰는데, 애를 쓰면 쓸수록 더 천천히 움직인다. 그래서 꿈에서 꼭 잡힐 것만 같은 기분에 시달린다. 그러나 곧 우리는 잠에서 깬다. 얼마나 다행인가. 위협은 끝났고, 우리는 탈출했다.

추적 이야기는 이러한 꿈과 똑같은 느낌을 준다. 위협, 추적, 그리고 궁극적으로 구원으로 이루어진다. 이때 우리가 추적당하는 인물의 편에 서서 그와 동일시를 하면 그가 정의로운 사람이니 어떻게든 위기를 모면하리라는 기대를 한다. 그러나 반대로 추적하는 인물의 편이라면 사람을 잡아야 한다는 정의감에 근거해 이야기를 따라간다.

추적 플롯의 기초
- 중요한 이유로 어떤 인물이 도망을 쳐야 한다.
- 추적자는 주인공 또는 적대자일 수 있는데, 그는 추적하는 인물을 꼭 잡아야 하는 의무 또는 강박관념을 갖고 있다.

• 때때로 추적은 엄청난 오해에서 비롯된다.

추적 플롯의 구조

1막은 대개 주인공에 대한 동일시를 유도한다. 주인공은 여러 가지 이유로 도망쳐야만 한다. 영화 「도망자」처럼 주인공이 저지른 끔찍한 잘못 때문에 도망쳐야 하거나, 나쁜 곳(교도소 같은)에서 탈출해야 하거나, 단순히 그럴 만한 이유(『레미제라블』처럼)가 있는 상황에서 저지른 잘못으로 달아나야 한다. 만일 주인공이 도망쳐야 한다면, 그는 독자의 동정을 과도하게 받지 않을 만큼의 결점을 갖고 있어야 한다. 추적 플롯에서 주인공은 자신에 대해 많은 것을 깨달으면서 변하는 경우가 많다. 이때 주인공은 「죠스」의 보안관 브로디처럼 추적자가 될 수도 있다.

추적이 끝나면 누가 승자인지를 알게 된다. 그러나 때로 애매한 결말이 충격적인 효과를 일으키기도 한다. 영화 「나는 탈옥수I am a Fugitive from a Chain Gang」의 마지막 장면에서 제임스 앨런이 그동안 어떻게 살았는지 대답한다. "도둑질하면서 살았소." 그가 이 말을 한 뒤 어둠 속으로 사라지는 장면은 잊을 수 없을 만큼 강렬하다.

저항 플롯: 신념을 지키는 인물

러디어드 키플링은 유명한 시 「만일If」에서 여러 가지 덕목을 찬양했다. 그중 하나다. "만일 당신 주변의 다른 모든 이가 정신을 잃으며 모두 당신 탓을 할 때, 당신이 제정신일 수 있다면……."

대부분의 사람이 우리를 믿지 않더라도 우리의 믿음을 지켜야만 할 때가 있다. 이런 경우 다른 플롯 유형보다도 더 많은 내적 힘이 있어야 한다. 우리는 명성을 중시한다. 주인공이 도덕적 양심을 지킴으로써 우리의 존경을 받는다는 점에서 저항 이야기는 매우 강력하다.

저항 플롯의 기초

- 주인공은 무리의 정신적 지주를 상징한다.
- 공동체를 위협하는 적이 있고, 이 적은 주인공보다 훨씬 강하다.
- 주인공이 무리의 나머지 사람들을 이끌고 북돋아 승리한다.
- 결말은 주인공의 자기희생으로 끝나기도 한다.

저항 플롯의 구조

1막에서 주인공은 영웅적인 성격을 가진 인물로 등장한다. 그는 보통 사람들이 존경하는 인물이다. 2막으로 가는 관문은 주인공의 세계가 적의 위협을 받아 생기거나 적과 주인공이 싸움을 선언하면서 생긴다.

예를 들어 켄 키지의 『뻐꾸기 둥지 위로 날아간 새One Flew over the Cuckoo's Nest』의 1막을 보자. 맥머피는 정신병동에 갇히고 그의 병동은 래치드 간호사가 담당한다. 맥머피는 병동의 환자들이 래치드 간호사의 폭압에서 벗어나길 원하지만 그들은 모두 그녀를 두려워한다.

첫 번째 되돌아갈 수 없는 관문은 맥머피가 TV에서 월드시리즈 야구 경기를 보는 것처럼 꾸밀 때 나온다. 래치드 간호사는 병동의 환자들에게 실제 오락거리를 줄 수 없다고 거부한다. 그래서 맥머피는 상상력을 발휘해 환자들을 즐겁게 만든다. 래치드와 맥머피는 이제 환자들을 두고 싸움을 시작한다. 이 이야기가 2막 대부분을 차지한다. 3막에서 맥머피는 동료 환자들이 래치드 간호사의 폭압에 항거하도록 이끌지만 결국 패배한다.

저항 플롯은 자기희생으로 끝날 때도 많다. 『뻐꾸기 둥지 위로 날아간 새』에서 맥머피가 래치드 간호사와 싸우는 모습을 보고 제 발로 입원한 환자들은 대부분 병원을 떠나길 원한다. 맥머피는 대뇌 전두엽의 백질 절제 수술 덕분에 인디언 추장을 만난다. 추장은 맥머피를 위해 컨트롤 패널을 창문으로 던지고, 그의 목을 조르고는 병원 창문을 깨고 탈출한다.

또 다른 예로 서부영화 「하이눈High Noon」은 저항 플롯을 가진 고전 영화다. 윌 케인은 마을의 보안관직을 얼마 전 은퇴하고 결혼식을 올린다. 그러나 결혼식이 끝나자마자 그가 교도소에 처넣은 살인범 프랭크 밀러가 주지사의 사면을 받고 풀려나 복수를 위해 마을로 오는 정오 기차를 탔다는 사실을 알게 된다. 밀러는 케인을 죽이겠다고 맹세하고 자신을 도와줄 총잡이 세 명과 함께 마을로 오고 있다. 케인은 신부와 함께 도망가도록 종용받아 마을을 떠난다. 그러나 마을을 떠나던 그가 도망치지 않겠다고 결심하고 다시 돌아온다. 그는 마을을 지키는 게 자신의 의무라고 믿는다. 게다가 그는 자신을 도와줄 민병 대원을 쉽게 모을 수 있다고 생각한다.

그러나 2막에서 케인은 살인자보다도 마을과 먼저 대결을 해야 할 처지에 놓였다는 걸 깨닫는다. 케인은 자신을 도와줄 사람을 하나도 구하지 못한다. 저항 플롯에서 주인공이 속한 공동체가 주인공과 적대 관계에 놓이는 상황은 예상치 못한 일이다. 마을 사람들은 총싸움으로 주 정부와 좋은 관계를 유지하지 못할 수도 있으니 케인에게 마을을 떠나달라고 말한다. 마을 사람들 모두 그를 도와주지 않을 핑계를 만드느라 정신이 없다.

3막에서 살인범이 일으킨 갈등은 해소되어야 한다. 케인은 놀랍게도 아내의 도움으로 나쁜 놈들을 모두 해치운다. 그러나 마을 사람들과의 관계는 어떻게 되었을까? 이 영화에서 주인공은 마을에 등을 돌린다. 케인은 아무 말 없이 땅바닥에 보안관 배지를 던지고 아내와 나란히 말을 타고 영원히 마을을 떠난다.

또 다른 영화로 「12인의 성난 사람들Twelve Angry Men」을 보자. 배심원 8은 살인 사건 재판에서 무죄 판결을 내리기 위해 온갖 애를 쓴다. 그는 나머지 배심원 11명을 상대로 저항한다. 여기에 갈등이 있다.

내가 이 영화를 추천하는 이유는 영화의 속도와 긴장감 때문이다. 이 영화를 보고 나면, 손에 땀을 쥐는 이야기를 만들기 위해서 반드시 육체적 싸움이 일어나는 장면을 많이 넣지 않아도 된다는 점을 알게 될 것이다. 이런 이야기에서는 자신의 신념을 열정적으로 지키려는 인물들이 필요하다. 이 영화에는 그런 인물이 열두 명이나 등장한다.

외톨이 플롯: 두 가지 선택의 기로

저항 플롯과 달리 외톨이 플롯의 주인공은 대결을 하려 하지 않는다. 그는 대의명분을 지키려는 인물이 아니다. 그는 반영웅으로 단지 홀로 있기를 원한다. 그러나 연이은 사건들이 그를 괴롭히면서 그는 사건들에 어쩔 수 없이 휘말린다.

외톨이 플롯의 기초

- 주인공은 반영웅으로 무리에 엮이길 원치 않고, 자신의 도덕 원칙에 따라 사는 인물이다.
- 어떤 사건이 발생해 주인공이 큰 어려움에 빠진다.
- 주인공은 어떤 입장을 따를지 말지 결정해야 한다.
- 주인공은 자신의 닫힌 세계로 돌아가거나 무리에 속하기로 결정한다.

외톨이 플롯의 구조

반영웅은 무리로부터 떨어져서 자신의 원칙에 따라 살기를 원하는 인물로서, 이 인물을 그리는 방법은 여러 가지다. 예를 들어 켄 키지의 『스탬퍼가의 대결Sometimes a Great Notion』에서 주인공 행크 스탬퍼는 어떤 타협이나 화해도 거부한다.

영화 「카사블랑카」의 릭도 반영웅이다. 1막에서 릭은 말한다. "난 어떤 누굴 위해서도 일하지 않아." 그가 전쟁 중에도 카사블랑카에서 술집을 운영할 수 있었던 것은 그가 어느 편도 들지 않았기 때문이다. 그에게도 예법은 있는데, 도박판에서 돈을 잃은 남편을 둔 젊은 부인이 그에게 도움을 청할 때 살짝 드러난다. 2막에서 사건이 발생하면서 주인공은 자신이 결코 원하지 않았던 대결에 직면하게 된다. 릭은 나치와 저항군의 지도자인 빅터 라즐로 사이에 개입하고 싶지 않다. 그러나 라즐로가 그의 아내이자 릭의 옛 애인인 일자와 함께 술집에 나타나자 그는 대결을 피할 수 없게 된다. 3막에서 주인공은 반영웅으로서 자신의 권리를 재확인하며 혼자 따로 살지 아니면 무리로 돌아올지 결정한다.

『스탬퍼가의 대결』에서 스탬퍼는 죽을 때까지 저항하고, 그의 저항은 심지어 죽어서도 계속된다. 그가 치켜세운 가운뎃손가락은 그의 저항 정신을 보여주는 상징으로 읽을 수 있다. 그와 반대로 「카사블랑카」의 릭은 전쟁에 참여하기로 결정한다. 라즐로가 그에게 말한다. "전투에 돌아와서 고맙소. 이제 우리가 이길 것이오."

권력 플롯: 흥망성쇠 이야기

우리는 권력에 매료되곤 한다. 우리 대부분은 결코 권력을 휘둘러볼 수 없기 때문이다. 영화 「월스트리트 Wall Street」에 등장하는 고든 게코처럼 세계 금융 시장을 주무르지 못한다. 『대부』에 등장하는 비토와 마이클 코를레오네처럼 거대한 범죄 조직을 거느릴 수도 없다. 그러나 우리는 그런 이들을 보고 싶어 한다.

권력 플롯에는 흥망성쇠가 담기기 마련이다. 또는 성공할 경우 도덕적 흠이 생긴다. 권력은 한 개인이 좌우할 수 있는 것이 아니다. 『반지의 제왕The Lord of the Rings』에서 절대 반지는 그것을 가진 자에게 위험한 물건이다.

권력 플롯의 기초

- 주인공은 대개 약자의 지위에서 시작한다.
- 야망과 권력을 조금씩 얻으며 주인공의 신분이 상승한다.
- 권력을 얻을 때 도덕적 대가를 치른다.
- 주인공은 몰락하거나 도덕심을 되찾기 위해 권력을 포기한다.

권력 플롯의 구조

『대부』는 마이클 코를레오네가 권력을 잡는 이야기다. 1막에서 마이클은 가족이 운영하는 사업에 끼지 못한다. 그는 아버지 돈 코를레오네를 따라 사업에 손을 대기 시작하나 곧 적대자에게 암살당할 뻔한다. 마이클이 더 많은 영향력을 갖게 되었을 때 우리는 그가 권력의 대가로 윤리를 잃어가고 있다는 것을 알게 된다. 3막에서 마이클은 아내 케이에게 매제의 죽음에 대해 거짓말을 한다. 그는 완전히 타락한다. 이 소설의 마지막 문장은 "마이클 코를레오네의 영혼을 위한 기도"를 드리는 케이를 그리고 있다.

알레고리 플롯: 모두 3막 구조

알레고리 플롯은 아주 특별한 유형이다. 알레고리 플롯은 다양한 형식으로 변주할 수 있으나, 결국 인물은 어떤 사상을 드러내고 소설 속 사건들은 이런 사상의 결과를 보여주는 역할을 한다.

그 예로 조지 오웰의『동물농장Animal Farm』은 전체주의를 다루는 분명한 알레고리 플롯이다. 또한 C. S. 루이스의『나니아 연대기The Chronicles of Narnia』는 기독교에 대한 알레고리 플롯이다. J. R. R. 톨킨의『반지의 제왕』은 선과 악 사이에 벌어지는 영원한 투쟁과 권력의 유혹이라는 문제를 다룬 알레고리로 종종 해석된다. 톨킨은 신화를 만들려는 시도였다고 주장하지만, 나는 톨킨의 소설을 알레고리라고 생각한다. 그런가 하면 허먼 멜빌의『모비딕』은 상징으로 가득한 엄청난 알레고리 소설이다.

잭 런던의『야성의 부름The Call of the Wild』도 알레고리적인 의미를 담고 있다. 이 소설은 겉으로는 개 이야기다. 도시의 한 가정에서 길들여진 개 한 마리가 납치되어 황금 개발 대유행이 일던 클론다이크강으로 보내진다. 이곳의 척박한 환경에서 개는 살아남기 위해 온갖 역경을 견딘다. 개는 야생으로 돌아가서 개들의 우두머리가 될 뿐만 아니라 전설적인 유령 개가 된다. 그러나 이 이야기의 표면 아래 숨어 있는 철학은 '강한 자만이 살아남는다'는 것으로 이 사상은 찰스 다윈과 프리드리히 니체의 영향을 받았다.

그러나 중요한 건 이 소설들은 모두 3막 구조라는 점이다. 이 소설들을 분석해보면 모두 3막 구조가 요구하는 것들을 따르고 있으며, 적절한 순서에 따라 전개된다는 것을 알 수 있다. 이 소설들이 훌륭한 이유는 바로 여기에 있다.

『야성의 부름』의 1막은 문명 세계이며, 2막은 벅이라는 개가 문명과 야생 사이에서 전력을 다해 싸우는 모습을 그린다. 3막은 야생으로 돌아가는 벅을 그린다. 또한 『모비딕』의 1막은 바다에 나가기 전의 이슈마엘을, 2막은 흰 고래를 추적하는 과정을, 3막은 고래와의 싸움을 그리고 있다.

알레고리 플롯은 상상 속 이야기라는 허구를 통해 독자들에게 교훈을 남기려는 인상을 주므로 잘 쓰기 어렵다. 만일 이 유형을 쓰고자 한다면, 이 책에서 설명한 플롯의 모든 요소를 세심하게 다루어야 한다. 인물을 작가의 생각을 대신 전달하는 존재가 아니라 스스로 살아 있는 인물로 만들자.

플롯 유형에 따라 소설을 쓰면

필립 제러드는 『차이를 만드는 책 쓰기Writing a Book That Makes a Difference』에서 말한다. "일단 구조의 틀을 잡았다면, 그 안에서 편안하면서도 놀라운 글을 쓸 수 있는 자유를 더욱 누릴 것이다. 극의 일관성이 있는지 확인하기 위해 크게 애쓰지 않아도 되기 때문이다."

즉 플롯 유형에 따라 글을 쓰면 그 유형이 글쓰기를 훨씬 자유롭게 해줄 것이다. 그러니 소설을 쓸 때 언제든 잠시 쉬면서 플롯 유형을 분석해보길 바란다.

좋아하는 소설을 한 권 골라 분석해보자. 그 소설에서 쓴 플롯은 어떤 유형을 따르고 있는가? 하나의 유형을 사용하는가, 아니면 여러 유형을 섞어 사용하는가?

실전 연습 01에서 선택한 소설의 구조를 분석하자. 각 막에서 어떤 일이 벌어지는지 적어보자.

이 장에서 소개한 플롯 유형 중 하나를 골라 그 유형에 따른 새로운 소설을 쓰자. 독창적인지 아닌지 걱정하지 말자. 인물들이 등장하는 두세 쪽 분량이면 된다. 직접 써보면 플롯 유형의 구조를 이해할 수 있다.

이번에는 두 가지 플롯 유형을 섞어서 위의 실전 연습 03을 해본다.

13장

문제별
맞춤 처방:
글쓰기의 연금술

추천한 수술을 받을 여유가 없다고 의사에게 말했더니
의사가 나의 엑스레이 사진을 고쳐주었다.

_헨리 영맨

작가가 좋은 점은 마음대로 작품을 손볼 수 있다는 것이다. 그렇지만 작품을 제대로 손보려면 작품의 문제를 정확히 진단해야 한다. 그렇지 않으면 출판되기도 전에 사라질지 모른다.

나는 영화 「도망자」에 쓰인 사건 흐름을 좋아한다. 이 영화에서 리처드 킴블이 주립 병원에 관리인으로 가장해 잠입하는 장면을 특히 좋아한다. 응급실 간호사가 그를 불러 아이를 수술실로 데려가라고 말한다. 아이는 무척 고통스러워한다. 킴블은 의사이기에 자신도 모르게 아이의 엑스레이 사진과 병원 기록을 들여다본다. 킴블은 그 아이의 진단이 잘못되었다는 것을 알아차린다. 그래서 아이를 응급 수술실로 데려가서 직접 수술을 한다.

이것이 이 장에서 설명하려는 것이다. 정확한 진단과 즉각적인 치료 말이다. 다만 작가는 이를 위해 의사처럼 손을 소독하지 않아도 된다.

문제 1: 재미없는 장면

어떤 장면이든 장면에는 긴장이 흘러야 한다. 그게 나쁜 일이 벌어진 탓에 생기는 육체적 긴장감이든 인물이 무엇인가를 걱정해 생기는 내적 긴장감이든 상관없이 말이다. 어떤 인물이 비교적 편히 쉬고 있을 때라도 겉으로 보이듯 평온하기만 한 상태가 아니라는 걸 알려주는 숨은 장치가 있어야 한다.

강조점

어떤 장면은 너무 길어서 이야기의 '속도감'을 떨어뜨린다. 노르웨이 작가 레이먼드 옵스트펠데르는 이런 문제를 해결하는 방법으로 '강조점hot spot'을 쓰는 법에 대해 이야기했다.

모든 장면은 중심 또는 핵심이 되는 순간이나 전환을 맞는 부분이 있어야 한다. 만일 장면에 이렇게 두드러지게 부분이 없다면 그 장면은 잘라내야 한다. 옵스트펠데르는 강조점을 찾아낸 다음 그 부분에 동그라미를 그려두라고 말한다. 그리고 강조점의 바로 앞 단락을 읽어본다. 이 단락이 꼭 필요한가? 문장 모두가 필요한가? 그렇지 않은 부분에 밑줄을 긋는다. 이런 식으로 거슬러가며 장면의 중요한 부분이 나올 때까지 불필요한 요소들을 계속 없앤다. 물론 없애고 싶지 않은 부분이 있을 수도 있다. 그러나 이렇게 해서 얼마나 많이 지울 수 있는지, 손본 뒤에 얼마나 좋아졌는지 알게 되면 놀랄 것이다.

회상(플래시백) 장면을 잘못 쓰면 플롯에 문제가 생길 수 있다. 과거로 돌아간 게 앞으로 나아갈 힘을 막기 때문이다. 부적절한 회상 장면에 독자는 좌절하거나 인내심을 잃는다. 회상 장면을 불신하는 편집자는 말할 것도 없다. 회상 장면을 쓸 때 플롯 전개를 막지 않고 앞으로 이끌 수 있는 몇 가지 요령이 있다.

필요

회상 장면을 쓰고 싶다면 먼저 이 장면이 꼭 필요한지를 먼저 고민하자. 확신이 있어야 한다. 즉 회상 장면이 정보를 주기 위한 최고의 방법이기 때문에 쓴다는 생각 말이다. 회상은 항상 인물이 왜 그런 식으로 행동하는지 이유를 설명할 때 쓴다. 만일 현재를 재현하는 장면에서 그런 정보를 전할 수 있다면 그게 더 나은 선택이다.

기능

회상 장면이 필요하다고 판단했다면 이 장면은 직접적이며 대립적인 기능을 해야 한다. 즉 정보가 한꺼번에 쏟아지는 장면이 아니라 극적 사건이 벌어지는 장면으로 만들어야 한다.

　잭은 자신이 어렸을 때 가솔린을 땅에 흘린 일을 기억했다. 그의 아버지가 무섭게 화를 내서 잭은 겁에 질렸다. 아버지는 잭을 때렸고 소리를 질렀다. 이 일을 잭은 결코 잊을 수 없었다.

이렇게 쓰는 대신에 다음과 같이 쓰면 어떨까?

잭은 휘발유통 사건을 잊을 수 없었다. 잭은 여덟 살이었고, 휘발유통을 갖고 놀려고 했을 뿐이다.

차고는 그의 극장이었다. 누구도 집에 있지 않았다. 잭은 휘발유통을 천둥의 신 토르의 망치인 양 높이 쳐들었다. "나는 휘발유의 왕이다." 그가 말했다. "나는 너희 모두를 불 위에 올려놓겠다."

잭은 자신의 발밑에 사람들이 있다고 상상하고 내려다보았다.

휘발유통이 손에서 미끄러졌다.

통을 놓친 잭은 꽝 하고 떨어지는 무서운 소리를 듣고 있을 수밖에 없었다. 휘발유가 새로 바른 콘크리트 바닥으로 쏟아졌다.

잭은 재빨리 통을 바로 세웠으나 늦었다. 휘발유 웅덩이가 차고 한가운데에 생겼다.

아버지가 날 엄청 혼낼 거야!

필사적으로 잭은 휘발유를 닦을 걸레를 찾기 위해 주변을 둘러보았다.

그는 차고 문이 열리는 소리를 들었다.

아버지가 집에 돌아왔다.

회상 장면을 잘 쓰면 이야기가 옆으로 새지 않는다. 오히려 내러티브에 꼭 필요한 부분이 되며 장면의 기능을 한다.

방향 조정

회상 장면을 자연스럽게 흘러가게 하려면 어떻게 해야 할까? 한 가지 확실한 방법이 있다. 어떤 장면에서 회상 장면으로 돌아가고 싶을 때는 회상을 할 만한 강렬하고 감각적인 사항을 구체적으로 쓰면 된다.

웬디가 벽을 쳐다보았을 때, 못생긴 검은 거미가 거미줄에 걸린 파리를 향해 가고 있었다. 거미는 먹이를 향해 천천히 기어갔다. 마치 지난 몇 년 동안 레스터가 웬디를 향해 움직였던 것처럼.

그녀는 열여섯 살이었고, 레스터는 덩치가 컸다. 어느 날 사물함 옆에 있던 웬디에게 레스터가 말했다. "영화 보러 가지 않을래?"

이런 식으로 회상 장면을 쓸 수 있다. 일단 쓴다. 극적으로 쓴다.

그럼 회상 장면에서 원래 장면으로 돌아갈 때는 어떻게 할까? 감각적이고 구체적인 사실로 돌아감으로써, 즉 앞의 예처럼 거미라는 시각적 사실을 언급함으로써 원래의 장면으로 돌아갈 수 있다. 독자는 강렬한 장면을 기억할 것이고, 회상 장면에서 원래의 장면으로 돌아간다는 것을 알게 된다.

레스터는 차 뒤로 웬디를 끌고 갔다. 웬디는 어쩔 도리가 없었다. 모든 일이 끝나는 데에 5분도 채 걸리지 않았다.

거미는 지금 거미줄에 이르렀다. 웬디는 그걸 보자 속이 메스꺼웠다. 그러나 그녀는 눈을 돌리지 못했다.

조심스러운 전환

회상 장면에서는 '과거형' 표현에 주의한다. 회상이 시작되었다는 것을 알리는 단어는 쓰지 않는다.

마빈은 농구를 잘했었다. 그는 농구팀 선발 테스트에 참여했었고, 코치는 마빈이 정말로 좋은 선수라고 칭찬했었다. 테스트가 끝난 뒤 코치는 마빈에게 말했었다. "너를 포인트 가드로 쓰고 싶어." 이 소리를 들은 마빈은 무척 기뻤었다.

이렇게 쓰지 말고 아래와 같이 쓰자.

마빈은 농구를 잘했었다. [과거를 회상하는 표현은 한 번만 쓴다.] 그는 농구팀 선발 테스트에 참여했고, 코치는 마빈이 정말 좋은 선수라고 칭찬했다. 테스트가 끝난 뒤, 코치는 마빈에게 말했다. "너를 포인트 가드로 쓰고 싶어." 이 소리를 들은 마빈은 무척 기뻤다.

회상을 대신할 방법들

회상 장면을 쓸 때는 정보를 우르르 정보를 쏟아내고 싶은 유혹에 빠지기 쉽다. 그래서 그 대안은 아주 잠시 동안만 회상하는 것이다. 즉 갑자기 눈앞에서 전개되는 회상을 통해 현재의 장면에서 과거의 정보를 보여주는 것이다. 그 방법은 두 가지인데 하나는 대화, 다른 하나는 생각이다.

¶ 대화

아래 대화에서 우리는 체스터의 어두운 과거를 알게 된다.

"저, 제가 어디서 뵌 적이 있나요?"

"아니요."

"맞아요, 신문에서 읽은 적이 있어요. 아마 10년 전일 거예요. 오두막에서 부모를 죽인 아이였죠."

"아니에요."

"체스터 A. 아서! 당신의 이름은 대통령 이름을 따라 지었잖아요. 그 기사가 기억나요."

¶ 생각

체스터가 과거를 생각하는 동안 우리는 체스터의 생각을 읽을 수 있다.

"저, 제가 어디서 뵌 적이 있나요?"

"아니요." 그를 만난 적이 있나? 이 사람이 나를 알아보는 건가? 내가 부모를 죽인 체스터 아서라는 걸 마을 사람 모두 알고 있나?

"맞아요. 신문에서 읽은 적이 있어요. 아마 10년 전일 거예요."

12년 전이었다. 이 사람은 그의 이야기를 신문에서 읽었을 것이다. 루이지 신문은 그가 마약에 취해서 부모를 죽였다고 보도했다. 그들은 내가 학대받은 사실은 무시했다. 아마 이 사람도 그러겠지.

회상을 잘 다루는 작가는 좋은 작가가 될 자질이 있다. 그리고 회상을 대체할 방법을 아는 작가는 현명한 작가가 될 자질이 있다.

문제 3: 샛길로 빠짐

모든 문제를 통제하고 있다고 생각하는가? 계속해서 글이 써지며 이야기가 샴페인처럼 솟아 나오고 있는 것 같은가? 사실 이런 느낌은 대개 처음 몇 장을 쓰는 동안 이어진다. 시작은 대체로 쉬운 편이다.

개요를 잡고 글을 쓰는 작가라면 이야기를 잘 파악하고 있을 것이다. 그러나 소설을 150매 정도 쓸 무렵에 갑자기 멈출 수가 있다. 이제 어려움에 직면한 것이다. 책상에서 일어나 시원한 맥주나 사이다를 한잔 마시면 다시 글쓰기로 돌아갈 수 있을 것 같겠지만 여전히 문제가 해결되지 않을 수 있다. 그러면 갑자기 줄거리나 주제에 대한 확신이 사라질지도 모른다.

이렇게 샛길로 빠지지 않도록 조심해야 한다. 원래 계획에 들어 있지 않은 샛길 말이다. 원래 계획은 자신 안에 있는 작가의 정신이 설정한 것이다.

이제 무엇을 해야 할까? 몇 가지 선택의 여지가 있다. 우선 샛길은 잊어버리고 계속해서 글을 쓰는 것이다. 계획이 무엇인지 알고 있으며 곧 광명을 볼 것이라고 확신하면서 계속 굴을 판다. 또는 잠시 샛길을 따라가는 것도 방법이다. 샛길에서 자신을 해방시켜줄 어떤 곳에 이를 수도 있기 때문이다.

내가 제안하는 방법은 컴퓨터에서 새 문서창을 열거나 빈 공책을 꺼내 자유롭게 새로 몇 장면을 써보는 것이다. 다음 장면에 무슨 일이 생길지 모른다고 생각하면서.

이렇게 시작해보자. 눈을 감고 생생한 장면을 몇 개 상상한다. 억지로 쥐어짜지 말자. 인물이 내면에 있는 영사기를 통해 마음속 스크린 위에 나타날 것이다. 잠시 동안 장면이 전개되는 것을 지켜본다. 그리고 멈추어서 장면 속에서 벌어진 일들을 적는다. 요약하듯이 간략하게 적는다.

이제 질문해본다. '만일 이 장면이 내 소설에서 일어난다면, 다음엔 무슨 일이 생길까?' 새로운 장면이 떠오를 것이다. 이를 요약해서 적자. 색인카드도 좋고 다른 방식도 좋다.

잠시 휴식한다. 산책도 좋다. 음료수를 마시는 것도 좋다. 그런 뒤 장면을 적어둔 색인카드나 메모를 다시 검토한다. 냉정하게 검토한다. 샛길로 빠진 이야기가 원래 쓰려던 것보다 새롭고 독창적인가? 만일 그렇다면 지금까지 쓰던 소설의 흐름을 고쳐서 새로운 방향으로 발전시킨다. 만일 샛길의 내용이 너무 과하다면 나중에 장면의 소재로 쓸 수 있도록 정리해둔다.

이 과정을 끝냈다면 이제 플롯의 발전을 막는 방해물은 사라졌다. 우리의 정신은 짧은 샛길을 걷거나 휴식을 취했고 이제 다시 소설을 쓸 준비가 되었다. 중요한 결정을 내리기 전에 하룻밤 푹 자두는 것도 좋은 방법이다.

문제 4: 플롯에 억눌리는 인물

작가들이 "인물이 소설을 장악했다"라고 말하는 걸 들어봤을 것이다. 작가들이 이런 말을 할 때에는 대개 만족스러운 웃음을 짓기 마련이다.

다음은 내가 여성 변호사 인물을 만들 때, 글쓰기를 잠시 멈추고 고민하던 바를 마음 내키는 대로 쓴 일기의 한 부분이다.

나는 서른두 살의 개인 변호사다. 나는 한번 물면 절대로 놓치지 않는다. 나는 포기하지 않는다. 포기할 수 없다. 내가 이겼어야 하는 소송에서 한 번 진 적이 있기 때문이다. 또다시 소송에서 지면 안 되기 때문에 나는 열심히 준비를 한다.

인생에 대해 난 어떻게 느끼는가? 죽도록 일을 하거나, 또는 죽음의 그림자가 덮칠 정도로 일을 해야 한다고 생각한다. 그렇게 남들보다 앞서가야 한다. 인생에 대해 나는 금욕적이다. 우린 있는 그대로다. 바로 그거다. 나는 멍청하게 당하지는 않을 것이다. 내가 그렇지 않다는 것을 보여주겠다.

이렇게 인물의 말을 들으면 큰 도움이 된다. 이 작업을 하면 인물을 더욱 잘 다룰 수 있고 소설 또한 계속 써나갈 수 있다.

작가들의 오랜 친구인 영화도 활용하자. 마음속의 영사기를 통해 영화 속 한 장면을 보자.

인물을 깊이 이해하며 새로이 플롯이 만드는 것도 좋은 방법이다. 눈을 감고 인물을 떠올려 보자. 도시에 사는 그녀가 밤 외출을 하기 위해 옷을 입는 장면을 생각해보자. 그녀는 지금 옛 친구들뿐만 아니라 그녀가 속한 세계에서 상당히 영향력 있는 인물들을 만날 수 있는 모임에 나갈 준비를 하고 있다. 문을 열고 모임 장소에 들어서면 무슨 일이 생길까? 이 장면을 마음속으로 그려본다. 소리를 듣고, 냄새를 맡고, 가능한 한 진짜인 것처럼 떠올린다. 어느 순간 누군가 주인공에게 다가와 술을 그녀의 얼굴 위에 뿌린다고 해보자. 그녀의 반응은? 그녀 주위에 있던 인물들은 어떻게 반응하고 말하는가? 그 장면이 저절로 발전하도록 두자. 그리고 인물이 집으로 돌아가 잠 잘 준비하는 모습을 그린다. 그녀는 같이 살고 있는 사람 또는 애완동물에게 그날 있었던 일을 말할 것이다. 그녀의 감정은 어떠한가? 그녀의 감정을 자세하게 그려본다.

글을 쓰는 내내 이렇게 영화 장면을 머릿속에 떠올리는 것과 같은 방법을 활용할 수 있다. 글을 쓰지 않을 때, 잠들기 직전에 인물은 지금 무엇을 할까 상상해보자. 아마도 어떤 장면을 꿈꿀 수도 있다. 또는 다음 날 아침에 잠에서 깰 때 멋진 생각이 떠오를 지도 모른다. 잠자리 옆에 공책을 두자.

문제 5: 지루함

소설을 쓰고 있는데 속도가 더뎌질 수 있다. 진흙탕 속에서 마라톤을 하고 있다는 느낌이 들 수도 있다. 이는 개요를 잡고 소설을 쓰는 작가들에게도 자주 생기는 일이다. 가장 훌륭하게 짠 계획으로도 충분하지 않을 때가 있다. 그럴 때 작가들은 어찌할 바를 모르거나 재미없는 장면을 쓰게 된다. 물론 이런 일은 개요를 잡지 않고 소설을 쓰는 작가에게도 일어난다. 이런 일이 생겨도 글쓰기 과정의 일부이므로 너무 걱정하진 말자. 문제는 어떻게 대처할 것인가이다.

다음의 세 가지 전략을 써보자.

1. 되돌아가기

제일 먼저 할 수 있는 일은 되돌아가는 것이다. 원고 중에서 지루한 부분이 있는가? 초점을 벗어난 부분이 있는가? 주인공이 자신의 목표를 잃은 부분이 있는가? 인물들이 중요한 정보가 전혀 없는 긴 대화를 나누고 있는가? 원고가 괜찮다고 느껴지거나 다시 글쓰기를 해도 좋겠다고 느껴질 때까지 계속 되돌아가자.

이제 원고의 어느 부분을 잘라낼 수 있을지 보자. 이미 쓴 것보다는 더 나은 장면을 생각해내자. 아마도 주인공은 어떤 문제에 대해 다른 입장을 택할 수도 있고, 새로운 인물에게 말을 걸 수도 있으며, 뜻밖의 장소에서 뭔가 부정적인 새로운 정보를 알게 될 수도 있다. 진도가 나가지 않는 어떤 장면에서 벗어나려면 대체할 수 있는 장면들을 떠올리며 시간을 갖자. 약간의 휴식을 취한다면 최소한 원래 이야기로 되돌아올 즈음에는 맑은 정신이 되어 있을 것이다.

아니면 정반대로 생각해볼 수도 있다. 즉 완전히 반대 방향으로 갈 수도 있다. 나는 소설 『데드록Deadlock』에서 더 이상 진전이 없는 지루한 상황에 닥쳤을 때 완전히 방향을 틀었다. 전혀 재미가 없다며, 처음의 계획대로 쓰면 안 될 거 같다는 생각이 계속 들었다. 나는 더 멋진 뭔가를 떠올리려 애썼으나 어떤 것도 떠오르지 않았다. 마침내 될 대로 되라는 마음이 되어, 나는 인물에게로 돌아갔다. 그녀는 병원에 입원해 죽음을 앞두고 있지만 기적적으로 회복 중이었다. 나는 잠시 그녀에 대해 생각했다. 병실 침대에 누운 그녀는 상태가 좋은 편이었지만 나는 그녀가 죽음을 맞는 것으로 그리기로 결심했다.

180도 전환. 그녀는 이런 결말을 결코 원하지 않았겠지만, 그녀는 작가가 아니다. 내가 작가다. 그리고 180도 전환이야말로 이 플롯에 유일하게 필요한 것이었다. 그 덕에 나는 어려움 없이 글을 마칠 수 있었다.

2. 점프컷

점프컷 jump cut은 영화 용어다. 급격히 장면을 전환해 갑작스럽게 세월이 흘러간 것을 표현한다. 즉 현재 장면에 등장한 인물들을 미래로 배치하는 것이다. 또는 인물을 다른 인물들이 있는 다른 장소에 나타나게 할 수도 있다. 그러나 그럴 때에는 특히 주인공에게 어떤 문젯거리가 있어야 한다.

소설에서는 시간상 앞으로 건너뛰어도 된다. 장면을 떠올리며 이 장면을 소설에 어떻게 연결할지 고민하자. 복잡한 갈등을 담고 있거나 매혹적인 장면이어야 한다. 이것이야말로 소설을 살아 있게 하는 방법이다.

　미래를 보여주는 장면을 마친 다음에는 뒤로 물러서 미래와 현재의 틈을 메워야 한다. 이에 대한 자료는 잠깐 들른 미래 장면에서 찾을 수 있다. 또는 미래 장면에 결합하고자 하는 자료를 그 시간의 틈에서 찾을 수도 있다.

　이것이 글쓰기의 연금술이다.

　3. 사전 활용

　사전 한 쪽에서 강한 인상을 주는 단어를 하나 고른다. 다른 쪽에서 강한 인상을 주는 다른 단어 하나를 고른다. 이 두 단어를 한데 엮을 수 있는 뭔가를 쓴다. 그리고 다시 글쓰기 근육을 움직인다. 이 작업이 소설에 새로운 아이디어를 주는가?

> **글쓰기 솜씨를 연마하는 법**
>
> 글쓰기 솜씨는 대개 원고에 나타난 문제를 해결하는 능력을 뜻한다. 초고를 쓸 때 그간 배운 기교와 비법에 너무 매달리지 않도록 하자. 개고를 할 때 문제가 있는 부분을 알게 될 테니. 문제가 있으면 그때 기교와 비법에 따라 해결하면 된다.
>
> 배운 대로 계속해서 쓰자. 덧붙일 수 있도록 컴퓨터 문서로 저장하고 이 문서를 주기적으로 검토하자. 이것이 글쓰기 솜씨를 연마하는 방법이다.

문제 6: 일시 정지

만일 더 이상 생각이 떠오르지 않으면 어떡하면 좋을까? 그럴 때에는 할 수 있는 일이 아무것도 없다. 시스템이 망가졌다. 영화같이 움직이던 정신이 파업을 했다. 영사기도 없어졌다. 보이는 것이라고는 모두 낡은 것의 반복뿐이다.

그렇다고 절대 절망하지는 말자. 모든 작가에게 가끔 일어나는 일이다. 그리고 치료법은 하나도 없다. 지금부터 이런 경우에서 벗어날 수 있는 몇 가지 방법을 소개하겠다. 이 중 최소한 하나는 자신에게 유용할 것이다.

1. 재충전하기

때로 소설 쓰기는 지옥 불에서 꼬챙이를 돌리는 것 정도의 보람밖에 없을 수도 있다. 더 심한 경우에는, 꼬챙이를 한 번 더 돌릴 힘도 없다고 느낄 수 있다. 또는 꼬챙이에 자신이 꽂혀버린 것 같을 수도 있다. 그럴 때는 재충전을 해야 한다.

내면에서 소리를 질러대는 자신 안의 편집자 때문에 글을 쓰지 못하고 막힐 수도 있다. 그 목소리를 듣지 말아야 한다. 하고 싶은 대로 내버려두어야 한다. 먼저 쓰고 나중에 고쳐야 한다. 이는 글쓰기의 기본 중 기본이다.

자신 안의 편집자보다 더 고약한 훼방꾼은 글쓰기가 모두 시간 낭비일 뿐이라고 느끼게 만드는 자신감 상실이다. 랠프 키스가 『글 쓰는 용기The Courage to Write』에서 말한, "내가 글을 쓸 수 있다고 출판 관계자를 속이는 사기꾼이 될까 봐" 두려워하는 마음이다.

전업 작가의 98퍼센트가 새 책을 쓸 때마다 이런 생각을 한다는 건 약간의 위안이 된다. 나머지 2퍼센트는 내가 아직 인터뷰를 해보지 못해서 모르겠다. 그러니 마음을 편히 갖자.

사이먼 앤 슈스터 출판사의 창업자인 딕 사이먼은 말한다. "예외 없이 모든 작가는 두려움에 차 있다. 다만 누군가는 다른 이들보다 이 두려움을 조금 더 잘 숨길 줄 알 뿐이다."

하루 정도 쉬자. 앞서 5장에서 이야기했듯, 자신을 막고 있는 벽을 뚫고 가자.

2. 장면 되살리기

새로 쓰지 말자. 스스로 인물이 되는 상상을 해본 적이 있는가? 그들이 느끼는 것을 느껴본 적이 있는가? 지금 그렇게 해보자. 그렇게 어렵지 않다. 배우가 되어보자. 나는 가끔 한 장면을 끝낸 후에 그 장면의 첫 부분부터 감정을 체험해본다. 내가 만들어낸 역할을 연기하는 것이다. 내가 직접 '인물'이 되어 느낀 점은 거의 대부분 그 장면에 더해지거나 내용을 바꾸게 한다.

마음속에서 차례로 장면들을 상상해보자. 영화처럼 떠올려 본다. 극장의 좌석에 앉아 영화를 보는 대신에 스크린 위에서 연기를 하는 것이다. 인물들에게는 작가가 보이지 않지만 작가는 그들을 보고 들을 수 있다.

이 과정을 심화하자. 어떤 일들이 벌어지게 만들자. 인물을 발전시키자. 그렇게 했을 때 떠오른 것들이 마음에 들지 않는다면 장면을 되돌려 다른 일이 생기게 하면 된다.

장면의 시작을 잘 살펴보자. 처음부터 독자를 사로잡기 위해 무엇을 했는가? 배경을 묘사하는 데 너무 오랜 시간을 소비하지 않았는가? 사건 한가운데에서 시작하고 설명은 약간 나중에 하는 게 대개 더 낫다.

장면의 마지막을 검토하자. 독자가 다음 장면도 계속 읽고 싶게 썼나? 다음과 같은 상황에서는 장면이 딱 끊겨야 한다.

- 중요한 결정을 하는 순간
- 끔찍한 사건이 벌어질 찰나
- 불길한 사건이 벌어지리라는 전조가 나타나는 순간
- 강렬한 감정이 표출될 때
- 즉각 답할 수 없는 질문이 던져졌을 때

장면을 계속 고쳐 쓰자. 그러면 손에서 내려놓을 수 없을 만큼 재미있는 소설을 쓸 수 있다.

3. 이상 떠올리기

소설을 통해 궁극적으로 말하려는 바는 무엇인가? 플롯의 한계를 넘어서 인생에 대해 무엇을 말하려고 하는가? 자신의 인생관을 어떻게 보여주고 싶은가? 모든 소설은 의미를 담고 있다. 모든 작가도 그러하다.

작가 존 가드너는 썼다. "좋은 예술과 그렇지 못한 예술의 차이는 무엇일까? 좋은 예술가란 진솔한 시선으로 가치 있는 인생에 대한 목표를 보여준다고 생각한다."

왜 글을 쓰는가? 오직 돈이나 명성만을 좇는다면 이 둘을 얻을 수 있는 절호의 기회를 오히려 놓칠 수 있다. 더 나아가야 한다.

그렇다고 세상 전체를 바꾸어야 한다는 뜻은 아니다. 독자를 열광하게 하는 글쓰기 또한 좋은 목표다. 훌륭한 오락거리는 즐겁게 하는 데 그 목표가 있으며 즐거움은 작가에게도 필요하다. 그러나 자신을 감동시킨 것이 무엇인지 먼저 자문해야 한다. 이를 소설 속에 구현하자. 그러면 오락의 가치는 격상할 것이다.

작가로서 이상을 발전시켜야 한다. 자신을 흥분시킬 만한 이상을 꿈꾸자. 이를 목표로 삼자. 작가로서의 희망과 꿈을 한 단락으로 요약하고 이를 반복해서 읽자. 작가로 성장하는 순간순간마다 이를 조금씩 바꾸자. 다만 글쓰기에 영감을 주는 것들이어야 한다.

이 영감들을 소설의 세계에 심어야 한다. 자신의 생각과 변화를 담아서. 앤 라모트는 "솔직히 나는 작가가 되기 위해서는 존경하는 방법을 배워야 한다고 생각한다"라고 썼다. "아니라면 왜 당신은 글을 쓰는가? 왜 당신은 여기에 있는가? 존경심을 외경심으로, 존경을 세계 내에 현존으로, 존경을 세계에 대한 열림으로 생각하자."

자기 자신에게 진실로 경외심을 느낄 수 없다면 소설을 쓴들 아무런 의미를 담을 수 없다. 이는 위대한 글을 쓰는 방법이자 위대한 삶을 사는 방법이다.

자신이 쓴 소설의 플롯에 어떤 문제가 있는지 목록을 만든다. 친구에게 원고를 평가해달라고 한다. 가장 큰 문제부터 순서대로 늘어놓는다. 여러 작법서를 참고해서 글쓰기 솜씨를 향상시킬 계획을 세우자.

좋아하지 않는 소설 하나를 고르고, 좋아하지 않는 정확한 이유를 생각해본다. 어떻게 하면 더 좋은 소설로 고칠 수 있을까? 잘 모르겠거든 답을 찾을 때까지 작법서를 계속 읽어본다. 그래야 작가로 성장할 수 있다.

14장 ———————————————— 도구 상자:
플롯과 구조를
위한

우리에게 도구를 달라.

그러면 우리가 그 일을 끝내겠다.

_윈스턴 처칠이 프랭클린 루즈벨트에게, 1941년

내 이웃 존은 자동차 관리에 열을 올린다. 4년 전 그는 고성능엔진을 단 중고차 후드 밑에서 몇 주를 보냈다. 나는 그 일이 상당히 지루할 거라고 생각했다. 그러나 존은 그 일을 좋아했다. "난 말이야, 자동차 부품들이 어떻게 작동하는지, 그리고 어떻게 하면 더 잘 작동하는지 아는 게 너무도 재밌어." 그리고 마침내 그날이 왔다. 존은 자신의 자동차를 시험 운전하기 위해 트레일러에 연결해 캘리포니아 소거스로 향했다. 그날 밤 그가 돌아왔을 때 어땠는지 물었다. "엔진이 터졌어"라고 그가 대답했다.

"어, 정말?"

"괜찮아. 이제부터 그 이유를 찾아낼 거야."

이렇게 또 자동차를 수리하면서 1년이 지났다. 물론 존은 자신이 무엇을 하고 있는지 잘 알고 있었다. 그는 연장이 가득한 차고가 있었고, 또 그 연장들을 어떻게 쓰는지 잘 알고 있었다. 다시 시운전을 하게 되었을 때 그의 자동차는 훌륭하게 달렸다. 그는 이제 후원자를 찾고 있다. 존은 자동차를 정비하는 내내 자신이 좋아하는 일을 하고 있었다.

우리는 글쓰기를 좋아한다. 글쓰기에도 플롯을 강화할 수 있는 도구와 비법이 있다. 일단 도구 상자를 꺼내자. 그리고 고치자.

보여주기와 말하기

"말하지 말고 보여줘라." 이는 소설 쓰기의 기본 중의 기본이다. 이 규칙은 아주 오랫동안 있어온 듯하다. 소설 쓰기 워크숍마다 설명하고 있고, 또한 거의 모든 작법서에서도 다루고 있으니 말이다. 이 규칙이 이어져 오고 있는 이유는 옳기 때문이다. 그렇지만 초보 작가들은 이 법칙을 헷갈려 하는 탓에 자주 실수를 저지른다. 독자의 마음을 끄는 소설을 쓰고 싶다면 보여주기와 말하기를 구별할 수 있어야 한다.

이 둘의 차이는 아주 간단하다. 보여주기는 영화의 한 장면을 보여주는 것과 같다. 스크린에서 펼쳐지는 것 모두가 바로 보여주기다. 보여주기에서는 인물의 '행동'이나 '말'을 통해 그들이 누구인지, 무엇을 느끼는지를 알 수 있다. 반면에 말하기는 스크린 또는 인물의 내부에서 무슨 일이 벌어지는지 '설명'하는 것이다. 이는 영화를 보지 못한 친구에게 그 내용을 설명하는 것과 같다.

영화 「쥬라기 공원Jurassic Park」을 예로 들어보자. 그 영화에서 인물들이 공룡을 처음 보는 장면을 떠올리자. 인물들은 입을 떡 벌리고 눈을 동그랗게 뜬 채 자신들 앞에 나타난 공룡을 보고 있다. 아직 관객인 우리는 공룡이 나오는 장면을 보기 전이다. 이때 우리는 인물들의 얼굴을 통해 그들의 감정을 알 수 있다. 그들의 머릿속에서 떠오르는 생각은 알 길이 방법은 없다. 그러나 우리는 그들이 느끼는 것을 봄으로써 그들의 머릿속에서 일어나는 일들에 집중하게 된다.

소설에서라면 이를 다음과 같이 묘사할 수 있다. "마크의 눈은 동그래졌고, 턱은 벌어졌다. 그는 숨을 쉬려 했지만 그렇게 되질 않았다." 이러면 독자는 인물이 느끼는 감정을 똑같이 느낄 수 있다. "마크는 놀랍고 두려웠다"보다 훨씬 좋다.

대실 해밋의 작법

'보여주기' 소설로 가장 뛰어난 작품을 하나 꼽자면 대실 해밋의 『몰타의 매』다. 해밋은 이 소설에서 새로운 '하드보일드(사실주의 기법)' 형식을 선보였다. 마치 영화관의 스크린 위에서 사건이 펼쳐지듯 모든 사건을 생생하게 서술했다. 바로 이런 이유로 이 소설은 영화로 만들어졌다.

주인공 샘 스페이드는 최근에 총을 맞아 죽은 동료 마일스 아처의 부인을 위로해야만 한다. 그녀는 경찰서로 달려와 샘의 팔에 쓰러진다. 샘은 그녀의 울음이 가짜라는 걸 알고 있었기 때문에 속지 않는다.

이 부분을 해밋은 이렇게 쓸 수 있었다. "여자는 울면서, 샘의 팔 안으로 쓰러졌다. 그는 그녀가 우는 게 싫었다. 그는 그녀도 싫었다. 그는 그곳에서 도망치고 싶었다."

이렇게 쓰는 건 말하기다. 그러나 노련한 작가인 해밋이 이 장면을 어떻게 썼는지 살펴보자.

"마일스의 동생에게는 알리셨나요?" 그는 물었다.

"그럼요. 오늘 아침에 왔어요." 말은 그녀의 울음소리에 묻혔다. 그의 외투가 그녀의 입을 가리고 있었다.

그는 다시 얼굴을 찌푸리고 고개를 숙여서 손목시계를 쳐다보았다. 그의 왼팔은 그녀를 안고 있었고, 그의 손은 왼쪽 어깨 위에 놓여 있었다. 그의 소매는 시계를 볼 수 있을 만큼 쭉 올라가 있었다. 10시 10분이었다.

얼마나 효과적인 묘사인가. 아처 부인이 눈물을 흘리는 사이에 샘이 시계를 힐끗 쳐다보는 모습을 묘사한 부분은 그가 부인을 전혀 동정하지 않고 있다는 것을 '보여준다'. 이러한 묘사는 우리에게 상당히 강렬하게 다가온다.

이 짧은 에피소드 바로 뒤에 미망인은 "샘, 당신이 그이를 죽였나요?"라고 묻는다. 샘이 어떻게 느끼는지를 '말하는' 대신 해밋은 다음과 같이 썼다.

샘은 눈을 크게 뜨고 그녀를 보았다. 그의 여윈 턱이 벌어졌다. 그는 그녀를 안고 있던 팔을 뺐다. 그리고 그녀의 팔에서 물러났다. 그는 그녀를 매섭게 쳐다보며 목청을 가다듬었다. 샘은 짧게 "하!" 하고 내뱉고는 담황색 커튼이 쳐진 창가로 갔다. 그녀가 다가올 때까지 그는 커튼을 통해 창밖을 내다보았다. 그때 그가 갑자기 돌아서서 책상으로 갔다. 그는 앉아서 팔꿈치를 책상 위에 올려 놓고 주먹으로 턱을 괴고는 그녀를 보았다. 그의 노르스름한 눈이 작은 눈꺼풀 사이에서 빛났다.

나열하지 말자

수백만 권 팔린 소설을 쓴 작가를 비난하려는 것은 아니지만, 얼 스탠리 가드너가 페리 메이슨 법정 시리즈에서 종종 성급하게 군다는 느낌을 지울 수 없다. 그가 대부분의 소설을 구술로 썼기 때문이다. 다음은 『불에 탄 손가락 사건The Case of the Fiery Finger』의 5장 시작 부분이다.

지방 검사인 해리 세이브룩은 사소한 절도 사건이 배심원의 판결을 받는 재판으로 바뀐 것에 기분이 상했다. 그의 말과 행동에서 난처함이 분명하게 드러났다. 반면에 페리 메이슨은 배심원들에게 예의 바르고, 공정하고, 논리적이며, 솔직하게 대했다.

메이슨이 배심원에게 예의 바르고, 공정하고, 논리적이며, 솔직하게 대했다는 부분만 읽고 정말 그가 그랬는지 우리가 알 수 있을까? 결코 그렇지 않다. 우리는 이런 나열 이상의 것을 원한다. 우리는 메이슨의 행동이 소설에 구체적으로 묘사되어 있기를 원한다. 그리고 메이슨이 그의 유명한 반대 심문을 할 때마다 작가는 이를 구체적으로 보여준다. 이를 보면 작가가 가끔 지름길을 택했다는 사실을 알 수 있다.

대학에 다닐 때 몇 주 동안 심하게 앓은 적이 있었는데, 그때 나는 세 친구와 같이 살던 집에 갇혀 지냈다. 시간을 보내기 위해 TV 드라마 「올 마이 칠드런All My Children」을 보기 시작했다. 길 건너편에 살던 여대생들도 좋아하던 드라마라 지난 줄거리를 모두 알려줘서 나는 드라마에 쉽게 빠져들었다. 그렇게 나는 드라마를 보기 시작했고 흠뻑 빠졌다.

나는 병이 다 나았지만 수업을 들으러 가지 않았다. 드라마를 한 편도 빠뜨리고 싶지 않았다. 그러나 몇 주가 몇 달이 되면서, 나는 드라마 때문에 좌절감을 느끼기 시작했다. 여전히 TV 앞을 떠나지 못하면서 이래서는 안 된다는 생각이 점점 커졌다. 어떤 문제도 해결된 게 없었다. 드라마 속 이야기는 계속 전개되었고 전환, 재난, 폭로, 대결이 연이어 벌어졌다. 드라마는 영원히 계속될 것 같았다. 하하하!

드라마는 매회 여러 이야기가 교묘하게 얽혀서 전개되었으며, 각 회는 어떤 중대한 사건이 벌어질 것처럼 또는 중요한 발견이 있을 것처럼 마무리되거나, 똑같은 방법으로 다른 이야기로 전환되었다. 드라마는 이런 식으로 수백만 시청자가 그다음 방송을 무척 궁금해하게 만든다.

그렇다면 소설의 플롯은 어때야 할까? 두 가지를 제안하고자 한다.

1. 너무 빨리 문제를 해결하지 말자. 문제를 제기하고 답을 미루는 것은 독자의 관심을 불러일으키는 한 가지 방법이다.

2. 플롯상 가능하다면 문제 해결이 코앞인 것처럼, 또는 중대한 사건이 벌어질 것 같은 한 장면에서 다른 장면으로 전환하자. 그리고 그 장면에서도 똑같은 방식으로 다른 장면으로 전환하자.

플롯 일기

플롯 일기는 수 그래프튼의 아이디어에서 얻은 것이다. 그녀는 매일 일기를 쓰면서 소설을 쓴다고 한다. 그녀는 자신에게 이야기하듯이 자유로운 형식으로 일기를 쓴다.

아래는 내가 『위대한 영광A Greater Glory』이라는 젊은 변호사에 관한 시리즈를 쓸 때 썼던 일기에서 발췌한 것이다. 변호사의 이름은 킷 섀넌으로, 그는 세기의 전환기에 로스앤젤레스에서 활동했다. 이 소설의 플롯은 마호니라는 이름을 가진 강력한 적대자와 유쾌하지 못한 휘트니 부부가 관계를 맺으며 전개된다. 킷의 의뢰인은 트루먼 하코트라는 사나이다.

그래, 짐. 킷은 마호니와 대결하려고 해. 어떤 일이 생길까?

그의 집은 오싹한 기분이 들어. 위협적이란 말이야. 마호니가 찰스 더닝을 닮았으면 좋겠어. 이야기의 배경을 1905년으로 잡고, 그를 쉰다섯으로 하는 거야. 그러니까 1850년생이겠군. 그는 열일곱

이 된 1867년 미국으로 이주했어. 뉴욕에서 살아남으려고 기를 썼지. 그의 위협에 새로운 점이 있다면 그건 무엇일까? 그는 아일랜드식 장식물을 갖고 있어. 그는 종종 자신의 고향인 아일랜드에 대해 말을 할 거야. 물론 킷은 아버지 이야기도 할 거야.

그가 경호원을 부르면 오긴 오는데, 이 경호원은 휘트니가 주는 돈을 받았단 말이야. 누가 그 주선을 해야 할까?

만일 마호니가 죽고, 주선자가 마호니의 미망인과 함께 하는 회의에서 그를 죽인 것은 트루먼 하코트였다고 말한다면 무슨 일이 생길까? 휘트니 부부의 아들 녀석이 트루먼의 딸과 결혼하지 못하게 하려고 이 주선자가 모함했다는 게 나중에 밝혀진다면 어떻게 될까?

나는 위의 일기 중 일부를 소설에 이용했다. 물론 플롯은 조금 바꾸었지만, 내가 쓴 일기는 언제나 새로운 재료가 되었다.

총을 든 사나이

하드보일드탐정소설의 대가 레이먼드 챈들러는 시시한 플롯을 해결하는 방법을 알고 있다. 그는 소설이 지지부진해지면 총을 든 사나이를 장면 속에 보낸다고 한다. 독자에게 놀라움이 안기며 진행 중인 사건에 필요한 자극을 주는 것이다.

작가들은 대체로 너무 계획을 많이 세우거나 사건의 흐름을 통제하려고 애쓰다가 문제에 맞닥뜨리는 경향이 있다. 이때 이런 자극은 참으로 좋은 방법이다. 독자를 놀라게 함으로써 새로운 관점과 사건 사이의 연결고리를 만들 수 있다. 물론 진짜 총을 든 사나이가 나오지 않아도 괜찮다. 전보가 도착하거나, 자명종이 울리거나, 개가 물거나, 주인공이 해고를 당하는 정도의 사건이면 충분하다. 전혀 기대치 못한 사건을 만들어 넣으면 당장의 문제를 해결하는 데 도움이 될 수 있다.

글을 쓰다 진척이 없으면 발생 가능한 사건 목록을 쭉 만들어보자. 전혀 예상치 못한 사건들이어야 하며 계획하지 않았던 것이어야 한다. 자유롭게 떠올리자. 그중 상상력이 빛나는 사건을 하나 고른다. 그리고 다시 글을 쓰기 시작한다. 그동안 플롯이 발전하는 대로 둔다. 곧바로 독자를 놀라게 한 이유를 설명하지 말자. 설명은 나중에 하자.

2장 먼저 쓰기

작가 지망생을 위한 워크숍에서 강연을 할 때였다. 강연 중에 한 학생이 쓴 원고의 시작 부분을 읽어주었다. 문장은 훌륭했으나 사건이라곤 고작 록 스타의 내적 이야기가 전부여서 너무 지루했다. 10쪽까지 읽은 뒤에야 그 록 스타가 마약에 중독되어 있다는 사실이 드러났다. 이것이야말로 행동이며 흥미로운 사건이다.

"이 소설은 바로 이 부분에서 시작해야 합니다." 나는 말했다. 내가 가르치던 학생 모두 그렇다고 답했다. 그러나 그 학생은 다른 비평가들이 하라고 대로 쓴 글이라고 말했다. 가끔은 비평가들도 잘못 평가할 수 있다는 사실을 잊지 말아야 한다.

그리고 앞에서 말한 것처럼 때로 소설은 2장부터 쓸 때가 나을 수 있다. 정말로 그렇다. 1장은 나중에 쓰고 먼저 2장을 쓰자. 뒤에 필요하면 1장에 적절한 정보를 넣는다.

로런스 블록은 『소설 쓰기』에서 『죽음이 속이다Death Pulls a Double -cross』라는 소설을 쓸 때 경험한 에피파니에 대해 설명한다. "2장부터 썼기 때문에 나는 소설 전체를 이끌 만한 행동으로 이야기를 시작했다. 사건이 있었고 뭔가가 일어났다." 즉 부가적으로 어떤 인물들에 대한 설명이 필요했고, 이 설명은 나중에 썼던 것이다.

왜 이 방법이 유효한가? 1장에는 대개 많은 설명이 들어 있기 때문이다. 작가는 아직 플롯이 어떻게 발전할 것인지 알지 못하기에 1장을 묘사와 계획으로 채워 넣는다. 그러나 2장은 사건이 일어나는 부분이다. 여기서는 사건이 이야기를 끌어간다. 이 점이 독자의 관심을 바로 사로잡는다. 설명이 지나치지 않아 다음 장면으로 넘어가는 데 약간의 신비감을 준다.

- 아무 소설 하나를 골라 2장을 읽어보자. 흥미로운가?
- 지금 쓰고 있는 소설의 첫 두 장을 서로 바꾸어보자.
- 새롭게 1장이 된 장의 의미가 통하도록 이야기를 바꾸자.
- 원래 쓰려던 소설의 1장을 버리자. 설명이 나중에 자연스럽게 나오도록 하자. 아마도 설명이 필요 없다는 사실을 알게 될 것이다.

뒤로 물러서기 기술

최고의 소설은 대개 열정적으로 작업할 때 탄생한다. 자신 안에 있는 비평가를 내쫓을 때, 그리고 상상력을 최대한 끌어낼 때 새롭고도 흥미로운 소설을 쓸 수 있다. 그러나 어떤 시점에서는 한 발 물러서서 그동안 쓴 것을 돌아봐야 한다.

내 경험으로 볼 때 1막을 마칠 즈음이 최적의 시기다. 영화 시나리오라면 약 30쪽 내외가 적절하다. 소설로는 2장에서 10장 사이가 될 것이다. 주요 갈등에 이르게 되었다는 것을 깨달을 때가 1막의 끝이다.

바로 이때 뒤로 물러서야 한다. 왜냐하면 이제까지 만든 모든 요소에 따라 이야기가 굴러가게 되어 있기 때문이다. 이때 소설이 그다지 인상적이지 않다면 마지막까지 끌고 간 연료가 충분하지 않다는 뜻이다. 그렇다면 이 부분이 잘 굴러가도록 시간을 들여야 한다.

뒤로 물러서기 기술

- 열정적으로 1막을 쓴다.
- 1막을 며칠 후에 다시 읽는다.
- 물러서서 무엇을 완성했는지 본다. 마치 첫 독자처럼 읽어라.
- 다음 질문을 통해 스스로 분석한다.
  충분한가?

더 필요한 것은 없을까?

끝까지 끌고 갈 만한 갈등일까?

주인공은 좋아할 만한 인물일까?

나머지 뒷부분을 쓰고 싶은가?

만일 그렇지 않다면 어떤 부분을 바꾸어야 할까?

결정을 내린 뒤 멈추지 말고 초고의 나머지 부분을 끝낸다.

예상 깨기

지난 여러 세기 동안 우리는 이야기를 듣고 말해왔다. 20세기 내내 책과 라디오, 영화, 드라마 등에 열광했기 때문에 독자들은 플롯이 어떻게 발전하는지 너무도 잘 알고 있다. 독자들은 낡고 진부한 플롯을 빨리 알아차린다.

그래서 작가가 해야 할 일은 독자를 놀라게 하는 것이다. 하지만 어떻게? 독자의 예상을 보기 좋게 빗나가는 것이다. 독자의 기대를 뛰어넘어야만 한다.

그 방법은 다음과 같다. 장면을 어떻게 그릴지, 플롯을 어떻게 설정할지 고민한다. 처음 떠오른 생각들을 적어놓는다. 우리 자신이 수많은 독자 중 한 사람이므로 이 작업을 가장 먼저 해야 한다. 우리의 정신은 진부한 생각에 쉽게 빠져든다. 진부한 생각이 가장 먼저 떠오르기 때문이다. 그렇다면 처음 떠올린 생각을 대체할 만한 생각을 3, 4개 또는 5개를 준비하자. 머리를 쥐어짜야 한다.

예를 들어 아내가 남편 친구의 팔에 안겨 있을 때 남편이 뛰어들어오는 장면을 쓴다고 해보자. 그는 어떻게 행동할까? 이렇게 할 수 있다. '남편은 침실에 가서 총을 꺼내 두 사람을 사살한다.' 우리는 이런 장면을 많이 보았다. 진부한 생각이다. 독자들도 이런 일은 예상할 수 있다. 그렇다면 독자의 예상을 뛰어넘기 위해서 우리는 무엇을 해야 할까?

반응이라는 입장에서 생각해보자. 평범한 반응 대신에 남편은 이런 반응을 할 수 있다.

- 친구를 반갑게 맞이한다.
- 말 한마디 없이 걸어 나간다.
- 창밖으로 뛰어내린다.

세 번째 안은 방금 내 머릿속에 떠오른 것이다. 좀 현실적이지 않더라도 무조건 적는다. 게다가 남편이 죽을 수도 있다. 그러면 독자를 화들짝 놀라게 할 수도 있다. 주인공을 갑작스럽게 죽게 해도 될까? 음. 그가 정말로 죽는다면? 음.

주요 전환점에 이를 때마다 여러 가지 대안을 만들 수 있도록 훈련하자. 개요를 잡고 소설을 쓰거나 개요 없이 소설을 쓰거나 어떤 유형의 작가라도 이렇게 새로운 플롯을 만들 수 있다.

구성 훈련

체스를 잘 두고 싶은 사람은 매일 연습을 한다. 상대의 수를 읽거나 기술 연마를 목표로 연습한다. 무용수도 실력을 향상시키기 위해 매일 규칙적으로 연습을 한다. 최정예 군인도 모든 것이 몸에 밸 때까지 끊임없이 훈련을 한다. 이런저런 일을 살펴보면 비슷한 방식으로 이루어지는 예를 많이 찾을 수 있다. 글쓰기도 결코 이와 다르지 않다.

플롯을 더 잘 만들 수 있는 훈련 방법은 있다. 다른 훈련과 마찬가지로 이 일도 노력을 해야 한다. 그것도 무척 노력해야 한다. 그러나 8주에서 12주 정도 이 훈련을 한다면 글쓰기 실력이 크게 향상될 것이다. 나는 확신한다.

다음은 훈련 과정이다.

1단계: 쓰고 싶은 종류의 소설 여섯 권을 고른다. 읽은 소설도 좋고 읽지 않은 소설도 좋다. 아무거나 상관없다. 소설을 처음 쓰기 시작했을 때 나는 헌책방에 가서 스릴러소설을 한 아름 샀다.

2단계: 8주에서 12주가 걸리는 이 과정을 어떻게 진행할지 계획표를 만든다. 그래야 이 계획을 실천하려고 애쓰게 된다. 앞서 고른 소설 여섯 권을 읽고 대략 열두 시간 정도 내가 가르쳐준 방식대로 분석하고 기록을 남긴다. 그리고 여섯 시간 정도 이 소설들에 대해 생각한다.

3단계: 첫 소설을 오락거리로 생각하며 읽는다. 그냥 독자가 된다. 소설을 다 읽고 난 뒤 이 소설에 대해 하루 정도 생각해본다. 이 소설이 좋은가? 이 소설이 감동적인가? 인물들이 기억에 남는가? 플롯은 긴밀하게 짜였는가? 지루하게 느껴진 부분이 있는가? 이런 문제 등을 고려해 기록을 남긴다.

4단계: 이제 두 번째 소설을 읽는다. 앞서 3단계와 똑같은 방식으로 질문과 답을 한다.

5단계: 같은 방식으로 나머지 소설도 읽고 질문과 답을 한다.

6단계: 다시 첫 번째 소설로 돌아간다. 이제 색인카드가 필요할 것이다. 모든 장면을 검토한다. 카드 한 장에 장면이 하나 이상 있을 수도 있다. 장면별로 적는다. 첫 번째 색인카드의 오른쪽 위 상단에 1번이라 적는다. 그러면 색인카드를 마루에 떨어뜨려도 순서대로 다시 정리할 수 있다. 각 색인카드에 장면을 분석한 정보를 적는다. 배경, 관점, 두 줄짜리 줄거리, 장면의 종류(행동, 반응, 설정, 심화). 각 장면의 끝은 계속 읽게 유도하는가? 그렇다면 그 이유는 무엇인가? 그렇지 않다면 그 이유는 무엇인가?

7단계: 앞서 6단계를 모든 소설에 적용한다. 이제 소설 여섯 권의 장면 윤곽을 완전하게 정리한 색인카드 묶음이 생겼다. 잘 보관하자. 수년 동안 이 색인카드를 다시 살펴보게 될 것이다.

8단계: 앞서 만든 묶음 중에 하나를 선택해 카드를 재빨리 훑어 본다. 각 장면의 정보를 읽으며 그 장면을 환기하고 다음 카드로 넘어간다. 이 과정은 마음속에 영화를 한 편 그리는 일이다.

9단계: 다른 색인카드 묶음도 8단계 과정을 거친다. 이렇게 하면 마음속에 새로운 장면이 믿을 수 없을 만큼 놀라운 방식으로 떠오를 것이다. 그렇지만 아직 해야 할 일이 한 가지 더 있다.

10단계: 바닥에 색인카드 한 묶음을 쭉 늘어놓는다. 이제 3막 구조로 나눈다. 앞서 3장에서 설명한 대로 처음과 중간, 끝을 이루는 데 필요한 항목으로 나눈다. 되돌아갈 수 없는 관문을 이루는 장면이 무엇인지 확인한다. 여유가 있을 때 다른 소설들도 같은 방식으로 나누어본다.

이제 축하할 시간이다. 위 10단계를 모두 마쳤다면 플롯을 짜는 법을 알기 위해 이것저것 시도하다 실패하고 마는 대부분의 작가 지망생들 중에서 상위 1퍼센트에 속하게 된 것이다. 다른 작가 지망생이 수년에 걸쳐서 배울 것을 불과 12주 만에 배운 것이다.

장총의 규칙 뒤집기

러시아 극작가 안톤 체호프는 유명한 규칙을 갖고 있었다. "연극이 시작될 때 벽에 장총이 걸려 있었다면, 그 총은 극의 어디에선가 반드시 사용되어야 한다"는 것이다. 바로 기대의 규칙이다. 작가가 플롯에 뭔가를 설치했다면 반드시 써야 한다.

그런데 이 규칙을 뒤집는 건 작가에게 때로 도움이 된다. 만일 플롯을 전개하는 데 필요한 도구로 장총을 쓰고자 한다면 1막이 전개되는 벽에 걸어두어야 한다. 이를 이른바 '심어두기'라 한다. 심어두기는 글쓰기 단계 어디에서든지 할 수 있다.

예를 들어 소설이 클라이맥스로 치달을 때 주인공이 손목시계에서 화염 방사기를 꺼내 위기를 벗어나는 모습을 넣고 싶다고 하자. 그럼 소설 어디에선가 미리 이런 일이 가능하다는 것을 알려야 한다. 이것이 제임스 본드 영화에서 닥터 큐가 하는 역할이다. 그는 본드에게 다음 임무를 수행하는 데 필요한 새 장치들을 보여준다. 본드가 피라냐가 가득 든 연못 위에 거꾸로 매달려 있을 때에야 비로소 관객들은 이 장치들을 기억해낸다. 그때 본드는 위기를 벗어나기 위해 필요한 장치를 꺼내든다. 관객은 닥터 큐가 본드에게 그 장치를 준 장면을 기억하기 때문에 이를 무리 없이 받아들인다.

물론 심어두기가 서툴러서는 안 된다. 나중에 쓸 장치를 소설의 앞부분에 미리 설치할 수 있다. 내 소설『어떤 진실』은 1900년대 초 로스앤젤레스를 배경으로 한다. 이 시대를 조사하다가 나는 당시에 일본 무술인 유술柔術이 여성들에게 인기가 높았다는 사실을 알게 되었다. 내 주인공이 위기를 벗어날 때 쓸 수 있는 좋은 기술이 될 것 같았다. 그래서 나는 내 주인공이 이 무예를 수련할 수 있도록 도장에 등록시켰다. 이는 사소한 장면으로 처리되었다. 그러나 나중에 그녀는 자신을 위협하는 덩치 큰 권투선수를 물리치는 데 유술을 썼다. 앞서 그녀가 이 무예를 훈련받지 않았다면 이런 장치는 쓸 수 없었을 것이다.

버펄로 기술

달려드는 버펄로를 막을 방법은 없을 것이다. 버펄로는 일단 출발하면 가고 싶은 곳으로 쏜살같이 달려간다. 우리가 할 수 있는 일은 재빨리 말을 타고 뒤를 쫓는 것이다. 막을 수는 없어도, 천둥소리를 내며 달리는 버펄로 무리가 달려가는 방향을 바꿀 수는 있다. 나란히 달리면서 고함을 질러 소떼를 이쪽 또는 저쪽으로 몰고 갈 수 있다. 정확한 경로를 미리 짤 수는 없다. 하지만 텍사스로 몰아가고 싶다면 그쪽으로 방향을 틀 수는 있다.

매일 글을 쓸 때 마음속에 여러 아이디어를 떠올리자. 아이디어들이 자유로이 뛰놀게 하자. 대신 향하는 길에서 벗어나 있어야 한다. 이따금씩만 원하는 방향으로 가도록 소리 지르자. 그러나 대개는 가는 대로 그저 지켜보자.

작가 노트

작가 노트는 쓰고 있는 소설에 관련된 모든 정보를 질서정연하게 담은 노트를 이른다. 이 노트의 가치는 "작가가 글을 쓰고 있지 않을 때 글을 쓸 수 있도록" 하는 데 있다. 소설을 쓰기 전부터 끝마칠 때까지 노트에 소설 쓰기에 관련된 모든 것을 기록할 수 있다.

노트를 어떻게 쓸 것인가는 전적으로 자신에게 달려 있다. 개인적 취향에 따라 이 도구를 자유롭게 이용하자. 참고로 나는 공책을 다섯 부분으로 나누어 쓴다.

1. 플롯 아이디어

플롯에 관련된 사항을 모두 적어둔다. 소설을 쓰기 전에 플롯의 전개 과정, 사건의 급진전, 전환과 주요 장면에 대한 생각을 자유롭게 적는다.

플롯에 관한 생각은 갑작스럽게 떠오르곤 한다. 그럴 때마다 여기에 적고 나중에 어떻게 활용할지 생각한다. 컴퓨터 앞을 떠나더라도 이 노트 덕에 소설 쓰기를 계속할 수 있다.

2. 인물

주요 인물에 대한 묘사와 각 인물에 대한 주요 정보를 적어둔다. 그들의 행위, 그들이 원하는 일, 그들이 가장 걱정하는 일, 과거의 어떤 사건들이 그들에게 영향을 끼쳤는지 등에 대해 쓴다.

또한 주요 인물이나 주변 인물 모두에게 적합한 이름을 붙여주기 위해 이름 목록을 만든다. '진짜 같은' 이름을 인물에게 붙여주는 것은 중요하다. 이름 목록을 만들어 쉽게 붙일 수 있다. 신문 기사에서 이름을 찾는 방법도 있다. 이름 목록이 있으면 나중에 시간이 절약된다.

소설을 쓰는 중에 작업에 진척이 없을 때에는 작가 노트를 펴고 주요 인물들에 관한 자료를 훑어본다. "이 인물이 정말로 원하는 것은 무엇인가? 왜 그들은 원하는 걸 갖고 있지 못할까?"라고 계속 질문한다. 이런 질문이 계속 소설을 쓰게 만든다.

3. 자료 조사

작가들의 자료 조사 방법은 천차만별이다. 어떤 작가는 초고가 끝난 뒤에야 필요한 자료를 공부한다. 어떤 작가는 글을 쓰기 전 조사에 많은 시간을 할애한다. 제임스 미치너는 소설을 쓰기 전에 책을 평균 200권이나 읽는다고 한다.

어떤 방법을 택하든 간에 조사한 내용을 적어둘 곳이 필요하다. 요즘에는 인터넷 사이트와 이메일을 통해 조사를 재빨리 할 수 있다. 작가 노트에 모든 것을 적어놓는 습관을 들이자.

4. 플롯 요약

플롯을 요약해서 적어두면 실제로 소설을 쓸 때 큰 도움이 된다. 한 장을 끝낸 뒤에 이를 한두 줄로 요약하자. 이 요약문 밑에 해당 장의 첫 문단 또는 두 문단을 잘라 붙이고, 여백을 둔 뒤에 마지막 두 문단을 붙인다. 모든 장을 이렇게 정기적으로 정리한다.

플롯을 요약하면 글쓰기가 어디쯤 이르렀는지, 그리고 어느 방향을 향하고 있는지 알 수 있다. 소설을 쓰다 보면 지금 무엇을 하고 있는지 잘 모를 때가 가끔 생기는데, 그럴 때마다 플롯 요약으로 돌아가서 다시 읽어보자. 생각에 집중하고 그 생각을 궤도에 올릴 수 있도록 도와줄 것이다.

5. 질문

좋은 작가는 항상 소설에 관해 질문한다. 플롯(여기서 어떤 일이 생기면 독자를 놀라게 할 수 있을까?), 인물(라일이 건물을 기어오르려면 어떤 배경이 필요할까?), 조사(1943년 미군 위문공연 단원들은 어떤 옷을 입었을까?) 등 마음에 떠오르는 모든 것이 될 수 있다. 이 모든 것을 작가 노트에 적어놓자. 질문에 답을 하는 동안 소설 속 이야기는 점점 더 풍부해질 것이다. 좋은 소설을 쓰려면 시시콜콜한 내용이 필요하다. 또한 질문은 세부 사항을 현실감 넘치게 만든다.

작가 노트의 또 다른 이점은 소설을 쓰고 있지 않을 때도 작가가 '일'을 계속할 수 있도록 한다는 것이다. 사실 잠자리에 들기 전에 노트를 훑어보는 것만으로도 우리는 잠을 자면서 소설을 생각할 수 있게 된다.

장르별 플롯 짜는 법

장르마다 그에 맞는 몇 가지 창작 비법이 있다. 쓰고자 하는 장르의 규칙을 익히고 항상 새로운 것들을 더하자.

미스터리소설

다 읽을 때까지 누가 살인범인지 알 수 없도록 미스터리소설을 쓰는 작가가 많은데, 나는 그들이 범죄 장면에서 시작해 뒤에

서부터 써나가지 않을까 의심한다.

플롯을 쓰기 위해 예비 작업으로 배경이나 인물 등을 먼저 만드는가? 상상력에 불을 붙여줄 상황을 그리고 있는가? 대신 이렇게 해보자. 살인범이 누구인지, 그의 살인 동기가 무엇인지를 그려보고 그가 저지른 살인 또는 범행을 자세히 설명하는 것이다. 이를 분명하고, 복합적이며, 현실적으로 그려보자. 마음속에서 그리면 된다. 어떤 작가들은 이 장면을 그리느라 작은 세트나 도표를 만들기까지 한다.

이제 플롯 어디쯤에 단서를 떨어뜨릴지, 어떤 인물을 언제쯤 용의자로 만들지 정해야 한다. 혹시 "만일 작가가 소설을 쓰면서 누가 범인인지 모른다면 독자들도 분명 모를 것이다"라는 블록의 말을 믿으며 운 좋게 이야기가 끝나길 바라는가? 블록은 일생 동안 소설을 여러 편 시작했지만 끝끝내 끝내지 못했다.

스릴러소설

미스터리소설이 스릴러소설과 근본적으로 다른 점은 미스터리소설이 미로 같다는 것이다. 독자는 각각의 단서를 따라가면서 무슨 일이 벌어졌는지 알아내려 한다. 스릴러소설은 주인공을 꽉 조이는 듯한 느낌을 준다. 사건은 점점 더 심각해지고 주인공에 대한 위협은 점점 더 격화된다. 그의 적대자는 나쁜 짓을 저지르는 악당이다.

어느 지점에 이르면 주인공은 적대자를 무찔러야만 한다. 왜 소설을 이 장면에서부터 시작하지 않는가? 적대자와 마지막 클라이맥스에 이르는 싸움을 써보자. 스스로 놀랄 만큼 가장 독창적으로 만들어보자. 그러면 쓰고 싶은 무엇인가를 발견할 것이다. 이 지점에 이르면 어떤 장면의 구체적인 사항들을 바꾸겠다는 결정을 할 수도 있다. 다만 적어도 어떻게 할지 방향은 잡고 있어야 한다. 그리고 동기 부여를 잊지 말자. 적대자가 지금 저지르고 있는 나쁜 짓, 그리고 마지막 싸움의 동기가 있어야 한다.

순수소설

순수소설을 쓰는 작가는 대개 분위기와 짜임새를 중시한다. 독자에게 마지막으로 남기고 싶은 인상을 떠올리고 여운을 생각한다. 또한 찾고 있는 느낌을 내려면 어떤 이미지와 대화를 넣어야 할지 고민한다.

이때 음악을 활용할 수도 있다. 영화에 삽입된 음악이나 노래로 독자에게 전하고 싶은 분위기를 만드는 것이다. 이 음악들을 틀어놓고 플롯을 짜도 좋다. 만일 개요를 잡지 않는다면 글을 쓰는 내내 음악을 들을 수도 있다.

로맨스소설

로맨스소설에는 두 연인이 짝을 이룬다는 확실한 '목표'가 있다. 다른 모든 플롯은 모두 이 목표 주위를 맴돌기만 한다. 로맨스소설은 일어난 일만큼이나 일어나지 않은 일에 대한 것도 다룬다. 로맨스소설에서 가장 큰 긴장이자 시련은 연인을 떨어뜨려 놓는 것이다.

여기서 짝을 이룬다는 것은 영원히 함께한다는 것을 뜻한다. 만일 연인이 이야기 중간에 함께 있다면 그들은 무슨 이유에선가 반드시 헤어져야만 한다. 그래서 로맨스소설을 쓰는 작가는 두 연인이 같이 있고 싶은 욕망을 이루지 못하도록 모든 방법을 생각해 플롯을 짜기도 한다. 그런데 이 경우 상투적인 이야기가 되기 쉽다. 새로운 이야기를 만들려고 애써야 한다. 인물의 과거는 독창적인 자료를 찾을 수 있는 좋은 곳이다. 각각의 인물에게 특별한 어두운 과거를 만들어주자. 같이 있기를 원하는 연인들을 오래 떨어뜨려 놓을수록 마지막의 로맨스는 더욱 달콤해진다. 아울러 사실적인 섹스 장면은 이제 고리타분하다.

실험소설

실험소설의 본질은 새로움에 있다. 초고를 일순간 치솟는 실험 정신으로 끝냈다면 한 달 정도 묵혀두자. 그리고 다시 돌아와서 스스로를 책을 사는 데 쓸 돈조차 없는 가난한 학생이라고 생각해보자. 초고를 읽으며 '나라면 이 책을 살까?' 따져보자. 아마도 더 강하고 흥미롭게 만들기 위해 덧붙여야 할 플롯 요소가 떠오를 것이다.

다만 이것은 실험소설이란 것을 잊지 말자. 만일 계획대로 써지지 않았더라도 적어도 실패한 이유는 알게 될 것이다. 그리고 이것이야말로 궁극적으로 문제를 해결할 방법을 익히는 과정이다.

실험소설은 관습적인 플롯과 구조를 깨뜨리는 시도다. 하지만 그렇다고 소설을 체계적으로, 즉 독창적으로 쓰지 말라는 뜻은 아니다. 만일 실험소설을 쓰길 원한다면 이에 대한 열망을 이룰 수 있는 방법이 있다.

레이 브래드버리는 말한다. "매일 아침 나는 침대에서 벌떡 일어나 지뢰를 밟는다. 지뢰는 나다. 지뢰가 터지고 난 뒤, 나는 파편을 끌어모으는 데 남은 하루를 다 쓴다." 다시 말해 글감은 우리 머릿속에 들어 있어서 밤이면 우리의 통제를 벗어나 떠돌아다닌다. 그러니 잠에서 막 깨었을 때 종이 위에 뭔가 빨리 적어놓으면, 완전히 잠에서 깨어 있을 때 강물을 거슬러 올라가는 송어처럼 재빨리 사라져가는 많은 글감을 사로잡을 수 있다.

이를 위한 최고의 방법은 무엇을 쓰고 있는지 생각하지 않고 10분에서 20분 정도 쓰는 것이다. 단지 쓴다. 그게 '파편'이다. 나중에 끌어모으면 된다.

SF소설과 판타지소설

SF소설과 판타지소설에서는 어떤 일이든지 생길 수 있다. 그래서 위험하기도 하다. 소설의 세계 속 규칙을 정당화하기 위해, 그리고 그 규칙들을 자연스럽게 엮기 위해 작가는 더 열심히 작업해야 한다.

어떤 요소가 기분 내키는 대로 튀어나오는 소설은 저급해질 수 있다. 플롯의 규칙은 여기에도 똑같이 적용된다. LOCK 체계 요소를 이용하자. 누군가 고도로 발전한 기술에 접근할 수 있거나 그저 마술을 부릴 줄 아는 것만으로는 충분하지 않다. 인물은 스스로 완전해야 한다. 허구적 요소를 넘어서 살아 있는 듯한 인물을 만들어내야 한다.

또한 SF소설과 판타지소설은 특정 사상을 다룰 수 있는 가장 좋은 장르이기도 하다. 존재하지 않는 세계를 창조함으로써 현실 세계에 대한 관점을 제시할 수 있다. 그런 이유로 사상을 만들어내는 데 치중하고 플롯에 신경을 덜 쓰기 쉽다. 이것은 중대한 잘못이다.

상상력 때문에 길을 잃어서는 안 된다. 플롯에 집중할수록 소설은 더 훌륭해진다.

내가 소설 쓰기를 배우던 시절에 읽었던 작법서 중 브렌다 유랜드의 『글을 쓰고 싶다면If You Want to Write』이 있다. 이 책에서 유랜드는 놀라운 신념을 보여준다. "모든 사람은 재능이 있으며, 독창적이며, 중요한 이야깃거리를 갖고 있다. (……) 만일 그가 진실하게 이야기한다면, 만일 그가 자기 자신으로부터 이야기한다면, 그는 독창적이다. 그러나 이 이야기는 그래야만 한다고 생각하는 자아가 아니라 그의 진정한 자아로부터 나와야 한다."

그때 나는 이 말을 믿었고 지금도 믿는다. 플롯과 구조를 통해 우리는 독자와 진정으로 교감할 수 있는 소설을 쓰고 거기에 우리의 독창적인 문체를 쏟아부을 수 있다.

성공을 거두길 기원한다. 자, 이제 혼신의 힘을 다 쏟아붓자.

앞의 소개한 도구 상자 중 두 가지를 골라 지금 쓰고 있는 소설에 즉시 적용해보자. 그리고 그 결과를 분석해보자.

익숙하지 않은 소설 장르에서 한 작품을 골라 그 플롯을 요약하자. 이를 통해 플롯을 조정하는 법을 익힐 수 있다.

새로운 방법과 기술을 정리해두자. 최대한 많은 자료를 모아 기록하며, 가끔 모은 자료를 요약하자. 나는 퇴고할 때 거의 개요에 의존한다. 개요는 지금 쓰고 있는 소설을 한눈에 보여준다. 예를 들어 그레그 아일스의 『조용한 게임』에 꽂혔다면 무엇에 매료되었는지 적는다. "1인칭 시점으로 주인공의 감정을 보여줌으로써 독자를 사로잡았다."
새로운 방법과 기술을 충분히 모았다면 플롯, 인물, 묘사, 대화 등으로 잘 정리해두자. 그리고 간단하게 개요를 작성하자. 아래와 같이 플롯을 도입부 같은 작은 단위로 나눈다.

플롯
도입부: 1인칭 시점으로 감정에 호소할 것

이렇게 하면 잊지 않을 수 있다. 만약 잊었다면 개요로 돌아가면 된다.

부록 I

'플롯과 구조' 핵심 정리

플롯

- 플롯은 저절로 생긴다. 플롯의 주요 요소를 알고 이를 어떻게 다룰지 익히는 것은 매우 중요하다. 예술적인 목적 때문에 플롯을 지나치고 싶을 때에도 작가는 자신이 쓰는 글에 대해 정확히 알고 있어야 한다.

- 플롯을 구성하는 기본 요소는 LOCK 체계로 요약할 수 있다. 이것은 주인공, 목적, 대결, 완승을 뜻한다.

- 독자는 주로 주인공과 동일시하며 소설에 빠져든다.

- 독자는 동일시, 공감, 호감, 내적 갈등을 통해 주인공을 좋아한다. 이를 고려해 주인공을 만들자.

- 주인공이 나서야 하는 이유를 밝히는 게 바로 플롯의 목표다. 플롯에는 두 가지 목표가 있다. 하나는 무언가를 얻는 것이며, 다른 하나는 무언가로부터 벗어나는 것이다. 이 목표는 주인공의 행복에 필수다.

- 대결은 플롯을 움직이는 중요한 수단이다. 갈등은 주인공과 적

대자 사이의 싸움에서 생긴다. 적대자는 주인공만큼 강하거나 더 강해야 한다.

- 대중소설에서는 결말에서 중요한 문제가 해결되어야 하며, 주인공이 온갖 역경을 딛고 승리를 거두어 독자를 만족시켜야 한다. 순수소설의 결말은 모호하게 끝나되, 문제가 해결되었다는 느낌을 줘야 한다.

구조

- 3막 구조는 탄탄하며 소설을 결코 잘못된 방향으로 이끌지 않는다. 3막 구조란 시작과 중간과 끝이 있다는 아리스토텔레스의 말을 풀어 설명한 것이다. 소설을 3막 구조에 따라 전개하면 독자는 이해하기 쉽다.

- 시작 부분에서는 소설에 누가 등장하는지를 보여줘야 한다. 이야기는 주인공으로부터 시작해야 하며, 작가는 가능한 한 빨리 독자와 주인공을 연결해야 한다.

- 시작 부분은 소설 속 세계를 보여주고, 분위기를 정하고, 적대자를 소개하고, 독자가 중간 부분에 관심을 갖게 만들어야 한다.

- 중간 부분은 갈등을 다룬다. 갈등은 주인공과 적대자 사이에 벌어지는 싸움이다. 중간 부분은 인물 간의 관계를 심화하고, 주인공에게 벌어질 일에 대한 긴장을 고조하며, 최종적으로 마지막 싸움이 벌어질 수 있는 조건을 만든다.

- 가장 좋은 결말은 여러 가닥의 이야기를 잘 마무리해 마지막 싸움의 결과를 보여주고 반향을 일으키게 하는 것이다.

- 1막(시작)의 처음에 무슨 일이 벌어짐으로써 기존의 질서가 무너지고 인물에게 위협과 도전이 닥쳐야 한다. 이는 아주 큰 사건이 아니어도 된다. 무슨 일이 벌어질 예정이라는 것을 알려줄 정도면 된다.
- 주인공은 '되돌아갈 수 없는 관문'을 지나며 2막(중간)의 갈등으로 옮겨간다.
- 2막에서 3막으로 전개될 때도 되돌아갈 수 없는 또 다른 관문을 지난다. 대개 절정을 향하도록 만드는 중요한 단서, 발견, 위기 또는 패배로 나타난다.

플롯 아이디어

- 플롯 아이디어를 내는 방법은 아주 많다. 요점은 지속적으로 새로운 생각을 떠올리는 것이며, 이를 위해 플롯 아이디어를 내는 연습을 계속해야 한다. 나중에 여러 아이디어 중에서 가장 좋은 것을 고르면 된다.
- 인물과 배경, 플롯 요소를 독특하게 만들 수 있는 방법이 무엇인지를 찾아내야 한다.
- 열정적으로, 가능성을 보며, 플롯의 목표를 명확히 세우고 소설을 쓴다.

소설의 시작

- 소설의 첫 번째 과제는 독자의 관심을 끄는 것이다.
- 독자의 관심을 끌기 위해 첫 문장, 행동, 예고, 태도, 액자식 구성

등으로 도입부를 매우 인상적으로 만들어야 한다.

- 시작 부분에서 지루하게 설명하면 안 된다. 행동을 먼저하고 나중에 설명한다.

소설의 중간

- 가장 강력한 플롯은 주인공 주위에 죽음의 그림자가 떠도는 것이다. 죽음에는 육체적·심리적·직업적 죽음이 있다.
- 주인공과 적대자가 계속 함께 있을 수밖에 없는 상황을 만든다. 만일 주인공이 가만있어도 자신의 문제를 해결할 수 있다면 독자는 왜 그가 구태여 행동을 하는지 의아해한다.
- 의무는 때로 이야기를 전개하는 데 필요하다. 직업적 의무(예를 들어 경찰관이 사건을 해결하는 것)나 도덕적 의무(예를 들어 어머니가 아이를 구하기 위해 싸우는 것)가 있다.
- 소설의 기본 흐름은 행동, 반응, 그리고 또 다른 행동이다. 이런 흐름을 통제함으로써 이야기 속도를 조절할 수 있다.
- 중간 부분에 위기 상황을 넣는다. 위기 상황은 플롯, 인물, 배경과 연관시킬 수 있다.

소설의 결말

- 이야기를 끝맺는 기본적은 방법은 세 가지다. 주인공이 목표를 달성함, 주인공이 목표를 이루지 못함, 주인공이 목표를 이루었는지 알 수 없음.
- 주인공이 목표를 이루었다 해도 부정적인 결과가 따라올 수 있

다. 주인공이 목표를 이루지 못해도 긍정적인 결과를 이끌어낼 수 있다.

- 희생은 상당히 강력한 종결이다.
- 주인공이 반드시 치러야만 하는 마지막인 싸움에 초점을 두는 결말이 있다. 그런가 하면 주인공이 골라야 하는 마지막 선택에 초점을 두는 결말도 있다.

장면

- 장면은 소설의 기본 단위다.
- 비트는 장면을 이루는 더 작은 단위다.
- 소설에는 네 가지 요소가 있다. 행동과 반응, 설정과 심화.
- 행동은 대중소설에서 중요한 요소다. 행동은 장면, 갈등, 주인공에게 일어날 수 있는 결과(대개는 나쁜 결과)에 영향을 미친다.
- 반응은 인물의 정서적인 반응을 보여준다. 반응은 생각할 시간을 갖도록 행동의 속도를 늦춘다. 순수소설은 이런 종류의 장면을 잘 다룬다.
- 설정은 짧은 장면 또는 비트로 표현할 수 있으며 나중에 벌어질 장면을 위한 핵심 재료로 쓸 수 있다.
- 약간의 묘미는 양념과 같다. 따라서 소설에 풍미를 더해주지만 아주 약간만 들어가야 한다.
- 독자를 사로잡기 위해 장면에 매혹하기, 고조하기, 유도하기를 이용한다. 시작 부분에 독자를 유인할 요소, 즉 매혹하기를 통해 관심을 끈다. 각 장면에는 여러 단계로 고조하기가 들어가야 한다.

각 장면 끝에는 독자를 다음 장으로 이끄는 유도하기를 넣는다.

복합 플롯

- 주제, 의미, 또는 '중요한 가치'를 고려해 플롯을 복잡하게 만든다. 서브플롯, 상징과 모티프를 통해 주제를 표현한다.
- 긴 플롯을 3막 구조의 단위로 나누자. 이때 마지막 순간까지 문제를 해결하지 않는다.
- 복합 플롯은 플롯 내에서 주인공이 중요한 변화를 겪을 때 복합성과 깊이감을 더하는 좋은 방법이다.
- 플롯을 통해 인물의 신념, 가치, 지배적 태도와 의견에 충격을 줄 수 있는 방법을 찾아보자.

플롯 짜기

- 플롯을 짜는 주요한 방법은 두 가지다. 하나는 개요를 잡지 않고 쓰는 것이고, 다른 하나는 개요를 잡아 쓰는 것이다. 물론 이 둘 사이의 여러 변주가 있을 수 있다.
- 개요를 잡지 않는 경우에는 자연스럽다는 장점이 있다. 그러나 이 방법은 고쳐쓰기를 여러 번 해야 하며, 잘못 샛길에 빠졌을 때 바로잡는 데 많은 시간을 써야 한다.
- 개요를 잡는 경우에는 처음부터 안정성을 확보할 수 있다. 그러나 개요에 맞지 않는다는 이유로 발전을 이룰 만한 멋진 요소를 포기해야 할 수도 있다.
- 자신에게 맞는 방식을 찾기 전까지 계속해서 플롯을 짜는 여러

방법을 시험해보자. 글을 쓰는 동안 계속해서 플롯 짜기 실험을
해보자.

- 플롯은 탐색, 복수, 사랑 등의 유형으로 이루어진다. 이런 플롯
유형을 자신의 소설에 가장 적합한 유형을 만들자.

수정

- 가능한 한 빨리 초고를 마친다. 초고를 마치면 치워두고 며칠 동
안 들여다보지 않는다.
- 작가가 아닌 독자가 되어 초고를 꼼꼼하게 읽어본다. 읽으며 손
볼 필요가 있는 부분에 표시를 한다. 나중에 참고할 수 있도록
약간의 메모를 남겨둔다.
- 이제 초고를 분석한다. 자신이 하고 싶었던 이야기였는지, 지금보
다 더 잘 전달할 수 있는 이야기가 있는지 생각해본다.
- 구조, 인물의 성격, 적대자, 장면, 조연을 분석한다.
- 지난 작업들을 돌이켜본다. 동시에 약간의 기록을 남긴다. 그리
고 개고를 시작한다. 개고할 원고를 또 다듬는다.
- 시작과 결말과 대화 장면에 주의해 개고하고 퇴고한다.
- 작가로서 자신의 미래를 위해 작가의 도구 상자에 계속해서 새
로운 도구를 채워 넣는다. 작가의 공부는 결코 끝이 없다는 사실
을 잊지 않는다.

뒤표지 문구 쓰는 법

1단계: 기본 정보를 정리한다

- 주인공의 이름:

- 주인공의 직업:

- 첫 번째 되돌아갈 수 없는 관문:

- 적대자 정보:

- 주인공과 적대자는 왜 적이 되었는가?

- 주요 갈등은 어디에서 벌어졌는가?

- 소설이 다루고 있는 문제는 무엇인가?

- 독자에게 어떤 느낌을 주는 소설인가?(오싹한지, 음울한지, 감동
  적인지 등등)

2단계: 30분간 자유롭게 쓴다

순서나 단어는 고민하지 않고 쓴다. 1단계 요소들을 염두에
두고 자유롭게 쓴다. 중간에 멈추거나 편집하지 않는다. 단지 모
든 재료를 종이 위에 쏟는다.

3단계: 편집한다

2단계에서 쓴 자료 중 정말로 좋아하는 부분들을 고른다. 이제 이 부분들을 순서대로 배열한다. 이 작업에 시간을 들인다.

아래에 간단한 방법 하나를 예로 소개한다(꼭 이렇게 해야 하는 건 아니다. 여기서는 소설의 내용을 설명하기 위해 세 단락으로 나누었다).

- 단락 1: 주인공 이름과 상황 설명으로 시작한다("○○은 □□다"). 여기서 인물의 배경과 상황에 대해 한두 문장을 더 쓴다.
- 단락 2: '갑자기' 또는 '그러나 그때'와 같은 구절로 시작한다. 주요 전환점, 주인공을 2막으로 미는 관문을 넣는다. 2막에서 벌어진 일을 두세 문장으로 설명한다.
- 단락 3: '이제'라는 단어로 시작하고 어떤 행동에 대한 문장을 쓴다("이제 브래드는 미스터리를 풀어야만 했다").

  또는 "~할 것인가?" 같은 질문을 여러 개 던지면서 시작한다("몰리는 그녀의 유산에 권리를 주장할 수 있을까? 또는 그녀는 의문의 죽음을 당할까? 그리고 이 사건들은 몬태규의 가족을 몰살시킬 것인가?").

그리고 작가 자신에게 용기를 주는 문구를 덧붙인다("극찬을 받은 초보 작가의 놀라운 데뷔작! 이 소설은 당신의 마음을 휘어잡을 것이다. 벌써부터 다음 작품이 기대되는 소설이다").

4단계: 다듬는다

이제 지금까지 쓴 것을 다듬는다. 이 작업은 소설을 멋지 고 반짝이게 만들 것이다. 그리고 새로 소설을 쓰기 시작하거나 초고를 쓸 때처럼 매우 소중한 작업이 될 것이다. 원고지 4매 내외 분량으로 마무리하자.

소설쓰기의 모든 것 1
플롯과 구조

초판 1쇄 발행 2010년 12월 15일
초판 5쇄 발행 2015년 9월 16일
개정판 1쇄 발행 2018년 11월 26일

지은이 제임스 스콧 벨
옮긴이 김진아
펴낸이 김한청

편집 원경은, 이한경, 차언조
디자인 이민영
마케팅 최원준, 최지애, 김선근
펴낸곳 도서출판 다른

출판등록 2004년 9월 2일 제2013-000194호
주소 서울시 마포구 동교로27길 3-12 N빌딩 2층
전화 02-3143-6478 팩스 02-3143-6479 이메일 khc15968@hanmail.net
블로그 blog.naver.com/darun_pub 페이스북 /darunpublishers

ISBN 979-11-5633-213-8 04800
ISBN 979-11-5633-212-1 (세트)